和食好きな異世界の姫さま
エアリス
ヘタレだけど優秀な創造神（高校生）
東《あずま》宏《ひろし》
妻とラブラブな新婚さん
香月《かづき》達也《たつや》
やがらんこつ
せんべい
春菜ちゃん、がんばる？
フェアリーテイル・クロニクル
1
Haniwaseijin
埴輪星人

人知を超えた天才科学者
綾瀬《あやせ》 天音《あまね》
宏に恋する時空神（女子高生）
藤堂《とうどう》 春菜《はるな》
自立したいお姉さん
溝口《みぞぐち》 真琴《まこと》
リハビリ中のオタク少女
水橋《みずはし》 澪《みお》
やがらんこつ
せんべい

「娘を、春菜を助けてくれてありがとう」
春菜の母親で世界的歌手
藤堂《とうどう》 雪菜《ゆきな》

春菜ちゃん、がんばる? フェアリーテイル・クロニクル

1 埴輪星人
Haniwaseijin

CONTENTS

始まりの独り言

あれ？　ここで私が一人語りなんかしていいかな？

えと、VRMMO『フェアリーテイル・クロニクル』
っていうゲームによく似た異世界に飛ばされた私は、
東宏君、香月達也さん、水橋澪ちゃん、溝口真琴さんといった
私と同じように飛ばされてきた人達と協力しながら
一年以上にも及ぶモノづくりと冒険の末に
ついに、元の世界に戻ってきたんだ

飛ばされた時間から十分後くらいの時間軸に帰ってこれたので
辻褄が合わないっていう問題は発生しなかったんだけど、
私と宏君はあっちの世界で神様になっちゃったから
その力をうまく自制しなくちゃいけないって問題が出てきたの
そこで私と宏君は、天才科学者で私の親戚の
綾瀬天音おばさんの協力を得ることに

幸い、世間はゴールデンウィーク
この連休で神の力をしっかりコントロールできるようにしなきゃ

というわけで、天音おばさんと一緒に宏君を迎えに
宏君のお家の前まで来たんだけど……
まさか、好きな人の家をこんな形で
訪ねることになるなんて思わなかったよ……

コマンド
このまま話を進める　7ページへ
春菜の思い出を体験する　272ページへ

プロローグ　綾瀬教授って、やっぱり僕らの同類ですか？

「……春菜《はるな》ちゃん、大丈夫？」

「……今になって、かなり緊張してきたよ……」

四月二十八日午前九時二十五分。約束の時間の五分前に到着し東家《あずま》の前で車を降りた藤堂《とうどう》春菜と綾瀬天音《あやせあまね》は、中で宏《ひろし》達が出迎えの準備万端で待っている家を見ながらそんなやり取りをしていた。

東家は敷地面積四十坪ほどとそこそこの広さを持つ二階建ての一軒家だが、駐車スペースは一台分しかない。なので、天音は自身が運転してきた車をクレジットカードサイズのカードに変え財布に収めることで、駐車違反を回避している。

この技術は天音が独自に開発したオーバーテクノロジーといえるものであり、コストの高さや安全面という観点から外部には一切公表されていない。

綾瀬天音――春菜の母・雪菜《ゆきな》の従姉《いとこ》であり超天才科学者。宏がチョコレート事件で不登校になっていたときの担当医であり、そういった背景もあり現在、春菜とともに東家を訪れている。

「好きになった人のご両親と初めて顔を合わせるんだから、緊張するのはよく分かるけどね」

「ごめんなさい。時間押してるのに、こんな土壇場で怖気《おじけ》づいちゃって」

「まだ時間前だから、大丈夫」

いつになく動揺している春菜に対し、髪の色を別にすれば春菜自身とも母親ともよく似た顔に苦笑を浮かべながら天音がそう言う。

天音と春菜がよく似ているのもある意味当然で、天音と春菜の母・雪菜は遺伝子学的には異父姉妹になる。

というのも、春菜の母方の家系は一卵性双生児が生まれやすく、しかも高確率で遺伝子の型が一致するからだ。天音の母と雪菜の母もこのタイプの双子であり、天音と天音の双子の妹の美優《みゆ》、それから雪菜の三人は、髪と瞳の色が違うくらいで顔はそっくりだった。

とはいえ、天音は二十世紀末に存在が確認された、遺伝子性毛髪色素異常という毛髪の色素がメラニン色素以外になる遺伝子病のおかげで、髪の色が青いというある意味圧倒的な個性を持つ。そのため、顔だちそのものはよく似ていても、春菜とも雪菜とも随分違う印象を受ける。髪型も違うので初見でそっくりな顔をしていることに気がつく人間は、おそらくそれほどはいない。

なお、この遺伝子病、発見された当初から比べると発症率が年々増えているとはいえ、それでも百万人に一人ぐらいというかなり珍しい病だ。

天音の存在とその希少性からいろいろすごそうな印象を与える病気だが、実のところ患者の増加と長年の研究により、髪の毛の色素以外に特に健常者との違いもなく、色素異常を起こす遺伝子も必ずしも遺伝するわけではないことが判明している。

そのため、最近では珍獣を見るような眼で見られる以上の実害はなくなったが、この病気の患者として最初に発見された世代唯一の生き残りである天音は、それはもういろいろといらぬ苦労をしてきている。

「まあ、とりあえず深呼吸して」

「う、うん」

天音に言われ、大きく深呼吸をする春菜。三度ほど繰り返したところで、ようやく気持ちが落ち着いてくる。

「ごめんなさい、もう大丈夫」

春菜の自己申告に、天音が念のためにその様子を確認する。本当に大丈夫だと判断して一つ頷《うなず》くと、容赦なくインターホンを押す。

チャイムの音と同時に、中で人が慌ただしく動く気配。数秒後、インターホンのスピーカーから、宏の母親と思われる女性の声が聞こえてきた。

『はい？』

「ご無沙汰しております。綾瀬です」

『は～い！』

ごく一般的なやり取りの後、すぐに玄関のドアが開く。

中から出てきたのは、なんとなく当たりが柔らかそうな、愛嬌《あいきょう》のあるごく普通の中年女性であった。その後ろには、宏もいる。

「いらっしゃい、春菜さん」

「おはよう、宏君。今日はよろしくね」

春菜が緊張して身構えているのと、それを見た母親の顔に不審そうな表情が浮かびかかっているのを見て取った宏が、先手を打って春菜に挨拶をする。

そんな宏の気遣いに気がついた春菜が、嬉《うれ》しそうに挨拶を返す。

宏と春菜の仲睦《むつ》まじそうなやり取りに驚きのあまり頭の中が真っ白になり、来客に対する挨拶も忘れて硬直する宏の母・美紗緒《みさお》。完全にパニックになったまま、恐る恐る天音のほうに視線を向ける。

天音がニコニコと満面の笑みを浮かべて頷いたところで、ある意味において美紗緒の精神が限界を超えた。

「お父さん、お父さん！　大事件や！」

東家的に捨て置けない、ありえないと思える大事件。その発生に、初対面の人間がいることも、まだ土曜日の朝早い時間帯であることも忘れて、思わず大声を出す美紗緒。

「こんな朝はよから大声出したら、近所迷惑やろ……」

妻のらしくない大声を聞いて奥から出てきた宏の父・孝輔《こうすけ》が、怪訝《けげん》な顔をしながら、これまた宏の父親らしいどことなく柔らかい口調で窘《たしな》める。

だがそんな態度も、妻からの報告と宏と春菜の実に仲睦まじい様子を見て、一瞬で吹っ飛ぶ。

「宏が、宏が女の子と仲良うしとる!?」

「しかも、あんなべっぴんさんやで!?」

「どんな奇跡や!?　それともなんかの罠《わな》か!?」

女の子に睨《にら》まれるだけで吐いてガタガタ震えてパニックを起こしていた宏が、ものすごい美人でモテまくりそうな女性と仲良くしている。しかも、よほどの節穴でもなければ、間違いなく女性のほうが宏にぞっこんだと分かるしぐさで、である。

宏の両親がパニックを起こすのも、無理もないことであろう。

「おとん、おかん。お客さんの前やで。細かい話は中でしようや」

「せ、せやな」

「綾瀬教授が連れてくるぐらいやから大丈夫やとは思うけど、あの子が誰なんかはちゃんと説明してや」

「分かっとる」

今までの積み重ねによる不安と天音に対する信頼、その狭間《はざま》で揺れ動く両親を苦笑しながら宥《なだ》める宏。春菜のことを知りたがる気持ちは認めるが、朝っぱらから玄関先で近所迷惑も顧みずに騒ぐほどのことではないのも事実だ。

とはいえ、東家ではこれまでに一度も春菜の名前は出ていない。仲良くなったのがフェアクロ世界に飛ばされてからなので当然ではあるが、それだけに春菜とどういう理由で仲良くなったのか、説明するのが実に難しい。

そのあたりの期待を込めて、懇願するような表情で天音に視線を向ける宏。

宏の視線の意味を察し、同じように天音を見る春菜。

二人の視線を受けて、天音が真剣な表情で頷く。

結局、ややこしい問題は全て天音に丸投げする宏と春菜であった。

☆

「……そんなことが」

「はい。ですので、今日を含めた三連休は、私の研究室でご子息を預からせていただくことになります。その際に、せっかくの機会ですからもっと詳細にカウンセリングを行い、現状把握と新技術での治療についての検討を行いたいと考えています」

天音のもっともらしい説明を聞き、納得したようなしていないような表情でうなる孝輔。美紗緒もどことなく信用しきれていない様子を見せる。

「それは、願ってもない話なのですが……」

「……やっぱり、信用していただけませんか」

「いえ、全部信用できへん、っちゅうわけやないんです。はっきり言うと、預かっていただく、っちゅうんと新技術での治療を検討していただく、っちゅうんはええんです。むしろ、こっちからお願いしたいところです。ただ、その前の説明がなんっちゅうか……」

そこまで言って、言葉を濁す孝輔。

そのフォローをするように、美紗緒が口を開く。

「その、宏と春菜ちゃんの身に起こったっちゅう話が、どうにも、全部嘘《うそ》やないけど真実は語ってへん、っちゅう感じがしてしっくりけえへんのんです」

「そうそう。そういう感じですわ。やっとったゲームに外部からの侵入があってネットワークエラーの類《たぐい》が起こった、っちゅうあたりはともかく、その後がなんか……」

美紗緒の言葉に乗っかり、どこに引っかかりを覚えたのかを告げる孝輔。

そんな両親の妙な鋭さに目を丸くする宏と、親という存在のすごさに小さくため息をつく春菜。

それぞれの反応を見て、天音は自身が把握している範囲のことを全て告げることを決める。

「やっぱり、なんぞ話したらまずいことがありましたか……」

「いえ。別に知られるとまずい話ではないんです。ただ単純に、正直に話しても信用してもらえない類の話だったので、無難なストーリーに置き換えて話しただけです。問題があるから隠そうとしたとか、お二人を騙《だま》そうとしたとか、そういう事情ではありません。それに、本当の話はもっと荒《こう》唐無稽《とうむけい》ですが、内容的にそんなに大きな違いもありませんし、ね」

「内容がもっと荒唐無稽になって、正直に話しても信用されん可能性があるっちゅうと、うちの息子は異世界にでも飛ばされました？」

「はい。東宏君は昨日、ゲームをしている最中に起こったいくつかのトラブルが重なった結果、ものの見事に異世界に飛ばされ、向こうで運よく合流した春菜ちゃん達と一緒にがんばって日本に自力で戻ってきました。その過程で肉体的にいろいろ変化があったので、そのあたりをどうするかゴールデンウィーク前半の三連休の間に全部解決する必要が出ています」

半ば冗談のつもり、というより冗談であってほしいという願望を込めて孝輔が口にした言葉を、天音があっさり肯定する。あまりにあっさり肯定され、反応できずに硬直する宏の両親。

「ただ、ゲーム内に閉じ込められようが異世界に飛ばされようが、カウンセリングが必要であることとは変わりません。また、理由がどうであれ、宏君が主観時間で一年以上、春菜ちゃんや他の仲間と一緒にがんばっていくつものトラブルを乗り越えてきたこと自体は厳然たる事実です。私のことはいくら疑っていただいてもかまいませんが、それだけは認めてあげてください」

「……いえ。綾瀬教授が事実を教えてくださってるんは、分かります。内容的にそんな嘘ついても何の意味もありませんし、この場で冗談でそういうことを言う人やない、っちゅうんはよう分かってますし」

「それに、息子の変わり具合見とったら、はっきり言うて救助の当てがない環境に送り込まれて乗り越えてきた、っちゅうほうがしっくりきます。私も主人も、それが分かる程度には息子を見てきたつもりです」

「ただ、しっくりはくるけど、どないしても常識っちゅうやつのせいで受け入れづらいんですわ」

「ちゅうかな、おとん。こんな話、自分で経験してへん人間があっさり受け入れたら、そっちのほうが頭疑うで」

常識が邪魔していることを正直に告げる父に、思わず突っ込みを入れてしまう宏。

自分のことなのに身も蓋《ふた》もないことを言う宏に、その場にいる全員が思わず苦笑する。

「そのうち間《ま》ぁ見て証拠になりそうなもん見せるから、今は無理に納得せんでもええで」

「納得してへんわけやないで。単に、常識で考えて、ええ歳こいたおっさんがこんな話、真《ま》に受けてええんか、っちゅう悩みがあるだけやで」

「そこはもう、綾瀬教授の実績を信じた、っちゅうことでええやん」

「せやなあ」

宏の言葉に頷く孝輔。正直な話、天音なら異世界とやらを観測する手段や行き来する手段を持っていたとしても、誰一人本当の意味では疑わないだろう。

何しろ公にされていないだけで、すでに日帰り旅行で助手と数名で外宇宙に行ってこっそり拠点を作って帰ってくるという偉業を達成しているのだ。今更『異世界に行けます』と言ったぐらいでは驚くことはあっても疑う理由が薄い。

一見して温厚で常識的な女性である天音だが、その発明品はどれも世界を変革できるものばかりだ。身も蓋もないことを言うなら、天音の実績は宏の完全上位互換レベルである。

それを使って事を起こさないところが常識的だ、と判断されているのは皮肉だが、裏を返せば、そう言われてしまうぐらいにはマッドな物を作りまくっているのである。

それらの大半が身の安全を守るために使われているあたり、普通の発明家の感性はしていない感じではあるが。

「っちゅうことやから、うちらの身の上に起こったことはそれで終わりにして、さっさと今後の話に移ろうや」

「せやな。しかし、宏にこんな綺麗《きれい》で優しくて気立てのええ彼女ができるとはなあ……」

「おとん、おとん。おかんと姉ちゃん以外で一番信頼できる女の子なんは否定せえへんけど、別段彼女っちゅうわけやないで」

「なあ、宏。春菜ちゃんが嫌がってるんやったらともかく、どう見てもそうやないやん。春菜ちゃんが本気で、宏も嫌がってないくせにそんな贅沢《ぜいたく》言うん、お母さんは許さんで」

「贅沢て……」

これを逃せば、いろんな意味で宏に次などない。そんな焦りもあって、宏の主張を半ば強引に蹴散らそうとする孝輔と美紗緒。そんな異常なまでに必死な両親の姿に、思わず絶句する宏。

確かに、これだけ春菜から好き好きオーラを浴びせられながら、それでもまだ友達だと主張するのは間違いなく贅沢だろう。女性恐怖症という背景がなければ、あちらこちらから（半ば冗談ではあろうが）やっかみ交じりのつるし上げが始まるであろうことは想像に難《かた》くない。

かといって、見た目や雰囲気だけで評価する場合、宏が春菜の彼氏というのはどうにも釣り合いが取れていないのも事実である。

春菜の態度がここまであからさまでなければ、いや、これだけあからさまであるからこそ、ダサいヘタレのくせに何を思い上がっているのか、と全力で叩《たた》かれること請け合いだろう。

そのあたりの認識があるだけに、宏としてはなんとも言いがたい部分がある。

「あの、小父様《おじさま》、小母様《おばさま》。その話はそれぐらいで……」

あまりに先走ったことを言い出す宏の両親を、困ったような表情で一生懸命宥めようとする春菜。

おっとりした口調ゆえにそうは感じないが、これでもかなり慌てている。

春菜相手であればそういう話をしても大丈夫と見切り、さらに春菜の気持ちも踏まえたうえで宏にそう畳みかけるあたり、さすが両親だけあってよく見ていると感心するしかないところではある。

だが、黙って見過ごせることでもない。

日本に戻ってきて初めて宏と直接会うことや、宏の両親と顔合わせすることに浮かれ、うかつにも本心をダダ漏れにしてしまった春菜だが、実のところこの展開はありがたいものではないのだ。

「なんやのん、春菜ちゃん。そんだけダダ漏れやのに、えらい奥手やん」

「外堀を埋めていくようなやり方は本意ではないので……。それ以上に、まだ私自身、宏君とこのまま仲を深めてしまって、まだ完治していない彼の負担にならないのか、っていう部分に自信がありません……」

「あ～、そっか。せやなあ」

外堀を埋めるような流れに戸惑っている理由を正直に告げ、気持ちはありがたいのだが、と頭を下げる春菜。

その理由のうち前半をわざとスルーしたうえで後半の部分に理解を示し、感謝と感心が入り混じった言葉を漏らす美紗緒。だが、すぐに違う問題に気がつく。

「ただ、それやったらちょっと、気になることがあるんよ」

「気になること、ですか？」

「せやで。うちの子をそんなに好きになってくれたんは親としてものすごくありがたいし、そこを心配してくれるとかいくら感謝してもしきれんぐらいやけど、春菜ちゃんは宏と同じクラスやんな？」

「はい」

「春菜ちゃんががんばって隠そうとしてくれる、っちゅうんはありがたいけど、まず間違いなくばれるで。春菜ちゃん絶対モテるはずやから、よう見とる人間も多いやろうしな」

美紗緒の指摘に、孝輔も大きく頷く。天音は何も言わないが同じ意見であろう。

「私も、あまり接点がない人相手ならともかく、友達や親戚、家族には一発で見抜かれるだろうな、とは思っています」

「それやったら、無理に隠そうとせんでもええやん」

「春菜ちゃんのそのあたりについても、これからする今後の話に含まれています」

このまま見守っていると、話がいつまでたっても終わらない。そう判断した天音が、横から口を挟む。

やや強引ながらも天音が横から割り込んだことで、宏の両親も春菜をつつくのをやめて今後の話に意識を切り替える。その様子に、誰にも気づかれないように小さく、だが深く安堵《あんど》のため息を漏らす春菜。

言われるまでもなく、春菜は自分の気持ちをダダ漏れにした場合、特に学校において宏が背負うリスクをちゃんと認識している。ここなら宏のテリトリーであり、両親も踏み込んで大丈夫な範囲というのを理解しているのでまだましだが、学校ではそうもいかない。

とはいえ、この件に関しては、春菜は自身の自制心や感情の制御能力を一切信用していない。誰もが見て分かるほどダダ漏れにはしないつもりだが、宏の両親に告げたように、ずっと一緒に行動してきた身内や親友を相手に隠し通せるとはかけらも思えない。

そして今回の件で最大の問題は、リスクや負担が全て宏にかかってしまうことである。春菜が勝手に好きになったというのにそれは、申しわけないどころの騒ぎではない。なので、できるだけ早い段階で親友達をどうにか抱き込んだうえで、下手なプレッシャーをかけずに見守ってもらう体制を作り上げたいと思っている。

思ってはいるのだが、自分の気持ちすらどうにもできないのに、他人の心までコントロールすることなど不可能だ。なので、宏に余計なプレッシャーをかける部外者に対しては、もはや敵認定も辞さない覚悟はしている。

そんなことを頭の片隅で考えながら、今日から二泊三日で行う検査や治験について、天音の説明に耳を傾ける春菜。連休明けのことも重要だが、この三連休で取り組もうとしていることは、それ以上に重要である。

「つまり、明後日の昼頃までは、宏と直接連絡とるんは無理や、っちゅうことですか？」

これから研究室に移動して各種検査を行い、明日から明後日の昼までは外部から隔離された新型システムを用いて、宏達が連休明けすぐに現在の日本に適応できるようリハビリとカウンセリングを行う。そんな内容の予定を聞かされ、真っ先に孝輔が気にしたのはそこであった。

因《ちな》みに天音は、表向きの内容である女性恐怖症に対し、もう一段階上の治療を行うことについても、やるとすればどんな内容で行う予定だったかを一緒に説明している。

実のところ、新型システムを使って宏の症状をさらに軽くしたいという話は、東家が関東に引っ越してすぐぐらいの頃からすでにあった。

今の今まで実行に移さなかったのは、事が人の心に関わることだけに、主治医による経過観察の内容を踏まえながら多数の専門家と慎重に治療内容を検討していたからである。

「はい。申しわけありませんが、そうなります。これらついては、全面的に私が責任を持ちますので、どうかご了承ください」

「なんかあったら、すぐに連絡はもらえるんですよね？」

「もちろんです。持てる手段全てを動員して、すぐにこちらにいらしていただけるよう準備しています」

そう言いながら、東家に全面的に有利な誓約書を差し出す天音。

免責事項は天災と東家が妨害行為を行ったときのみという、普通ではありえない誓約書を見て、孝輔の顔に戸惑いが浮かぶ。

「……これ、ホンマにええんですか？」

「それが、私の覚悟だと思ってください」

「……分かりました。先生を信じます」

しばしの黙考の末、そう決心を言葉にして誓約書に署名する孝輔。仮にもしもの事があったとして、こんなものがなくても天音相手に訴訟を起こすつもりは一切ないが、こういう書類が必要となる天音の立場も理解できるのだ。

「なんか余計な話で長なってまいましたけど、このあとの時間大丈夫です？」

「そうですね。まだ時間に余裕はありますけど、そろそろ移動したほうがいいかもしれませんね。荷物とかは、大丈夫でしょうか？」

「それは、昨日息子に話聞いた時点で準備してあるんで大丈夫です。息子はこっちで送っていったほうがええですか？」

「送り迎えに関しましては、私が責任をもって行います。ただ、向こうへの移動はすぐに終わるので送っていただくというのは難しいと思いますが、終わってからお迎えに来ていただくのは問題ありません」

「すぐに終わると言いますと？」

「本日は携帯用ゲートを用意していますので、移動そのものは一瞬です。準備も含めても一分もかかりませんが、一応安全のためにお庭かガレージを使わせていただくことになります」

天音のその言葉に、そういえばという顔をする宏の両親。

避難用などのごく一部の用途を除き、転移ゲートは現在、どこの国でも設置や使用に規制がかかっている。そのために存在を忘れがちになるが、澪《みお》の移動のようにそれが最善の方法である場合や、天音がごく個人的に影響が少ない範囲でこっそり使う分にはお目こぼしされているのだ。

余談ながら、全国の病院をゲートでつないで、重体患者や緊急手術が必要な患者を最も適切な治療が受けられる病院へすぐに搬送できる体制を作ろうと、医師会と厚生労働省が現在極秘裏に話を進めている。

なぜ極秘に進めることになったかというと、以前、避難用ゲートの設置の時に、散々反対運動によるトラブルが発生した経験があるからである。事が病院だけに、表立って進めてそういうトラブルで患者に被害が出ては困るのだ。

なお、避難用ゲートに関しては、大きめの災害の時に想定以上の効果を発揮したため、今ではどこの自治体の避難場所にも設置されるようになっている。

最後まで無茶苦茶な理屈をわめいていた反対派も相当数いたが、効果を発揮した実例に勝てるはずもない。反対だったわけではなく運用の仕方などについて慎重だった人間はともかく、何が何でも反対と言い続けていた人間は、最終的に非人道的だと糾弾されて表舞台から姿を消している。

「なんでしたら、お二人も一緒にどうですか？」

「興味はありますけど、一応法的に規制かかっとりますし、まだ言い訳がききそうな宏はともかくうちらはやめといたほうがええと思うんで……」

「そうですか。では、お庭かガレージをお借りしますね」

「分かりました。宏、忘れもんはないやんな？」

「大丈夫や。あったとしてもまあ、どうとでもなるしな」

父の質問にそう答え、準備してあった旅行鞄《かばん》を手に庭へと出る宏。

東家の庭は、プランターや鉢植えを並べ洗濯物を干したうえで、折り畳みのテーブルと椅子を出して座れる程度の、ささやかだが十分に庭だと言い切れる程度の広さがある。

やろうと思えば、コンロを出してバーベキューを楽しむことができるくらいのスペースと書けば、大体の広さは理解できるだろうか。

そのスペースに、人が二人ぐらい並んで通れる程度の間隔で小さな石ころのようなものを置く天音。そのまま何やら端末を操作したと思うと、すぐにゲートが開いて向こう側に天音の研究室が現れる。

「ほな、行ってくるわ」

「おう。がんばりや」

「春菜ちゃんも、宏のこと頼むな。この子のことでなんかあったら、何でも言うてな」

「はい、ありがとうございます」

宏の両親からそんな激励を受け、頭を一つ下げてゲートをくぐる宏と春菜。研究室の奥に移動したのを見届けたところで、天音が振り返って最後の挨拶をする。

「それでは三日間、責任をもってお預かりします」

「宏のこと、よろしくお願いします」

「お任せください」

そんな挨拶を済ませ、研究室に移動し終えるとすぐにゲートを閉じる天音。お目こぼししてもらえる範囲ではあるが、あまり長々と開いているとややこしいことになるのだ。

あっという間にゲートが消えるのを見ていた孝輔と美紗緒が、天音が置いた石ころのような端末がどうなったか気になって視線を足元に移す。

その瞬間、淡い光を発して端末が消える。

「……あれ、使い捨てなんか普通に教授のもとに転移したんか、どっちやと思う？」

「……端末っちゅうにはものすごいチャチかったから使い捨てかもしれんけど、綾瀬教授のことやから回収しとる可能性も結構高いしなあ……」

目の前で不思議な消えかたをした端末についてそう問いかけてくる孝輔に、なんとも言いがたい表情で自分の考えを告げる美紗緒。

やはり宏の家族だけあってか、一時的とはいえ別れのシーンのはずなのに、変にしまらない終わり方をするのであった。

☆

「さて、次の予定までにちょっと時間があるから、今のうちに聞きたいこととかあったら説明するよ？　ご両親の前では話せないことも多かったしね」

「ほな、遠慮なく。綾瀬教授って、やっぱり僕らの同類ですか？」

「人間じゃないって意味なら同類。寿命とか老化とか肉体が消滅したらどうなるかとか、そのあたりも今の東君や春菜ちゃんと同じだよ。ただし、分類が神になるかって言われると、どうなんだろうね」

「やっぱその辺、なんぞややこしい定義とかあるんですか？」

「あるといえばあるし、どうでもいいといえばどうでもいい感じ。変な言い方だけど、神様か仏様かなんて違い、自分が信仰してなきゃどっちでもいいことだよね？　私達が共有してる定義って、そのレベルなんだ」

「なるほど」

世間話でもするように、あっさりと自身の正体や本質について説明する天音。

その天音の説明を聞き、ひどく納得したように頷く宏。春菜も興味深そうな表情を浮かべている。

身内であるはずの、しかも人間ではないことを一応知っているはずの春菜がこの態度なのは、まさに天音が説明したとおり、神様か仏様かなんて春菜にとってどうでもいい事実だったということに他ならない。

が、完全な部外者からすれば、一応そこは気にしろよと突っ込みたくなる事柄だろう。

「因みに、私も高校に入るまでは、性質っていう意味では普通の人間だったんだ。その頃にいろいろあってこうなっちゃったけど」

「っちゅうことは、今までの功績は人間やめたことの影響が大きい、っちゅうことですか？」

「まったくないわけじゃないけど、ほとんど関係ない感じ。人間やめたときにいろんなことの原理とか製法とかが簡単に分かるようになったけど、人間やめる前から自力で八〇年代後半のパソコンのＣＰＵぐらいなら作れなくもなかったし。それにそもそも、分かってるってことと実行するってことは別問題だし。そういうのは、ものづくりをしてる東君だったらよく分かると思うんだけど、どうかな？」

「そうですね。やり方分かるっちゅうんと実際にやるっちゅうんの間には、思ってるよりデカい溝があるもんですわ」

「まあ、それ以前にそもそもの話、私の発明品は、ほとんどは部品レベルでは外注したり市販品を使用したりするから、その時点で私だけの力でどうにかしたとは言えないし」

天音のその話を聞いて、むしろ間違いなくそっちのほうがすごいと思ってしまう宏と春菜。部品レベルで外注や市販品を使うということは、組み立てさえなんとかすればいくらでも量産できる、ということだ。その時点で、フェアクロ世界で宏がやったことなど鼻で笑える。

結局宏は、日本に帰ってくるまでの間には、自分なしで高度な製品を量産できる体制を作り上げることはできていない。せいぜい、発酵の絡まない調味料とインスタントラーメン工場ぐらいで、需要が多い高レベルポーションは、最後まで量産ベースに乗せるまでに至らなかった。

その気になれば外注だけで核融合炉だろうが転移ゲートだろうがなんでも量産できる天音のほうが、技術者としては圧倒的に上なのは間違いない。

しかも厄介なことに、やろうと思えば天音は、アフリカの未開の地などでも同じことができる。相手がある程度言うことを聞いてくれるのであれば、という前提条件があるが、そこをクリアすればその土地でできることの組み合わせで、加速度的に文明や技術を発展させられるのだ。

その分、危険人物としての度合いもけた違いに上なので、求められる自重の程度も宏とは比較にもならないのだが。

「あと、もう一つ注釈を入れておくと、私は自衛のための最小限を除いて、権能をほぼ全て封印かけて使えなくしてるの。地球で暮らしてる分には、あっても何の役にも立たないしね」

「うちらもそのほうが？」

「とも言いがたいんだよね。これぱっかりは、ちゃんと検査をして判断したほうがいいし。ただ、東君は不完全なものとはいえもう自分の世界を作っちゃってるから、封印するといろいろ不具合が出てくる可能性が高いよ。まあ、やろうと思えば簡単にできるけど」

天音の言葉に、無理か、という表情を浮かべる宏。邪神も仕留め終えた今、正直言って神だなんだというのは日常生活において、邪魔にこそなれ役に立つことはほとんどないのだ。

それに、趣味のものづくりにプラスになるとはいえ、おかしな影響が出るのも困る。なんというか、純粋に楽しくないのだ。

「まあ、そもそもの話、封印するっていったところで、一番問題になる肉体の強度や老化しないという部分はどうにもならないし。私だって、ほとんど人間と変わらないところまで封印をかけて権能を抑え込んでるけど、それでも核弾頭の直撃ぐらいじゃ火傷《やけど》一つしない感じだし」

「がんばってそのぐらいかあ……」

「うん、そのぐらい。東君どころか、相対的に脆《もろ》い春菜ちゃんでも、多分それより弱くはならないよ」

日常生活における絶望的な情報を、実に軽い調子で教えてくれる天音。その内容に、いろいろ嫌な予感を覚える宏と春菜。

「封印かけるかけないに関係なく、東君も春菜ちゃんも権能を使いこなすための研修は受けてもらうことになってるし。特に春菜ちゃんは、補助具使ってもオンオフしかできないその因果律撹乱《かくらん》体質は、すぐにでも最低限の制御ができるように訓練しなきゃいけない類のものだし」

「……やっぱり、そうなるんだ」

「うん。詳しい研修内容はこの後の検査で決めることになるけど、これに関しては決定事項。因みに、担当教官は私の時と同じ人。春菜ちゃんも知ってる、若葉荘の管理人さんね」

「……うわあ……」

「日程はこっちの時間軸で一日半だけど、最低ラインを突破できるまで体感時間では一年でも二年でも研修は続くから、がんばってね」

「……私、今初めて女神になっちゃったことを後悔してるよ」

全身にどんよりしたものがのしかかっている春菜の様子に、非常に不安が募ってくる宏。その教官という人物がどういう人なのかが気になり、思わず天音と春菜に質問してしまう。

「その人、そんなに怖い人なん？」

「怖くはないよ。ねえ、春菜ちゃん？」

「うん、怖くないよ。ただ、いろんな意味でとんでもない人だから、ね。あの人にずっとしごかれる、っていうと、怖い怖くないに関係なく心が折れそうで……」

「なんやそら……」

聞けば聞くほど、不安しかなくなってくる説明に、宏もどんどんテンションが下がってくる。いずれ必要となってくることなのは分かるが、せめてそういう人をあてがうのはやめてほしい。

「でもまあ、春菜ちゃんに一つ朗報があるとすれば……」

「あるとすれば？」

「受験勉強と人外として今の日本になじむための勉強、っていう名目で、東君と二人だけで過ごす時間が確実にあること、かな」

「……宏君には申しわけないんだけど、それだけでがんばれる気がしてきたよ……」

「……なんか、研修よりむしろ、それで気合いが入る春菜さんのほうに不安を感じるんやけど……」

天音のそそのかすような言葉に、どうにか希望を見つけて立ち直る春菜。それで立ち直った春菜に、申しわけないながらもドン引きするものを感じてしまう宏。

そんな始まる前の不安をよそに、教官の男性と割とあっさり仲良くなった宏は案外楽しく研修をこなして、春菜を微妙にへこませるのであった。

第1話 そんな普通の恋をするとか嘘だろう!?

「おはよう、蓉子《ようこ》、美香《みか》」

「おはよう、春菜《はるな》」

「春菜ちゃん、おはよう！」

連休明けの五月一日。いつものように七時過ぎに登校してきた春菜は、これまたいつものように二十分過ぎぐらいに登校してきた親友、中村《なかむら》蓉子と高橋《たかはし》美香に笑顔で朝の挨拶を済ませる。

余談ながら、蓉子は背も胸も標準ぐらいのクールビューティで、美香は春菜よりさらに大柄だが胸はやや寂しい感じの元気系お姉ちゃんである。どちらも春菜がいなければ学校一を競えるほどの容姿はしており、三人で並んでもまったく春菜に見劣りしない。おっとりほんわか系の春菜と合わせて、宏達《ひろし》が通う県立潮見《しおみ》高校の三大お姉さまとして校内では有名な存在だ。

連休前と変わらぬいつもの朝。たまに美香が朝練でいない日もあるが、おおむねこんな感じである――が、そう思ったのは春菜だけだったようで、蓉子も美香も挨拶をしてきた春菜に対し、何やら不思議そうな視線を向けてくる。

「ねえ、春菜」

「どうしたの、蓉子？」

「連休中に、何かあったの？」

「何かって？」

唐突な蓉子の質問に、ちょっと困ったようにそう聞き返す春菜。

その春菜の態度に、何かあったことを確信する蓉子と美香。

蓉子は中学一年の頃から五年、美香は高校に入ってから二年、春菜とともに酸いも甘いも噛《か》み分けてきたのだ。

ほんの些細《ささい》な変化ではあっても、親友に何かあったらしいことぐらいは簡単に分かるのである。

「ねえ、春菜ちゃん。ごまかせてると思ってる？」

「実は全然」

「だと思った」

「っていうか、私そんなにダダ漏れだった？」

「ん～、パッと見はいつもと変わんない感じ。ダダ漏れっていうのとはちょっと違うかな？」

そう言いながら、困ったような笑顔を浮かべる春菜を再び観察しなおす美香。

実際、表面上の要素は、基本的に普段と変わらない。髪型はいつもどおりのちゃんと手入れの行き届いたストレートヘアだし、服装も身だしなみとしてはしっかりしているが、ファッションという面ではかけらも気を使っていないもの。

連休前との違いを一つ挙げるとすれば、見慣れないシンプルなチェーンブレスレットを左手首に巻いているが、これだってこれまでの二年間で一度もなかった、というほどでもない。

因《ちな》みに、その数少ない例外的事例は、大抵が親戚などからもらったお土産を義理で一週間ほどつけているだけ、というパターンだ。春菜にとってそもそもヘアゴムやヘアピンといった実用的なアクセサリー以外のものをつけるというのがしっくりこないのか、一週間を超えて身につけていた事例は存在しない。

表情にしても、いつもとそんなに変わるわけでもない。が、それでも何か違うのだ。

その違いが何かは分からないが、なんとなく春菜の存在感が強くなっているのは伝わってくる。よく観察すると、輝くような美貌は何一つ変わらないのに、これまで以上に綺麗《きれい》になったような気もする。

もともとが一般人と隔絶した美貌の持ち主だけに、綺麗になったといっても逆にすぐに分からないレベルだが、それでも間違いなく今までとは比べ物にならないぐらい魅力的になっている。

そんな観察結果をもとに美香が蓉子に視線を向けると、蓉子も同じ結論に達したらしい。

「春菜ちゃん、相手は誰!?」

「いつ知り合ったの？」

「今、どこまで進んでるの!?」

「あなたのことだから袖にされる、なんてことはないと思うけど、浮かれて調子に乗って一線超えてたりしないでしょうね？」

「……やっぱり、二人に隠し事は無理だよね」

畳みかけるように問い詰めてきた美香と蓉子に、思わず大きくため息をついてそう答える春菜。

もともと付き合いが長い彼女達相手に、ごまかして隠し通せるなどとはかけらも思っていなかった。

たが、ここまであっさり見抜かれると、今後が不安になってくる。

「誰か、っていうのは多分、すぐ分かると思うよ。いつ知り合ったか、っていうのは、クラスメイトだからもともと知り合いだけど、そういう意味じゃないよね」

「クラスメイトって、今年のよね？　去年とかじゃないわよね？」

「っていうか、春菜ちゃんの好きな人がクラスメイトとか、ビッグニュースじゃん！」

あまりに衝撃的なそのニュースに、目を白黒させながら大騒ぎする蓉子と美香。元気系お姉さまとして名が通っている美香はともかく、クール系お姉さままで有名な蓉子には珍しい態度である。

そこに、いけにえの羊よろしく、いつもの時間と呼べる範囲で宏が登校してくる。

「おはよう、東君《あずま》」

「おはようさん」

表面上はどう見てもいつもどおり、という感じで挨拶を交わし、自分の席に着こうとする宏。が、そこで外野から鋭く待ったがかかる。

「春菜ちゃん、ダウト！」

「東君もダウト、ってところね」

宏と春菜の態度に思うところがあったのか、美香と蓉子が即座にダメ出しをする。

「というわけで、まずは春菜ちゃんから」

「まだ他の人が来る時間じゃないから、今のうちに私達に普段の姿を見せなさい」

「そうそう。まずは呼び方から！」

続けざまに詰め寄ってくる美香と蓉子の態度に、本気で困ったという表情を浮かべる春菜。自分の自制心についてまったく評価していない現在の春菜としては、ここで普段どおりの態度になってしまうと、他のクラスメイトが来るまでに切り替えられずにずるずると自爆しそうな気がしてしょうがない。

かといって、ここまで筒抜けでは、ごまかそうとしても美香も蓉子も納得しないだろう。協力者として抱き込みたい相手が納得してくれないというのは、後々のことを考えるとかなりつらい。

そのあたりのジレンマを察したのか、宏が諦めたような苦笑を浮かべて春菜に声をかけてくる。

「これ、諦めたほうがええんちゃう？」

「……うん、そうだね。ごめんね、宏君」

「っちゅうか、最初から自分でこうなるかも、っちゅうとったやん。ある意味予想どおりの展開やねんから、今更慌ててもしゃあないでな」

やたらと鋭い美香と蓉子に、朝から疲れた、という感じで気安いやり取りをしてみせる宏と春菜。そのあまりに自然な会話に、昨日今日のことではないと察する美香と蓉子。

「ふ～ん、なるほどね」

「でもさ。連休前は東君も春菜ちゃんも明らかにそんなに仲良くなかったよね？　いったい何があったの？」

「そうね。そこは私も気になるわね。それに、女の人にやたら怯《おび》えていた東君が、完全に平気ってほどではないにしても随分大丈夫そうだし」

「たった三連休で、何があればそんな何年も友達付き合いしてます、みたいな状態になるの？」

「恋愛感情的には現状春菜からの一方通行みたいだけど、これはまあ、分からなくもないから深く追及するのはやめておいてあげる。少なくとも、お互い相手を深く思いやる程度の関係みたいなのは見てて分かるし、ね」

ここは突っ込んでおくべきところだと判断した蓉子と美香が、真剣な顔で畳み込むように質問をぶつける。そこには最初のような面白がっている様子はなく、本気で宏と春菜を案じていることが、表情だけでなく態度からもうかがえる。

明らかに態度が変わった蓉子と美香に対し、やはりちゃんと話しておく必要があるだろう、ということで意見の一致を見る宏と春菜。

アイコンタクトだけでそこまで意思疎通ができる二人に、いろいろ突っ込みたくなるが必死に沈黙を保つ蓉子と美香。

そんな危険な空気を感じ取ってか、思わず反射的に一歩引く宏。その宏を守るようにさりげなくかばうような位置に移動しながら、春菜がこれまでのことを話し始めた。

「えっと、蓉子も美香も、私が『フェアクロ』で遊んでることは、知ってるよね？」

「ええ。それがなにか……って、もしかしてゲームの中で東君と会った？」

「うん。それでね、お互い同じゲームで遊んでるの知らなかったのに、ゲーム内で遭遇するとか奇遇だよね、とか話してたら、変なバグ、っていうかネットワーク攻撃に巻き込まれちゃって」

「その攻撃の問題が解決するまで、ネットワーク内に意識が閉じ込められとってん。それが実時間では十分ぐらいやけど、主観時間で言うたら一年以上っちゅう長期間でなあ」

「他にも何人か巻き込まれちゃった人がいて、その人達と一緒に力を合わせて、どうにかその一年ちょっとを乗り越えたんだよ」

さすがに真実全てを説明するのははばかられるということで、全部嘘《うそ》ではないが真実でもない表向きの説明をする宏と春菜。

その説明の内容にどことなく釈然としないものを感じつつも、話せないこともあるのだろうと、自分達が感じた疑問や不審点を飲み込んで受け入れる蓉子と美香。

「なるほど。一年あれば、仲良くなるのも当然ね」

「力を合わせて乗り越えなきゃいけない、っていう状況だったら、春菜ちゃんが東君を好きになるのもおかしなことじゃないし」

何か伏せられていることがあるに違いないという点には目をつぶって、とりあえず理由については納得してみせる蓉子と美香。主観時間で一年以上現実と隔離されていた、という部分に嘘を感じない以上、伏せられているであろう何かに関しては、割とどうでもいいことだと割り切ったのだ。

「それで、これからどうするつもりだったのよ？」

「宏君に変な圧力がかかるのは申しわけないから、学校にいる間は可能な限り連休前と同じ態度で、もし発覚してもどうにかして口出しせずに見守ってもらえる状態にできないかな、って思ってたんだけど……」

「……連休前と同じはもう最初から破綻してるわね。大多数はごまかせるだろうけど、気づく人はいるはず。春菜は日頃から学校中の注目を集めてるんだから、恋人ができたって噂《うわさ》はそれこそ今日中にでも広まるわね。相手が東君だとか、恋愛的な意味では春菜の片想いだとか、そこまで今日中に広まるかはなんとも言えないところではあるけど」

「春菜ちゃんはどこにいても目立つもんね」

蓉子と美香の容赦ない言葉に、本心から困った顔で頷《うなず》く春菜。今年入学してきた天音《あまね》の双子の娘ほどではないにしても、自分が目立ってしまっている自覚はある春菜。目立つということは観察されるということだ。

そして、蓉子や美香の言動を見れば分かるように、観察力のある人間の目をごまかせるほど、現状の春菜は隠し事が上手《うま》くない。そもそも、心の奥底には宏が好きだということを周囲に知らしめたい、という気持ちが多少なりともあるのだから、隠しきれるわけがないのである。

そんな自分を自覚し、現状でそれは一切プラスにならないと分かっていながら抑えきれないのだから、情けなさと申しわけなさで顔を上げられない。

「ほらほら春菜、へこんでないで話を続けるわよ」

「そうそう。春菜ちゃんも東君も、何も悪いことはしてないんだしさ！」

割と洒落《しゃれ》にならない感じでへこみ始めた春菜を、必死になって宥《なだ》めて浮上させようとする蓉子と美香。ぼちぼち他の生徒が登校してくる時間に差し掛かっている以上、あまり時間を無駄にはできない。

「で、根本的な話なんだけど、どういう問題があって一見両想いにしか見えないのに実態は春菜の片思い、なんてややこしいことになってるのよ？」

「だって宏君は、この学校に入学した頃から、なんで共学の学校に通えてるのか分からないぐらい重度の女性恐怖症だったんだよ？　今回のトラブルでいろいろあって随分症状は軽くなったけど、それでもさすがに恋愛的な意味でのお付き合いをお願いできるほどじゃないし……」

蓉子の問いかけに対し、言ってしまっていいのかを視線で宏に確認したあと、一番ネックとなっている問題を告げる春菜。

それを聞いて、わずかに驚きの表情を浮かべる蓉子と美香。

実のところ、あまり過剰な配慮は逆効果になりかねないことや入学当時はまだ微妙に事件が風化しきっていなかったことなどの諸般の事情により、宏の女性恐怖症についてはそれほどはっきりとは公にされてない。

それでも心療内科に通っていることだけはそれとなく周知されており、日頃の態度などから女性関係で何かよほどひどい目にあったらしい、ということを同じクラスになったことがある人間はなんとなく察している。

蓉子も美香もそのレベルであり、女性関係でトラウマを抱えていて逃げ腰なんだろうとか、その原因は多分えげつない種類のいじめだったんだろうといったぐらいは察していても、春菜がそこまで慎重になるほどとは思っていなかったのだ。

「……何かあるとは思っていたけど、そんなにひどいの……？」

「正直言うとな、春菜さんとか一緒にトラブルに巻き込まれたごく一部の女の人とかは大丈夫やねんけどな、いまだに怖いお姉さんにすごまれたら、吐いたりパニクったりせえへんっちゅう自信はあらへんでな」

「……それは確かに、厳しいわね……」

「これでも、自分らとこの距離で普通に話せるようになった分、だいぶマシになったんやで」

微妙にしんどそうな宏の自己申告に、今度は蓉子の表情が申しわけなさを主成分とした渋いものになる。

恐らく、我慢できないわけではないだけで、いまだにつらいのは変わらないのだろう。

その状態で、半分好奇心の蓉子達の質問や会話に付き合ってくれているのだ。宏自身のことでもあるとはいえ、結構会話に寄り道があった自覚がある蓉子としては、申しわけないと思わずにはいられないのである。

「まあ、そういうわけだから、私のほうから勝手に好きになっちゃったのに、宏君ばっかり攻撃されそうな状況が申しわけなくて、ね……」

「……美香」

「うん、分かってる！」

宏と春菜の事情を理解した蓉子と美香が、即座に意思統一をして方針を決める。

初めてまともな本気の恋をした親友と、運がいいのか悪いのか親友に本気で惚《ほ》れられてしまった、ヘタレだが温厚で我慢強いクラスメイトを守る。

ただ、正攻法でやっても無理があるので、ここは娯楽方向に持ち込んだほうが確実そうではある。

「ほな、そろそろ他のクラスメイトが来る頃やから、いつもどおり自分の席に……」

「ちょっと待って、東君。私達の方針が決まったから、もうちょっと話に付き合って」

「そら別にかまわんけど、なに企んどんねん？」

「二人には申しわけないんだけど、ある程度情報をオープンにしたうえで、みんなで面白がって生温かく見守る形に誘導したほうが、東君にかかる余計なプレッシャーは相対的にましになると思うの。で、どうやってそっちに誘導するかってところの話」

蓉子の説明に、思わず納得しつつ遠い目をする宏と春菜。その手の視線に関しては、フェアクロ世界にいた頃にいろいろと覚えがある。

「ただ、さすがにネットワーク攻撃、とかそのあたりは伏せておいたほうがいいとは思うんだけど、そこをごまかせる設定とか、そういうのはあるの？」

「うん。三連休の間、宏君をはじめとしたいろんな人に、天音おばさんが開発した最新鋭の治療システムを使った治験を実際にやってたんだよ。その治験、ＶＲシステムを使ってたから、人によっては主観時間で年単位の時間がかかるんだ。で、データ取りと身内の参加も必要だろうって理由で健常者代表として私も参加してたから、そこで宏君の治療の過程で協力することになってそのまま仲良くなった、っていうことにしようかなって」

「春菜さんとものすごい仲ええ人はごまかせんでも、大体の人はそれで納得するやろう、っちゅうことで、そういう方向でごまかすことにしたんよ」

「全部が嘘、ってわけでもないしね」

春菜の説明を聞き、なるほど、という感じで頷く蓉子。その内容について、何やらじっと考え込んでいる様子の美香。

その美香の態度が不安になり、春菜が声をかけようとしたタイミングで、唐突に美香が口を開いた。

「春菜ちゃん、春菜ちゃん。年単位の時間がかかる人のなかに、東君も春菜ちゃんも含まれるんだよね？」

「うん」

「ということは、その前のことも含めれば主観時間で二年以上、あたし達より長く過ごしてるんだよね？」

「そうなるよね」

春菜が美香の疑問を肯定すると、もう一度宏と春菜を見た美香が何やらひどく納得したように頷いた。

「単に春菜ちゃんが恋したってだけにしては随分大人っぽくなった感じがしてたけど、主観時間だとあたし達より二年以上年上になるって考えたらすごく納得できたよ！」

「ねえ、美香。別に、主観時間で歳だけ食ってれば大人になる、ってわけじゃないと思うわよ？」

「せやな。おんなじ主観時間一年でも、ゲームでぼんやり遊んでんのと、なんかに真剣にがっつり打ち込むんとでは話がちゃうやろうし」

「まあ、その基準で言うなら、東君も春菜も中身が私達より年上っていうのは納得できるわね」

「納得できるんかい……」

妙に納得してみせる蓉子に対し、思わずそう突っ込んでしまう宏。

突っ込みを受けて、小さく苦笑する蓉子。

冗談めかして言ってはいるが、実のところ蓉子も美香も、割と本心から宏と春菜が精神的には自分達より年上になっていると感じている。

正直な話をするなら、登校してきてすぐの時点では、蓉子も美香も宏の変化に気がついていなかった。そもそもの話、宏とあまり親しくはなく、おおよその人となりしか知らないので、変わったかどうかなど分からないのも仕方がない。

なので、宏についてはあまり偉そうなことは言えないが、宏が教室に入ってきた瞬間の春菜の様子を見て、信じられないと叫びそうになったのも事実だ。

もっとも、少し話をしただけで、連休前の印象とは大違いの、同年代よりはしっかりした人格と価値観を宏が持っていることはすぐに分かった。

蓉子と美香が宏に持つ印象は、夢や趣味と現実との間に上手く折り合いをつけ、地に足がついた行動をしながら無邪気に夢を追い趣味を全力で楽しむ大人、というものだった。

恐らく、連休前に持っていた印象そのままの宏が相手となれば、否定も邪魔もしないまでも全面的に応援しようという気にはならなかっただろう。

人の恋路を否定したり邪魔したりする趣味はないし連休前の印象でも駄目だとまでは思わないが、協力したり応援したりしたいと思える組み合わせでもなかった。

だが、今の宏なら、むしろ春菜の相手に他の人間をあてがおうなどという気すら起こらない。

相変わらず、基本となるオーラはヘタレオーラだ。身だしなみもちゃんとしているのに、どこかダサいままである。

けれど、それらを補って余りあるほどの妙な貫禄《かんろく》を身につけており、ダサいヘタレというイメージそのままに、どことなく格好よく見えるようになっているのだ。

その貫禄が、どう考えても最低でも三十路《みそじ》を過ぎた人間でなければ醸し出せそうもないものなのは、あえてここでは触れないことにしておく。

「で、まあ、話を戻すとして。さっきの春菜の説明、それをそのままベースにして、東君の女性恐怖症についても、ある程度公にしちゃっていいかしら？」

「別に、自分から触れ回る気がないっちゅうだけで、隠しとるわけやないからな。その辺は自分らに任せるわ」

「ありがとう。でも、それだけ重度なのに、今日話を聞くまでそんなこと全然知らなかったわ」

「そらまあ、僕は春菜さんとかと違って、基本目立たんその他大勢やからな。このクラスになって一カ月やけど、僕のことなんぞほぼ話題に上がってへんやろ？」

「それはまあ、そうね。というより、友達関係かよほど嫌いな相手でもなければ、普通は単にクラスメイトだっていうだけの相手の話題なんてそうそう出てこないわね」

「まあ、自分らとか春菜さんとかは例外やろうけど、普通そういうもんやわな。っちゅうか、嫌い、のほうで話題に上がらんように必死なってがんばっとったから、そうでないと困るっちゅうか」

宏のその言葉に、いろんな意味で納得する春菜、蓉子、美香の三人。

女性恐怖症の宏が取れる自衛手段など、可能な限り無関心でいてもらうために、最低限の積極性で嫌われないようがんばるぐらいしかない。

蓉子と美香からすれば、正直そこまでして共学の学校に通わなくてもと思わなくもないが、家庭の事情は人それぞれだ。

それに私立公立関係なく県下で指折りの進学校であり、公立高校の中では断トツのこの高校に入ってついていける学力があるなら、あまりレベルが高いとは言えない他の男子校に通うのも非常にもったいない。

「そのあたりはちょっと横において、話をまとめるわね。東君はこの三連休、重度の女性恐怖症を治療するため、綾瀬《あやせ》教授の新技術を使った治療法の治験に参加していた。春菜はその新技術のデータ取りってことで、親戚としてその治験に参加していた。ここまではいい？」

「まあ、そんなところやな」

「それで、東君の治療の過程で、面識がない、もしくはないも同然の女性の手を借りる必要が出てきて、綾瀬教授の身内であり参加者の中で一番信頼できると判断された春菜が治療に協力した」

「うん、そうそう」

「その治療が主観時間で一年以上かかって、その間ずっと一緒に行動してた春菜は、東君のいいところも悪いところも全部見たうえでいつの間にか好きになっていた、ってことでいいかしら？」

「概《おおむ》ねそんな感じ。でも、この治療ですごく良くなったっていっても、完治したわけじゃないから……」

そう言って、胸が張り裂けるような恋心を押し殺して、気遣うような笑みを宏に向ける春菜。

その笑顔に申しわけなさそうな表情で応える宏と、気高さすら感じさせる春菜の透明な美しい笑顔に息をのむ蓉子と美香。

なお、先ほどから綾瀬天音の名前が普通に会話に登場している件だが、潮見高校が母校である関係で、年に何度か講演で顔を出していたり、さらに双子の娘が通っていたりと、身近な存在として親しまれているからだ。蓉子や美香などは春菜を通じて顔見知り程度には仲が良かったりする。

春菜の笑顔により話が途切れ、全員次に何を話そうとしていたのか分からなくなったタイミングで、教室の扉が開いてクラスメイトが入ってくる。

「おはよう、ってあれ？　藤堂《とうどう》さん達と東が一緒って、珍しい組み合わせだね？」

「あ、おはよう、田村《たむら》君。ちょっといろいろあって」

「ふ～ん？　いろいろって、……まさか？」

宏と春菜の間にある空気から、何かを悟った様子を見せる田村。その田村の様子に内心でミスったと頭を抱えつつ、さっさとこのクラス一のイケメンを味方に抱き込むために話を進めることにする蓉子と美香。

とはいえ、どう抱き込むにしてもまずは事実の告知から。春菜相手に軽く目配せすると、あえて軽い口調で田村に事実を告げ始める。

「そのまさか、ね。まあ、勝因はカッコつけたり言い寄ったりせずに普段どおりの姿を見せたってことと、外面だけ見ずに普通に一人の人間として対応してきた、ってところかしら？」

「まあ、運とか偶然とかの要素も大きかったみたいだけど」

「……嘘だ～!!」

「これが、事実なのよね～」

登校してきてすぐに、三大お姉さまから驚愕《きょうがく》の事実を知らされる田村。クラス一のイケメンの顔が、非常に残念な感じに歪《ゆが》んでいる。

それでもあっぱれなことに、田村は宏をこき下ろしたり春菜に考え直すように言ったりはしなかった。釣り合いが取れていないのでは、とは思っても、クラスメイトを悪く言うほど性格が歪んではいないらしい。

とはいえ、何も叫ばずにいられるほど人間ができているかといえば、答えは否《いな》。

なので、田村は衝動に任せて思いっきり余計なことを叫ぶ。

「嘘だ！　難攻不落、撃墜率百パーセントを誇るあの藤堂さんが、ごく普通にどこにでもいそうなクラスメイトと恋に落ちるなんて、そんな普通の恋をするとか嘘だろう!?」

「あ、そっちなんだ」

田村の絶叫を聞き、思わず美香がそう呟《つぶや》く。明らかに春菜を狙っているのが丸分かりだったのに、宏をこき下ろしたり釣り合いがどうとかに言及するより、春菜が普通の恋をしたことに驚いているのが意外だったのだ。

なお、春菜は田村のその絶叫に全力で机に突っ伏して、自分がどう認識されているかに思いっきりへこんでいる。

「因みに、現段階では春菜の片思いだけど、それはどう思う？」

「そっちはあんまり意外でもない。東って、間違いなく藤堂さんみたいなタイプに言い寄られたら腰が引けて逃げようとする人種だし」

「それに対してむかつく、とかは？」

「別に。東が積極的に口説いたとも思えないし、藤堂さんのほうから好きになったんだろうから、そっちに腹立ててもしょうがないだろ？」

「あら、意外と理性的ね」

「・・・・・・ストーカー先輩と同類みたいにはなりたくない」

不思議そうな蓉子の言葉に、きっぱりそう言い切る田村。あれと同じ穴の狢《むじな》扱いはいやだ、と、心底思っているのが伝わってくる表情である。

余談ながらストーカー先輩というのは、春菜に一目惚《ひとめぼ》れをして登校時間を合わせ、馴《な》れ馴《な》れしく恋人気取りで既成事実を重ねようとしてきた、一学年上の男子生徒を指した言葉である。

春菜が入学してひと月も経《た》たないうちにそういった行動を始め、そのまま卒業するまで二年間ずっとストーキング行為を続けたため、ほぼ全校生徒から嫌われていた男だ。

幸いにしてその男の通学時間が一時間半ほどかかったため、早めに登校して二人きりにならないようにするという自衛手段が取れたが、そうでなければ今頃、警察沙汰になっていたかもしれないほど危険なタイプだった。

なお、春菜の家には法には触れないがあまり詳細を述べたくないタイプの天音特製の警備システムが存在し、そうでなくても芸能人の家だということでそういった付きまとい対策は充実しているため、さすがのストーカー先輩も手出しできていない。

現在は他県の大学、それもかなり遠方の国立大学に進学しているため、別段朝一番に登校してくる必要はないのだが、もはやそういう習慣が染みついているため、学年が変わって一カ月たった現在でも春菜は七時台前半に学校に来ている。

「まあ、何にしても、詳しい経緯はあとで教えてあげるから、しばらくはこの二人に関しては手出し無用。いろいろ空回りするはずの春菜をにやにやと観察しながら、内心で早く くっつけって思いつつ生温かく見守る方針で」

「了解。みんなも、それでいいよな?」

「「「「「もちろん!」」」」」

蓉子の要請にそう答え、さらにいつの間にか増えていたクラスメイトや他のクラスの連中に、そう声をかける田村。そんな田村の呼びかけに、声を合わせてそう答えるこの場の三年生達。

彼らとて他人の恋路を邪魔するような趣味もなければ、春菜や蓉子、美香に嫌われたり敵対されたりすることを喜べる人種でもないのだ。

こうして、在学中に春菜が宏を口説き落とせるかどうかを全校生徒が賭けの対象にしたり、何度も二人はすでに普通にカップルになってる扱いでいいんじゃないか論争を起こしたり、卒業までのあいだ様々な形で話題を提供し続けることになる宏と春菜の関係は、まずはこの場にいる三年生を中心に、詳細も含めて一気に公認となるのであった。

☆

「っていう感じで、今日一日あっちこっちからからかわれて、ひどい目にあったよ……」

「春姉《はるねえ》、それのろけ？」

「そういうわけじゃないけど……」

放課後。海南《かいなん》大学付属総合病院の澪《みお》の病室。

問われるままに今日一日の学校の様子を語った春菜に対して、澪がかなり辛辣《しんらつ》な言葉をぶつけてくる。

「というか、師匠のことを差し引いても、春姉のリア充ぶりがひどい件について」

「そんなにリア充っぽいかなあ、私？」

「ん。少なくとも、ボクが最初から健康体だったとしても、そこまでリア充になれてたとは到底思えないレベル」

「そんなことはないと思うけど」

微妙にすねている澪に対し、本心からそう言う春菜。

確かに、今現在の澪が健康になったところで、春菜のように多数の友人に囲まれゲーム以外の場所でも充実した人生を送る、という風にはいかないだろう。それは澪自身も認めるところである。

だがそれは現在の澪の素行がいろいろ手遅れだからというより、生まれてからずっと健康というものと縁遠く、本質的には人見知りで引っ込み思案な性格をしているからというのが大きい。

むしろ残念な言動は、人と打ち解けるのが苦手なのをごまかすため無意識にやってしまっている面が少なからずある。

もちろん、実際に手遅れになっている部分が上手く仕事をしているし、中学一年生が嗜《たしな》むには問題がありすぎる趣味を全身全霊をもって楽しんでいるのは、間違いない事実だ。

が、趣味や手遅れさ加減よりむしろ、人との付き合いが苦手であることのほうが、友達を作るという点においてはマイナス面が大きいのは間違いない。

なぜそれを断言できるかというと、春菜には方向性は違えど同じぐらい手遅れなのにかなりリア充している同年代の知り合いが、少なくとも三人はいるからである。一人は容姿の面でかなり得している人物だが、残り二人は別段美形というわけでもないので、健康になって体重が標準ぐらいまで増えた澪の容姿なら、まず問題にはならない。

もっとも、澪の性格が否定されるべきものかといえば否で、多少自重を覚える必要はあっても一般的な尺度に合わせて無理に矯正する必要もない。

というより、そんなことをしてもお互いにストレスが溜《た》まるだけだろう。

そもそも春菜としてはリア充と呼ばれるタイプが素晴らしいものだとは思えないし、何よりそういう人種が時折見せる、宏や澪のようなタイプを見下すような態度があまり好きではない。

それに、リア充の定義がリアルが充実していることであるなら、澪は普通にリア充と言えよう。

「それはそれとして、肝心の師匠は？」

「今、天音おばさんの診察を受けてる。治療後に登校したの初めてだから、ちょっと念入りにやるって言ってたよ。ちゃんと面会時間までには終わってこっちに来るから、安心して」

「ん、了解」

一緒に見舞いに来ているはずの宏の不在について、納得のいく回答を得てなんとなく安心する澪。

やはり、できることなら顔を見たいのだ。

なんだかんだ言って、向こうにいる間に単なるあこがれや恋に恋している状態を脱し、宏に対してそれなりにちゃんとした恋心を抱いてしまっている澪。

春菜を筆頭に今の澪ではどう逆立ちしても勝てそうにないライバルが勢揃《せいぞろ》いしているため、どうしても独占したいという気持ちまではないが、やはり好きなものは好きなのである。

そんなことを考えていると、扉が控えめにノックされる。

因みに、澪の病室は個室、それも一番下のグレードとはいえ特別室である。

というのも、澪が海南大学付属総合病院に移ってきたのは、寝たきりの原因である頸椎《けいつい》の損傷が劇的に治る新薬の治験を受けるためだ。

この新薬、何の偶然かもともと澪が患っていた原因不明の多臓器障害によく効く薬として開発されたものに、たまたま頸椎の損傷を修復する効果が発見されたという、二重の意味で澪にとっての特効薬となっている。

なので特別室は、治験を受けた患者の中で群を抜いて症状が重かった澪を、念入りに経過観察するための措置である。他の患者も個室で経過観察を受けており、現時点では海南大学付属総合病院の個室は結構な割合が治験のための患者で埋まっている。

なお、費用は全て病院、もっと正確に言えば天音持ちである。もっとも、倫理的な問題でやらないだけで、天音の資産なら海南大学付属総合病院を一カ月借り切って治験を行っても、手持ちの現金すら大して減らないのだが。

「どうぞ」

「よっ。調子はどうだ？」

「あ、達兄《たつにい》。いらっしゃい」

澪の許可を得て入ってきたのは、会社がゴールデンウィークの連休真っただ中の達也《たつや》であった。隣には妻の詩織《しおり》が、そしてその後ろには……

「あ、宏君。もう診察は終わったんだ」

「おう。今んとこは異常なしや。ただ、ちょっとばかし過剰にストレス溜め込んでるから、当面は注意せい、とは言われたけどな」

「まあ、今日のあれじゃあ、しょうがないよね。私だってちょっとストレス感じたぐらいだし」

天音の診察を終えた宏の姿があった。

因みに、宏を含めた転移組五人は、前半の連休に、海南大学の綾瀬研究室で顔合わせ済みだ。そ

の時に、澪の両親や詩織とも面識を得ており、天音や達也から説明を受けてほぼ事情を知っている詩織とは、普通に連絡を取り合う関係となっている。

なお、澪の両親はほぼ何も知らない。そもそも澪の体が健康体になる、というそれだけですでにいっぱいいっぱいで、娘の身に何があったのかを聞いて理解できる余裕がなかったのだ。

「春菜ちゃん、すごい美人だからしょうがないけど、ヒロ君も大変よね～」

「美人だなんてうぬぼれるつもりはないですけど、最近大抵の人から褒められてしまうこの容姿がちょっと重い感じ……」

「春菜ちゃんはもっとうぬぼれないと、世の女の子達を侮辱してることになるからダメよ。でもまあ、春菜ちゃんの性格だと、美人でも人当たりがよすぎて得より損のほうが多そうだよね～」

ストレスの意味を正確に汲《く》んだ詩織が、慰めるように宏と春菜にそう声をかける。

男女が逆ではあるが、達也も日常生活では春菜に近い立ち位置であるため、春菜の苦労も宏の苦労もよく分かるのだ。

もっとも、詩織は宏と違い、容姿の面では達也にそれほど見劣りするわけではない。街を歩いていても、普通に美男美女のカップルとして認識してもらえるので、見た目の釣り合いは宏ほど難儀なことにはなっていない。

「まあ、その話は置いとくとして、澪はどないなん？」

「ん。経過は順調。もう、手の指は全部動かせるようになった」

「そら本気で順調やな」

「多分、後半の五連休に入る頃には、首が動かせるようになると思う」

「……なんぞ、予想よりかなり早いやん」

澪の状態を聞いて、本気で驚く宏。

それもそのはず。当初の予定では、首が動かせるようになるまで二週間程度は必要だと見込まれていたのだ。

もともと、動かせるようになるのは、動かすのに必要なエネルギーが少ないところから順番に、ということになっていた。それは天音の新薬も同じで、脳に近いところよりも先に手の指が一本ずつ順番に動くようになる、という流れで治療が進んでいく。

天音の新薬に関しては、医学の知識がない人間には理解できないどころか、神経や頸椎の専門医でもなぜそうなるのかを理解はできても納得できない理屈で神経の再生手順を踏むのだが、澪の体に関してはあまり関係がない部分なのでここでは触れない。

そもその話、今回の薬に関しては、あくまで原因不明の多臓器障害の治療が主目的だ。もともと頸椎や神経の再生自体が偶然の産物なので、その理屈が正しいかどうかも、今後数十年、下手をすれば半世紀以上かけて検証することになるレベルの内容である。

「ボクの場合、効果が劇的すぎてデータとして信用してもらえないかも、って言ってた」

「そうだろうなあ……」

「あんまり結果が良すぎても、やっぱり信用してもらえないもんね」

「そもそも、元から何もしなくても治るのが確定してる状態で薬使ってるわけだからなあ……」

診察を受けたときの天音の言葉を告げる澪に、達也と春菜も同意するように頷く。

新しいものにマイナスの情報がないと、かえって疑いの目が集中するのが世の中というものである。特に薬などの場合、百パーセント効果があるとか、副作用が一切ないとか言うと、まずデータの捏造《ねつぞう》を疑うのが人間というものだ。

さらに澪の場合、純粋に薬だけの効果かどうかが分からない、というのが一番厄介な点である。そういう意味でも、データとしてどれぐらい当てになるのかは分からない。

「まあ、その辺の話はちょっと置いとくとして、どのぐらいで完全に動けるようになる見通しなん？」

「あと二週間ぐらい。ただ、リハビリとか予後の確認とか考えたら、学校に通うのは二学期からのほうがいい、って」

「なるほどな。まあ、学校はそうなるやろうなあ」

「正直、学校に関しては、楽しみより不安のほうが大きい……」

「そこはもう、あかんかったらあかんかったで、最悪通信教育っちゅう手もあるしな」

「ん」

学校に対する澪の不安を和らげるように、宏が自身の経験をもとにしたアドバイスをする。その宏のアドバイスを聞いて、なんとなく吹っ切れるものを感じる澪。

よくよく考えれば、よほどでなければ宏ほどひどい目にあうことはないはずだし、そうなったらそうなったで、ここにいる人間や真琴《まこと》が助けてくれる。

大体、地元の学校では澪の病弱ぶりは有名であり、しょうもない理由でのいじめの結果、澪が長く休む羽目になったことも何度かあった。不幸な事故で長く寝たきりになっていたこともよく知られており、腫れ物に触るような対応にはなっても、宏のように集団によるいじめの対象にはならないだろう。

下手なことをしたら本気で死にかねないほどひ弱な人間をいじめて、もし万が一のことがあれば法的に罪に問われなかったとしても、確実に人生が詰む。それが分からないほど、今時の中学生の大半は頭が悪くないのだ。

「あ、春姉。ちょっと気になったことが」

「何？」

「綾瀬教授、これだけいろいろできるのに、結局ボク達の、っていうか春姉の救助ができなかったの、なんで？」

「単純に、天音おばさんの能力だと、私達の大まかな位置は把握できても、世界を崩壊させずに構築できる救助経路がなかったんだって。同じ理由で、外側から邪神を排除するのも無理だったみたい。私達が邪神倒してから一カ月ちょっと待たなきゃこっちに戻ってこられなかったのも、似たような理由だし」

「なるほど。でも、もっと強い力を持った知り合いとか、いるはず」

「うん。こっちに帰ってきてすぐに私や宏君を指導してくれた人とかが向こうにいたら、あの邪神ぐらいはすぐに排除できたと思うし、経路だってそんなにかからなかったとは思う。ただ、能力があっても難しいものは難しいから……」

そこまで告げて言葉を濁す春菜。力量だけでなく権能の方向性も大きく違うため、どのぐらい難しいかは漠然と理解していても具体的な難易度はよく分からず、上手く説明できないのだ。

そんな春菜の代わりに、宏が説明するために口を挟む。

「さすがに創造神が消滅直前に逆恨み全開で存在をかけて仕掛けた妨害だけあってなあ、外部からの干渉が異常に難しいことになっとんねんわ。具体的には、僕みたいな創造神系か指導教官みたいな何でもありの混沌《こんとん》系、あとはそのあたりが混ざった時空神系でないとそもそも触ることもできんうえに、その作業が例えて言うと、遠隔操作で重機三台同時に操作してジェンガやりながら抜いた棒でイライラ棒をクリアしつつ、さらに二台ほど重機を操作してチェスと将棋と囲碁とオセロ同時進行でやって全勝せなあかん、っちゅう感じやねんわ」

「……ねえ師匠。それ、可能な作業なの？」

「うちらの指導教官いわく、それだけに専念すれば不可能ではない、っちゅう範囲らしいわ」

「専念すれば？　……妨害が入る可能性あり？」

「そらもう、こういうイベントがあれば妨害したがる連中はいくらでもおる、っちゅうんは現実でも神の世界でも変わらんで。そいつらの大半が単なる愉快犯なうえに、やたら執念深くちょっかい出しおるらしいてな。指導教官とかのランクの人らに関しちゃむしろ、そいつらのせいで世界の連鎖崩壊が起こらんようにするほうに手ぇ取られとったっちゅう話や」

宏の説明を聞き、ようやく納得する澪。作業の難易度はともかく、要《い》らぬちょっかいを出したがる愉快犯的な神がいくらでも存在する、というのは、古今東西の神話を見ればよく分かる話だ。

それに、現実でも実際に行動を起こすかどうかは別にして、カタストロフを望んだり実際に発生したときに大喜びしたりする人間は、どこの国にも一定数存在している。それを考えれば、フェアクロ世界を外部からの干渉による崩壊から守るほうに手を取られるのも当たり前であろう。

いくら春菜の身内とはいえ、混沌系の神である指導教官が守る側に回っている、という突っ込みどころはあるが、そこはスルーしておくのが大人の態度だ。

「あと、天音おばさん達も、別に何もしなかったわけじゃないしね。単に私達が気がつかずにスルーしちゃっただけで、経路づくりのために送り込まれてた知り合いもいるみたいだし」

「なあ、それって相当ひどいことしちまったんじゃねえか？」

「うん、まあ、そうなんだけど。その人、いや、人って言っちゃっていいのかな？　まあ、その人も私の知り合いだから、あんまり普通とは言いがたいというか、肉体がないから物理法則に影響受けないっていうか……」

「いや、生身の肉体がなきゃいいってもんじゃねえからな？」

「そうなんだけど、時間感覚って意味ではその人も相当特殊だから、そこはそんなに怒ってないと思う。というか、そうじゃないと、いくら何でもまったくフォローできないような場所に送り込めないし」

「そういう問題じゃねえよ……」

超常系の身内に対しての扱いが結構ひどい春菜に対して、達也が苦い顔で釘《くぎ》を刺す。

もっとも、子供の頃からそういう連中と日常的に接してきた春菜としては、向こうがそういう価値観なのでそういう対応をしなければ身がもたなかっただけなのだが。

オクトガル相手にわざわざ丁寧な扱いをする人間がごく少数なのと、感覚的には同じである。

「まあ、私達が神の城を使ってリンクをつないだせいで、経路が完全に切断されちゃって、その人を回収できなくなっちゃったらしいから、澪ちゃんの体が治ったらちょっと探しに行きたいんだけどどうかな？」

「俺達が迷惑かけたようなもんだから、探しに行くのは喜んで手伝うつもりだが、澪の体が治ってからでないと駄目なのか？」

「どこにいるかはっきり分からないから、ダンジョンも回りたいんだ。だから、あんまり権能を使わないようにすると、澪ちゃん抜きじゃ罠《わな》に対する能力が低すぎて危ないと思う」

「あ～、なるほどな。スルーしたダンジョンとか、スルーしたダンジョンの奥の隠れ里とか、そういうところ全部めぐる必要があるってなると、澪の能力は必須か……」

「達兄。そもそもこういうイベントでボクをハブろうとするのはよくない」

「お前さんをハブるつもりってわけじゃなくて、どっちかっていうと、これ以上待たせるのはどうかってことを気にしてるんだが……」

仲間外れにされることに対して文句を言う澪に、渋い顔で達也がそう言う。年長者で社会人経験もある程度積み重ねがあるだけに、このあたりの達也の感覚は非常に真っ当だ。

それだけに、澪もそれ以上の文句は言いづらい。

まあ、どれだけ真っ当であっても、この種の超常現象が絡み、かつ春菜のそっち方面での知り合い相手となると、まともに話が通じるのは天音ぐらいで、あまり意味がなくなるのが哀れなところである。

「それにしても、真琴姉《まことねえ》は結局来れなかった？」

その後もしばらく、いかにして天音の知り合いと合流するか、そのためにどこから調査を始めるか、そのあたりの相談を軽く済ませたところで、現在不在の真琴について澪が言及する。

「さっきメッセージが入ってて、お母さんが心配してるから、ちょっと遠出が厳しいんだって」

「あ～、まあ、長いこと引きこもりやってたからなあ」

「私はむしろ、よく前半の三連休にこっちに出てこれたなあ、って思ってるよ」

現在この場にいない真琴について、仕方がないとしか言いようがない話が出てくる。

一応成人しているうえに中退とはいえ大学に通っていた娘に対して、真琴の母の心配ぶりは過剰と言えば過剰だ。

だが、長く引きこもっていた娘が、きっかけも分からぬままに唐突に引きこもりをやめたかと思ったら、その数日後には丸一日外出していたのである。

引きこもりのきっかけとなった理由が理由だけに、またおかしな人間に引っかかったのではないかと母親が心配するのも、仕方のないことであろう。

「状況的に、こっちから真琴さんのところに顔を出しに行くのも、ちょっと厳しいんだよね」

「つうか、そもそも現段階じゃヒロと澪が真琴のところまで移動できないんだから、どっちにしても今は無理だろ」

「だよね」

「ただまあ、いずれかの段階で、悪いことに関わってるんじゃないかって誤解だけは解いておきたいところではあるが……」

「しばらくは様子見するしかないよね。もしくは、困ったときのおばさん頼り」

「様子見はともかく、お前さんの身内に頼るのは最後の手段だな。話がデカくなりすぎる」

達也の意見に、この場にいる全員が苦笑しながら頷く。

春菜がおばさんと呼ぶ相手は、天音以外もほぼ全員がシャレにならない影響力を持つ多忙な人間だ。頼ったが最後、間違いなくこの場にいる人間では制御できない状況になる。

すでに宏と澪の一件が制御不能になっているのに、これ以上自分達の手に負えない事案を増やしたくはない。

誰も口にしないが、それこそ事情を知っているだけの詩織ですら思いは同じである。

「あと、向こうにはいつ顔を出す？」

「澪が動けるようになってからやと、ちょっと間ぁ空きすぎか？」

「ん。せめて、師匠と春姉だけでも先に顔を出したほうがいい。というか、顔を出さないとエルとライムがちょっと不安」

「せやなあ……。どないしよか、春菜さん？」

「連休中に、っていうのはちょっときついよね。クラスでの付き合いもあるし、他にもいろいろやらなきゃいけないことができちゃったし」

「せやねんなあ」

クラスでの付き合い、という言葉に、澪だけでなく達也と詩織の目にも好奇心に満ちた輝きが宿る。

「ヒロ君と春菜ちゃんの関係って基本秘密だったんだよね？　それなのにクラスでの付き合いとか、大丈夫なの？」

「親友に引っかけられて、私の片想というところまで含めて大体のことは自爆済みなんです。それに、クラスでの付き合いっていっても、受験の息抜きもかねて半日ほど軽く遊ぶだけなので」

「ただなあ……。息抜きにちょっとボウリングとカラオケっちゅう程度で、駅前までは行かんで学校近くの施設使うっちゅうても、あんまり広ない空間に詰め込まれるんは、僕としてはちょっと気ぃ重いでなあ……」

「もともと誘われてた私はともかく、宏君は別に無理して参加しなくてもいいと思うんだけど……」

「それはそれで気ぃ悪いやん。こういう誘いは一回は付き合わんと……」

「あ〜、うん。確かに、そういうのはあるよね……」

宏の反論に、困った表情で同意する春菜。全員が全員そうではないにしても、せっかく誘ったのに断られては、相手がいい気がしないのは普通のことだ。

今回に関してはそんなことにはならないだろうが、場合によっては初回の誘いを断ったことが原因で集団から孤立したり、激しく敵対される羽目になったりすることもある。そのあたりの世知辛さは、たとえ神となった身の上でも変わらない。

実態がどうであれ、宏も春菜も日本での立場は吹けば飛ぶような普通の高校生でしかないのだから、そういう日常を蔑《ないがし》ろにはできないのだ。

世捨て人にでもなればそういう面倒くさい人間関係からは逃れられるが、完全に世を捨てるには宏も春菜も未練が多すぎる。たとえその大半が細かい、くだらないことではあっても、人里から離れられない理由としては十分だろう。

「まあ、話ずれとるからそのあたりはちょっと置いとくとして、や。顔だけ出してそれで終わりやっちゅうわけにはいかんやろうし、ちゅうたかて連休中は何やかんや言うて向こうに泊まれるような余裕はあらへんから、向こう行くとしたら連休明け最初の土日やな」

「そうだね。向こうのことといえば、宏君は神の城のこととか、どの程度小父《おじ》様に教えるの？」

「そこら辺は、アルフェミナ様とか向こうの神様にも相談してからの話やな。ただ、いずれは冬華《とうか》のことぐらいは教えんとあかんやろうけど」

そこまで意見交換をしたところで、詩織の何やらもの言いたげな視線に気がつく。

「どうしたんですか、詩織さん？」

「あ、うん。タッちゃんがずっといたフェアクロそっくりの世界やヒロ君の持ってる神の城がすごい気になるんだけど、私は行っちゃダメなのかな、って」

「そこらへんも要相談ですわ。神の城に関しては、基本、僕が勝手に決めて大丈夫やねんけど、それ以外のことが絡んできおりますし、それに……」

「それに？」

「詩織さん、兄貴とちごて完全に普通の人間ですやん。そのままやったら向こうに連れていくんは危ないし、っちゅうたかて僕らみたいにゲーム内でのスキルとかステータスを身につけて、みたいなことができるかどうか分かりませんし」

宏の説明に、この場で即答できない理由を素直に納得する詩織。連休の間に、早くも微妙に自身の能力を持て余している達也の姿を見ているため、宏がそのあたりについて慎重になるのは当然だ。

「私もそのあたりは気になってたよ。仮にステータスをそのまま現実の肉体に反映できるとして、達也さんとのことがあるから詩織さんのステータスはフェアクロ準拠のほうが安心はできるけど、そうなるとこっちでの日常生活にいろいろ影響が出るから、全面的にいいことなのかが分からないんだよね」

「私はタッちゃんと同じなら、いくら苦労しても全然気にならないよ。ただ、タッちゃんに美味《おい》しいお料理を食べさせてあげたいから、フェアクロ準拠の料理スキルとかは欲しいかも」

ニコニコと嬉《うれ》しそうにそんなことを言い出す詩織を、眩《まぶ》しそうにかつ羨《うらや》ましそうに見つめる春菜。

両想いのパワーというのはすさまじい。

「春姉に続いて、詩織姉《しおりねえ》からものろけ攻撃が……」

「のろけ？　春菜ちゃんが？　本当に？」

「のろけっていうか、自爆したあとの愚痴っていうか……」

「春姉。あれは部外者が聞いたら完全にのろけ」

「そうなのかな……？」

「ん。っていうか、片想いなのにあそこまでのろけられるとか、春姉の残念さは高度すぎる」

澪の容赦ない攻撃に、思わずがっくりとベッドサイドのテーブルに手をついてしまう春菜。気安い仲だからこその言葉が、実に深く突き刺さる。

そんな春菜と澪のやり取りを、実に楽しそうにニコニコと見守る詩織。

その様子があまりに嬉しそうなので、不思議に思った達也が口を開く。

「なあ、詩織。なんかやけに嬉しそうだが、どうしたんだ？」

「あの澪ちゃんが、こんなに表情豊かに気を許して会話してるっていうのが、なんとなく嬉しくて。それに、ヒロ君や春菜ちゃんとのやり取りは見てるだけで楽しそうで、こっちも楽しくなってきちゃった」

「あ～、そうだな。いろいろと残念な娘ではあるが、それでもここまでちゃんと感情表現できるようになったのは、間違いなくヒロや春菜、真琴のおかげだな」

「うん。本当に、無表情のまま触手がどうだとか3Pだとかぽろぽろ漏らしてるところを知っている身としては、この先どうなるかすごく心配だったんだから～」

「……その件に関しては、そのうち犯人をとっちめるつもりだ」

「その時は手伝うよ。いくらなんでも、小学生の女の子に勧めちゃいけないようなものを触らせるのはね～」

達也と詩織のそのやり取りに、思わず気まずくなって目の動きだけで視線を逸《そ》らし、鳴らない口笛を吹いてごまかそうとする澪。こういうとき、首が動かせないのは実に不自由だ。

「それはそれとして、真琴ちゃんのためにも今夜か明日の晩あたりにみんなで『フェアクロ』で遊ばない？」

「あ、それいいかも」

「せやな。せっかくやから、しばらくは時間合うときに、みんなでグランドクエスト進めてみるんもええかもな」

「ん、師匠に賛成」

「だな。面白そうだし、久しぶりにゲームとしゃれこむか」

詩織の提案に、みんなして食いつく。

このあと宏達は、一般の面会時間が終わり澪の両親が顔を出すまで、病室とは思えない明るく楽しい雰囲気でこれからのことを語り合うのであった。

第2話　あれで、最初どうやってごまかすつもりだったのかしらね？

「宏《ひろ》君、大丈夫？」

「まあ、これぐらいやったら、なんとかな」

ゴールデンウィーク後半二日目の午前中。学校近くの学生街にあるボウリング場。クラスメイトのほとんど全員が集まっている会場を見て、宏を気遣う春菜《はるな》。

今回会場になっているボウリング場は昔からある小規模なもので、さすがに一クラス全部に近い人数が集まると、少々手狭な印象になってくる。

学生街にあって閑散期のため、予約がなければ営業自体しないこともあるゴールデンウィーク中だからこそどうにかなったが、平日や普段の土日だとまず間違いなくレーンが確保できない人数だ。

因《ちな》みに、欠席者は男女ともに二人ずつ。ゴールデンウィークとなると、全員がフリーというわけにはいかないのだ。

むしろ、逆に欠席者が四人しかいないというところが突っ込みどころであろう。

「それにしても、参加しとる僕が言うんもなんやけど、みんな受験は大丈夫かいな」

「まあ、今日一日ぐらいだったら、挽回はきくよ、多分」

人数の多さに思わずそんな無粋なことを言ってしまう宏に、窘《たしな》めるようにフォローの言葉を告げる春菜。

そもそもの話、宏達の高校では修学旅行は三年生の行事で、文化祭や体育祭にも普通に三年生を参加させる。なので、ここで夕方まで遊んでも誤差の範囲である。

県下有数の進学校とは思えないシステムだが、『遊ぶときは節度を守って思いっきり遊べ』という校風で、そのぐらいのことで合格できなくなる大学など最初から現役合格を狙うな、というのが教師達の言い分である。

それなのに、東大を筆頭にレベルの高い大学への現役合格率が意外と高いのは、間違いなく教師の教え方が上手《うま》く、大半の生徒が遊びと勉強の切り替えを上手にやっているからであろう。

「手続きはやってきたから、組み合わせ決めて名簿受付に渡せば、いつでも始められるよ」

「お疲れさま、ありがとう」

「いやいや。こっちこそ、クーポン助かったよ。いくら団体割引と学割がきくっていっても、安ければ安いほうがいいからね」

「まあ、私達の都合で予定変えてもらったようなものだし、それぐらいはね」

始まる前から微妙に疲れている会話をする宏と春菜の前に、今日の幹事である田村《たむら》が顔を出す。

因みに、田村の言うクーポンとは、今回の話を聞いた天音《あまね》の双子の妹が用意してくれた、学生街全域で使える各種割引と併用可能なクーポン券のことである。

天音の双子の妹・小川美優《おがわみゆ》は、この地に根を張る大財閥企業・綾羽乃宮《あやはのみや》商事の社長をしている人物で、創業家以外から出た初めての社長であり、四十前に社長に就任した初の人物でもある。

高校時代に大層世話になったことや、綾羽乃宮商事の本社、および綾羽乃宮家本邸とも近いこともあり、この学生街にはあれやこれやとたくさんの支援を行っている。

今回のクーポンもその支援の一環で、基本的には市内の学校に通う人間なら誰でも使えるのだが、手続きの都合上、今回のように急に決まったイベントには間に合わず、それを知った美優が支援者の特権を使って申請手続きの短縮を行ったのだ。

なお、クーポンによる割引まで含めると、今回は一ゲーム一人百円。しかも、靴のレンタル料は無料。三ゲーム割引まで併用すれば全部で一人二百円という価格破壊ぶりだ。

ボウリング場には後で綾羽乃宮商事、もしくはその創業家である綾羽乃宮家が差額を補填《ほてん》してくれるとはいえ、ここまで優遇していいのかと思うほどの割引である。

もはや割引というより、言い訳程度に金を取っている、というほうが正しい。

「それで、レーンはどういう割り振り？」

「東《あずま》と藤堂《とうどう》さんは一番レーン。一応ゲームごとに毎回ランダムでシャッフルの予定だけど、東と藤堂さんは一番レーンで固定」

「えっ？」

「だって、東をあんまり馴染《なじ》みのない女子と一緒にするのは、まずいんでしょ？　かといって、男子だけで固めるのもどうかって感じだから、二人は一番レーン固定で、他のレーンを三人にして男子二人、女子一人の割合でランダムに入れ替えることにしたんだよ」

「ああ、うん。僕としてはそのほうが助かるわ」

「そうだね。ありがとう」

なにも含むところはありませんよという表情で、今回の割り振りについて説明する田村。見ると、他のクラスメイト達も、当然という表情を浮かべている。

過剰な配慮や手出しは無用、ということで話がついているはずなのに、と思わなくもないが、田村が口にした建前も、宏がこういう場で落ち着いて遊ぶには必要なものなのも事実だ。

それゆえに、いろいろ追及したいのをこらえて、ありがたく心遣いを受け取ることにする春菜。いろいろ思うところはあれど、嬉《うれ》しいか嬉しくないかでいえば、間違いなく嬉しいのだから。

「ほなまあ、球選んでくるわ」

これ以上話をしていてもいじられるだけだと判断し、ボウリング球を選ぶという口実で逃げを打つ宏。それに続いて、いそいそとその場を離れる春菜。

にやにやとした表情と共に向けられる生温かい視線を根性でスルーし、実に久しぶりとなるボウリングを少しでも楽しむためにじっくりと球を選ぶ宏と春菜。

ここで、思わぬ問題が発生する。

「……まあ、しゃあないっちゅうたらしゃあないんやけど、どれも軽いなあ……」

「……そうだね……」

一番重い球を持った宏と春菜が、そのあまりの軽さに渋い顔をする。

間違って、バスケットボールやバレーボールのような投げ方をしかねない。それぐらい、今の二人にとってボウリングの球は軽い。

もともと実家の鉄工所を手伝っていた宏も、料理をはじめとした家事労働を積極的に行っていた春菜も、見た目の印象よりは腕力も体力もあった。だが、あくまで常識の範囲に収まるものであり、ボウリングの球を軽いと言い切れるほどではなかった。

こうなるであろうことは分かっていたものの、実際に日常の中で自分達の肉体の非常識さを突きつけられると、あまりいい気分にはならないのだ。

さらに、宏からもう一つの不満が。

「それに、どれもこれもなんか重心が怪しいんがなあ……」

「そうなの？」

「せやねん。ついでに言うと真球かもかなり怪しいけど、これは指入れる穴があいとんねんから最初から出るはずないしな。まあ、プロボウラーやあらへんねんし、そもそも重心が出とるほうがええんかどうかも分からんから、こだわってもしゃあないんやけどな」

「でも、宏君的には、どうしても気になっちゃう、と」

「これぱっかりは、職人のサガみたいなもんやしなあ」

春菜のスペックではよく分からない、球そのものの不備。

宏が口にしている内容は、素人しか使わないボウリング場備え付けの球に求めるようなものではないのだが、分かってしまうとどうしても気になるのが職人気質というものだ。

そもそも、春菜が持ってみてもなんとなくしか分からない程度の差だ。こんな場末のボウリング場に常備されているものとしては、十分すぎるほどの精度である。

「まあ、ええわ。とりあえずこれが一番マシそうやから、これにしとくか」

「私は、どうしようかな……。一番重いのを使うのは、ちょっと不自然だよね？」

「せやなあ。普段はどれぐらいのん、使っとったん？」

「このあたりかな？」

宏に問われ、一般的な女性が使うよりやや重いぐらいのものを示す春菜。春菜に示された重さの球をいくつか手に取り、そのうち一つを渡す宏。

「多分、バランスとかはこれが一番マシやと思うわ。使いやすいかどうかは分からんけど」

「うん、ありがとう」

「ものすごい軽い感じやから、力加減は気ぃつけや」

「分かってるよ。宏君も注意してね」

選んだ球の重さや感覚を確認しながら、そんなことを言い合う宏と春菜。

とはいえ、注意してどうにかなるのかというと、二人揃《そろ》ってまったく自信はないのだが。

何しろ、こういう体を使った遊びの場で一般人に交じって浮かないようにする力加減など、誰一人として教えてくれなかったのだ。

天音も宏達の指導教官も、ここを超えるとアウトというラインは教えられても、では普通の人間はどの程度なのかと問われると、全然分からないと答えるのだ。これでは、宏達がオーバースペックにならないように加減できるわけがない。

なお、言うまでもないことながら、ここまでの一連のやり取りは、はたから見るとなぜカップルとして成立していないのかが分からないぐらい、仲睦《むつ》まじく見えている。

「早速見せつけてくれるわねえ」

「別に、球ぐらいいくらでも選んだんで？」

「春菜に悪いから、遠慮するわ」

「えっ？　私に遠慮するようなことって何かあった？」

「……春菜、あなた本気で言ってるの？」

「？」

宏だけでなく春菜からも思いもよらぬ反応を見せられ、思わず頭を抱える蓉子《ようこ》。いい感じにいちゃついていた宏と春菜をつついてみたら、返ってきた反応がこれだ。

この二人がカップルとして成立しない原因は、ほぼ全て宏のどうしようもない種類の事情にある。そういう認識だった蓉子だが、今の春菜の反応で大きく考えを改めることとなった。

これまでまともな恋愛をしてこなかった弊害か、それとも宏と春菜が常日頃からこの手のやり取りを普通に行う仲になっているからか、多少なりとも独占欲を見せるべきシーンを普通にスルーしてしまう春菜。相手がそれ以前の状態なので問題になっていないが、普通なら本当に自分のことを好いてくれているのかと疑われても仕方がない態度である。

この様子だと、アピールすべきときにアピールできていなかったり、周囲がどう見ているかをちゃんと認識できていなかったり、という事例がいくらでもありそうだ。

あまり度が過ぎても駄目ではあるが、これほどハイレベルにスルーしているのは論外であろう。ここまで恋愛関連に関してダメダメだと、蓉子達がついて開き直らせなければ、よほど親しい人か観察力に優れた者以外は春菜が宏に恋をしていると確信するのは難しかったかもしれない。

そう考えれば、蓉子達がしたことは藪蛇《やぶへび》もいいところだが、恋愛に関する春菜の目を覆わんばかりのポンコツぶりを考えると、平穏無事に卒業までごまかせたとも思えない。

ダメージコントロールの観点からすれば、今の状況が一番マシだったはず。そう自分に言い聞かせつつ、蓉子は藪をつついてしまった責任を取ることにした。

「……春菜。今夜か明日、時間ある？」

「……今夜は無理かな。明日は午前中ならどうにか時間作れなくはないけど、どうして？」

「……あなたが恋する乙女としてあまりにもなってないから、ちょっと説教兼レクチャーをしないといけない、と思ったわけよ」

「……私、そんなにひどい？」

「ひどいなんてレベルじゃなくて、もはや論外って段階ね」

蓉子に力強く断言され、思わずがっくりくる春菜。

いろんな人に指摘され続けてきたことではあるが、親友にここまで力いっぱい言い切られると、仮にも年頃の女として情けないものを感じてしまう。

「自分ら、そういう話は他人に聞こえんところでやってんか……」

「東君は無関係じゃないから、いいのよ」

「……僕が言うのもなんやけど、無関係やないんやったらなおのこと、男に聞こえるところでそういう話するんは、デリカシーとかそのあたりについてどうやねん、っちゅう感じやで」

人のことは言えない宏が、人のことは言えない内容で苦情をぶつける。

その会話の内容に、思わず小さく噴き出す春菜。

宏がそのあたりを自覚している、というのもだが、宏にそれを言われてしまう蓉子、という構図が、なんとなくおかしかったのだ。

正直な話、一般的な男子の発言であれば真っ当な指摘なのだが、宏となるとどの口が言うのかと激しく問い詰めたいところではある。

「まあ、そろそろみんな準備できたみたいだし、自分のレーンに戻りましょう」

宏の実に常識的な突っ込みに、分が悪いと感じた蓉子がサクッと話を変える。蓉子も結構いい性格をしているのが、よく分かるやり口である。

「そうだね。そういえば、蓉子と美香《みか》はどこのレーン？」

「私は二番で、美香は五番ね」

「なるほど、了解」

それだけ聞いて雑談を切り上げ、自分のレーンに移動する宏達。そのまま、特に開会の挨拶などもなく、ごく普通にゲームが始まる。

なお、ゲームの結果は、宏と春菜が三ゲーム連続でパーフェクトの偉業を成し遂げてしまい、特に宏がクラスメイトから驚きの目で見られてしまう。

「なんかこう、ものすごいやってもうた感じやなあ……」

「正直、普通の人の感覚が全然分かんなくなっちゃってるよ……」

結局、がんばって注意したところで、一般人の能力に合わせるような真似は不可能な宏達であった。

☆

「それにしても、驚いたわ……」

「春菜ちゃんはともかく、東君があんなにすごいとは思わなかったよ！」

「たまたまやで、たまたま」

「たまたまで三ゲーム連続パーフェクトなんて、できるものじゃないと思うんだけど？」

ボウリングも終わり、昼食の時間。

同じく学生街にある創業七十年を超える老舗の洋食屋で、蓉子達が先ほどのゲームの結果をやや興奮気味に語っていた。

「何にしても、東に素直にすごいって言い切れる特技があってよかったよ。これなら文句言ってきそうな連中をある程度牽制《けんせい》はできる」

「そうだな」

同じテーブルにいる幹事の田村とクラス委員の山口《やまぐち》が、いろいろと安心したように言う。今日までの二人の様子を見て、本気で春菜を応援しつつ宏のフォローに回るつもりになっていただけに、今日の宏の活躍は実にありがたかったのだ。

「今日の結果はたまたまやけど、そうやのうてもボウリング上手いぐらい、そこまで褒められるようなこっちゃあらへんで？」

「いやいやいや。普通に三ゲーム連続パーフェクトはすごいから」

「それがすごくないとは言わんけど、食うていくんに役に立つ種類の能力やないし」

「いや、確かにそうかもしれないが……」

かなりシビアな基準で話を進める宏に、さすがに戸惑いを隠せない田村と山口。普通、高校生は食っていけるかどうかだけで、能力のすごさを判定しない。

とはいえ、他のスポーツ、特にプロが華々しく活躍している野球やサッカー、一部の格闘技などならまだしも、ボウリングで食っていくのは不可能に近いのは事実だ。

この手のマイナースポーツ全体の話だが、一応プロは存在しているものの、大手企業の協賛なども多くはなく、賞金が出る大会の知名度も数も賞金額も大したものではないので、競技人口的に食っていけるほどの順位を常にキープするのはかなり厳しい。

「ねえ、東君。別に、食べていくのにそれほど役に立たないとしても、すごいものはすごいんだよ？」

「それも言われんでも分かっとるって。ただ、それ踏まえても、目立たんヘタレが実はボウリングが得意なヘタレになるだけで、大した差はないんちゃうんか、ってなあ」

「東君、それはさすがに卑屈すぎない？」

「東君はやけに食べていけるかどうかにこだわってるみたいだけど、特技や教養って大抵は食べていくこと自体には役に立たないものよ？　それでも、優れた特技とか深い教養があるっていうのは、仕事の場でもそれなり以上に重要視されてるわ」

あまりに自身を卑下しようとする宏に、同席している人間が総出で認識を改めさせようとする。蓉子に至っては、高校生とは思えない意見をぶつけている。

「というか、東君は春菜ちゃんと仲良くなるの、そんなに嫌？」

「そういうわけやないんやけど、なあ。自分でも感じ悪いんは自覚しとんねんけど、今でも十分すぎるほど仲ようしてもらっとるから、今は友達付き合いできとったらええと思ってもうてなあ……」

「あ～、なんとなく、東君が何を思ってるのか分かっちゃった……」

宏の煮え切らない態度や、やたらと自分を卑下して春菜と必要以上に距離を詰めないようにする言動、その奥にあるものに気がついて、少し苦い笑みを浮かべる美香。

それと同時に、春菜が余計な介入を嫌った理由も察してしまう。

高度な治療が必要なほどの女性恐怖症。そこに至るまでの体験を甘く見ていたことを自覚してしまったのである。

「蓉子、美香。この話はそれぐらいで終わりにしたいんだけど、いいかな？」

「分かった」

「ごめんね、春菜ちゃん」

春菜のお願いに、素直に引き下がる蓉子と美香。それに対して、宏が申しわけなさそうに謝罪する。

「なんかこう、すまんなあ……」

「こっちこそ、ちょっと焦りすぎたかも」

「ごめんなさい。お互いのことを大して知りもしない関係なのに、配慮が足りなかったわね……」

「このままでええわけないいんは分かっとんねんけど、まだちょっとどないしてもなあ……」

心苦しそうな宏の言葉に、さらに反省する美香と蓉子。

問題ないのであれば、カウンセリングなど受ける必要がないのだと、あらためて認識する。

「そういうことだから、田村君と山口君も、いい？」

「ああ」

「悪いな、藤堂。ちょっと調子に乗ってたかもしれん」

春菜のお願い、という形をとった最後通告に、全員が素直に応じる。

意外と宏が平気そうだったことと春菜との仲の良さから勘違いして甘く見てしまったが、そもそもの話、単にヘタレがビビッて逃げているだけならば、春菜がここまで苦労することなどないのだ。

「なんかこう、いろいろとごめんね、宏君」

「別に、春菜さんが悪いわけやないっちゅうか、僕に問題ありすぎるだけやからなあ。連休前やったらともかく、今やったらヘタレが言い訳くさいこと言うて逃げとるようにしか見えん、っちゅうんもよう分かるし」

「それこそ、宏君が悪いわけじゃないよ」

とりあえず無責任な外野を黙らせ、いちゃついてると言われても否定できないような態度で宏と話す春菜。先ほどのことがなければ、容赦なくからかっていたであろう状況に、内心で身もだえする同席者達。

このまま、見ているほうが恥ずかしくなるような甘酸っぱいやり取りを続けられると、自分達の身がもたない。そう考えた蓉子が、話題転換に入る。

「今の話でちょっと気になったのだけど、東君は修学旅行はどうするの？」

「どうするもこうするも、そもそも旅行費用の積み立てしてへんから、不参加確定やで？」

「あ～、やっぱりか。随分良くなってるみたいだから、もしかしたら参加するのかと思ったんだけど……。でも、考えてみれば当然といえば当然ね」

「高校入る頃にこれぐらいになっとっても、多分積み立てはしてへんかったやろうけどな。残念ながら、修学旅行で行くような観光地ともなると、僕が耐えられるような人混みやあらへんし」

「今日ぐらいなら大丈夫、と考えてもいいのかしら？」

「クラスメイトはまあ、この三日ほどでそこそこ平気になったわ。ただ、知らん女が混ざると、こんな狭い空間で長時間落ち着くんはきついけどなあ」

修学旅行の話題を利用し、宏の状態を確認する蓉子。

蓉子の質問に対し、正直に答えていく宏。

ほぼ正確に状態を知っている春菜以外、同席者全員が真剣な顔でその会話を聞く。

現在の宏は、四月二十六日以前と比べれば劇的に良くなっている。初期の状態と比較すれば、ほぼ治りかけているといっても過言ではない。

だが、その成果の大半は、トラウマをトラウマで上書きしたことによるものだ。なので、根本的な部分では完治したとは言えない。

蓉子や美香のように知人枠に入っていれば、同じテーブルで食事しても特に問題はない。クラスメイトぐらいなら、多少気疲れはするが普通に食事ができる。

しかし、まったく知らない女性がいると、取り乱しこそしないがまともに味わってものを食べることはできないだろう。

人混みにしても同じで、普段の教室ぐらいの人口密度なら問題はないが、ピークタイムの食品スーパーとなると少々怪しくなり、繁忙期の繁華街や通勤、通学時間の公共交通機関はまだまだ完全にアウトだ。

因みに、ウルスの市場や漁港は朝一番の人口密度が教室ぐらい、漁港の競りの時間や市場の十時～昼頃はピークタイムの食品スーパーよりやや過密になり、夕方になるとまた人が減る。

逆に冒険者協会は、朝一と夕方のピークを外せば大した人出はないので、飛ばされた当初の宏でも時間を選べば問題なく買い出しができた。

また、女性の態度のほうも問題で、たとえ知り合いであっても攻撃的な態度だと落ち着きをなくし、知らぬ女性から激しく詰め寄られたりした日には、いまだにその日の体調や精神状態によっては嘔吐《おうと》する可能性がある。

もっとも、嘔吐するかもといっても、よほど心身ともに弱っているときでもなければ大丈夫ではある。そして、今の宏がそこまで心身ともに消耗することはそうそうありえない。

ありえないのだが、散々女性に詰め寄られては嘔吐してきた宏を見てきた春菜としては、どうしても不安が先に立ってしまう。

そのあたりのこともさりげなく確認した蓉子達。

内容の壮絶さに、すっかり宏を見る目が変わった。

分かっていたことだが、この男、ただのヘタレではない。

「本当、よくここまで立ち直れたわね……」

「あたし、それだけでも東君を尊敬するよ……」

「一番の問題は、このすごさって見た目や普段の態度から分かる類《たぐい》のものじゃない、ってところだろうなあ。確かに東はすごいけど、残念ながら普通に話す分には、単なるヘタレにしか見えないし」

「そうだな。それに、東がいまだに楽観できない程度には恐怖症が残っているというのも、ただ見ただけでは分からないのがきつい」

「あと、蒸し返すようで悪いけど、藤堂さんが相当きつい立場ってのもよく分かったよ」

「だな。ここまでとなると、仮に女性恐怖症が完治したとして、藤堂の気持ちをストレートに信用できるかとなると少々きつい気がするぞ」

「藤堂さん以外からだと、十中八九告白されたこと自体を悪質ないたずらだって考えそうだしね。そこのところは、どう？」

「ぶっちゃけ、仮に今中村《なかむら》さんとか高橋《たかはし》さんとかから本気で告白されたとしても、まず間違いなく性質《たち》の悪い冗談か、嵌《は》めていじるための罠《わな》かのどっちかやと思うで。申しわけない話やけど、春菜さんにしても今はともかく先はどうやねん、とか思ってもうてなあ……」

宏の本音を確認し、思わずうなる蓉子達。

そこに、昼食が運ばれてくる。

「……えらい豪勢やなあ」

「クーポンだからね。その代わり、料理のメニューはこれしかないけど」

運ばれてきた豪華な昼食に宏が漏らした感想。それに答えるように店のおばちゃんがそう言う。

カットステーキをメインとしたその昼食は、学生が昼から食すものとは思えない、値段を聞くのが怖くなる類のものであった。

「あと、飲み物は学割適用前の単品価格が四百円以下のものは無料だから、どんどん頼んでおくれ」

「それも、クーポン効果？」

「そうそう。学生の団体客がそのクーポン使うと自動的に、昼だったらこのスペシャルランチ、夜だったらスペシャルディナーってな具合になるのさ」

「それでさっき、飲み物以外の注文聞かないのに、嫌いなものとかアレルギーとかはチェックしてたんだ」

「そういうことさね」

今回初めて使うクーポン、その絶大な効果に目を丸くする一同。他のテーブルからも、驚きの声が上がる。

手続きが面倒なうえに申請を蹴られることもあるだけあって、相当な威力があるようだ。

さすがに値段が気になって、幹事の田村が受け取った伝票をこのテーブルの全員で見ると、一人税込み五百円。水以外の飲み物を二杯飲んだ時点で、ほぼ確定で元が取れている。

「なんかこれ、いいのかな……？」

「もう出てきちゃってるし、開き直って食べるしかないでしょ……」

すごいとの噂《うわさ》は聞いていたものの、詳細はあまり知られていなかったためここまでとは思っていなかった美香と蓉子が、ありがたいを通り越して申しわけない気分になりながら、いただきますをして豪華な料理に手をつける。

見れば、豪華でありながら男子と女子で分量や内容を調整してあり、量が控えめになる女子のほうが全体的に手が込んで値が張りそうな料理になっている。

なお余談ながら、なぜか宏と春菜に出された料理は男子向けのものがベースに女子向けのメニューが一部追加されており、ボリュームもカロリーも豪華さも若干上になっている。

「なんか、春菜さんの飯、他の二人と比べるとえらい多ない？」

「それ言い出したら、宏君のもちょっとだけメニュー違うよね？」

「まあ、このあとカラオケや、っちゅうん考えたら、春菜さんはそんぐらい食わんともたんやろうけどなあ」

「なんだか自分がすごい食いしん坊に見えるから、一曲ごとに体重落ちそうになるぐらいカロリー消費するの、どうにかならないかなってたまに思うよ」

なぜか特別扱いされている宏と春菜が、首をかしげながらも出された料理を食べ始める。こういうときは一番最初にサラダや野菜料理からスタートするのは、もはや染みついた習慣となっている。

「それにしても、春菜さん混ぜてカラオケとか、自分らよう行く気になるなあ……」

「なんか、宏君にディスられてる気がする……」

「ディスるっちゅうか、そもそも春菜さんの後に歌わされるとか、罰ゲーム以外の何もんでもないやん。何が悲しゅうて、一流歌手の後に素人丸出しの下手な歌披露せにゃあかんねん」

「別に、そこは誰も気にしないと思うんだけど……」

美味《おい》しい昼食に舌鼓を打ちながら、いつものように会話を続ける宏と春菜。

こういうとき、片想いだったり付き合いはじめだったりする人間を対面に座らせてはいけないとはよく言うが、この二人にとっては視線の罠など今更なのでまったく関係ない。

「あ〜、やっぱり東君も、春菜ちゃんのその体質知ってたんだ」

「そらまあ、なあ」

「ってことは、歌いすぎて体重減るときどこから減るか、っていうのも知ってる？」

「……ノーコメントで」

「東君、語るに落ちてるって分かってて言ってる？」

「逆に言えば、それで察してくれ、っちゅう話なんやけど……」

遠慮とかそういったものを捨てた会話を続ける宏と美香。

自分のことを話題にされやや恥ずかしそうにしながらも、小さく微笑《ほほえ》んでその様子を見守る春菜。その、いろんな意味で愛情たっぷりな春菜の表情に、思わず吸い込まれるように見入る蓉子と田村、山口の三人。

こういう表情を見ると、この先春菜が心変わりすることなどありえない、と宏に対して懇々と説きたくなる衝動に駆られるが、無責任な外野がそれを言ったところで好転することなどないと必死にこらえる。

「てか、東君だったら、春菜ちゃんの正確な体型も知ってそうだよね。例えばバストサイズが驚きの……」

「はいはい、そこまで。私達と東君だけならともかく、他の男子もいるんだから、そういうのはやめなさい」

「は〜い」

我に返った蓉子に窘められ、危険な話題を終了する美香。

どうにかその手の話題から解放され、安堵《あんど》のため息をつく宏と春菜。

「それで話を戻すけど、東君が修学旅行に参加できないのは、ちょっと残念ね」

「そうだな。藤堂さんのことがなくても、ちょっともったいないとは思う」

「こういう機会でもないとクラス全体で旅行とかないから、本当にもったいないわ……」

「てか、俺は普通に東と旅行行ってみたくなったから、本気で惜しいな」

春菜の恋を見守る会活動と関係なく、宏が参加できないということ自体を本気で惜しいと思う美香、田村、蓉子、山口の四人。その気持ちが嘘偽《うそ》りのないものだと素直に感じ、少し嬉しくなる宏。

正直、卒業までほとんどクラスメイトと関わることはないと思っていただけに、たった数日でここまで受け入れてもらえたのはとてもありがたい。

「話してみたら、結構いいキャラしてたからなあ、東。一緒に修学旅行行けたら、いろいろ面白そうだったんだけど、残念だ」

「……ありがとうな」

「別に、礼を言われることじゃないさ」

「ただ、文化祭は、せめて準備はがっつり手伝ってくれよ。当日は多分きつそうだから、そこまで参加しろとは言わんけどな」

「せやな。町工場の息子として、ものづくりの神髄っちゅうやつを見せたるわ」

「宏君、ほどほどにね」

調子に乗って張り切りすぎそうな宏に、即座に春菜が釘《くぎ》を刺す。

ものづくりに関しては、今の宏は天音に次ぐ危険人物だ。たかが高校の文化祭程度で、下手なことをさせるわけにはいかない。

「食いもん系やることになった場合、ほどほどにっちゅうんは春菜さんにも当てはまるからな」

「……気をつけます」

釘を刺したはずがブーメランになって頭に突き刺さり、微妙にがっくりすることになる春菜。

そんな和気あいあいとした雰囲気のままデザートまで堪能し、昼食が終わる頃にはすっかり仲良くなっている六人であった。

☆

「さすがに、ちょっとカラオケボックスはしんどかったな……」

「二組に分かれてパーティルーム借り切っても、ちょっと狭かったよね」

「こら、申しわけないけど、次から男女混合でのカラオケはパスやな……」

夕方六時。五時間で一人二百円というこれまたクーポンが絶大な威力を発揮したカラオケも終わり、受験生とは思えないほど遊び倒した一日の解散時間。

最後のカラオケを振り返って、宏と春菜が率直な感想を言う。

「それは俺達も気がついてたから、次からは無理にとは言わないさ」

「てか入ってみて、これ大丈夫か？　って思ったしな、実際」

「誘うにしても、次からは春菜ちゃんだけ、かな？」

「まあ、元から私や美香はあまりカラオケとか行かないし、そんな頻度で誘うこともないから安心して」

昼食以降は大体同じグループにいた田村と山口の言葉に、同じく大体一緒に行動していた美香と蓉子が同意する。

正直、宏があまり楽しめていないことは、全員が割と早い段階から気がついていた。その原因がカラオケが好きかどうかではなく、あまりなじみのない、それもそこそこの人数の女子と広いとは言えない部屋で一緒に過ごしているという点にあるのも、全員が気がついていた。

今日に関しては、宏本人を含むクラス全員が宏の限界点を把握することを目的としていたため、あえてカラオケを組み込んだうえでお互いに気を使いながらも最後まで続けた。

結果として、なんだかんだ言って五時間いても「ちょっとしんどい」程度で済んでおり、本人や春菜の認識よりはだいぶ症状が軽くなっているのが分かるという収穫はあった。が、なんとなく気兼ねして楽しみきれないことには変わりないので、次にこういう機会があっても、カラオケという選択肢は真っ先に排除されるのは間違いない。

試しに男女で分けたときは普通に楽しんでいたことなどから、カラオケそのものは嫌いではないことまでは分かっているので、男子だけで遊ぶとなると、また話は変わるだろうが。

「っちゅうか、最後二時間ほど完全に春菜さんのコンサート状態やったけど、さすがにあれはどうかと思ったで」

「春菜の歌がパワーアップしてたのが悪い」

「そうそう。前々からすごかったけど、もっとすごくなってたし」

先ほどまでの春菜の歌を思い出してか、蓉子と美香がどこか夢見心地な様子で反論になっていない反論をする。

女神になったことと神の歌のスキルがこちらの世界でも効果を示すようになったことにより、春菜が歌っていた時間は宗教団体のミサと紙一重の状態になっていた。

「本当に、藤堂さんすごかったわよね～」

「うんうん。特に、昭和の頃の恋歌とか、胸がキュンキュンしちゃった」

「やっぱり、恋って人を変えるわよね」

蓉子と美香の反論に乗っかり、口々にそんなことを訴える女子生徒達。春菜本人がしている難儀な恋との相乗効果で、すっかり心を持っていかれてしまったようだ。

「いや、問題はそこやのうてな……」

「宏君、私は大丈夫だから、ね？」

「大丈夫っちゅうても、昼飯の分ぐらいはとうに飛んでもうとるやろ？」

「……ノーコメントで」

「とまあ、こういうこっちゃ」

「「「「あ〜……」」」」

宏の解説を聞き、春菜の体質を知っていた幾人かが納得の声を上げる。

非常に大量のカロリーを食うという春菜の歌の性質は、女神になった今でも変わっていない。何回も歌わせればそれだけ大量にカロリーを消費するわけで、二時間となると、下手をすればフルマラソンぐらいエネルギーを使っている可能性がある。

女神となり餓死《がし》もできなくなった今、カロリーが枯渇しても特に問題になることはないが、それでも腹が減るとつらいのは人間と変わらない。

創造神になったうえにトラウマをトラウマで上書きしてなお女性が苦手な宏同様、女神になっても意外と不便な体をしている春菜であった。

「時間的に、もう解散したほうがいいわね」

「今日は楽しかったよ。春菜ちゃん、東君、また、勉強に影響が出ない範囲で遊ぼうね」

「うん。それじゃ、また」

蓉子と美香の宣言を受け、三々五々散っていく生徒達。

それに合わせるように、自宅に向けて歩き出す宏と春菜。

「春菜さん、家までもちそうか？」

「……多分、大丈夫。例のリハビリの時ほどじゃないし」

「いや、あれは比較対象にはならんやろ。どっかでなんか食うてくか？」

「ん～……、それより、自分で料理したものを食べたい気分」

そんなことを言いながら学生街と逆のほうに向かう宏と春菜を見送り、二人の姿か完全に見えなくなったところで、なんとなく最後まで残っていた蓉子がポツリと呟《つぶや》く。

「あれで、最初どうやってごまかすつもりだったのかしらね？」

「ん～、あたし達にばれたから、開き直ってる部分はあると思うよ。主に春菜ちゃんが」

「私は時間の問題だったと思うけど？」

「それは否定しない。でも、東君のほうからばれる気はしないよね～」

「そうね。今までどおり、学校内での接触を必要最小限にすれば、東君がぼろを出す要素はあまりないわね」

宏と春菜の会話やここ三日ほどの様子をもとに、そんな結論を出す蓉子と美香。

正直、春菜があそこまで開き直るとも、開き直った春菜があそこまで素直に宏に甘えるとも思っていなかったため、驚きの連続であった。

逆に宏のほうはというと、春菜を完全に懐に入れている様子はあれど、それが恋愛感情かと言われれば現時点では間違いなくノー。さらに言えば、自然体でビビッていることが多々あり、それがまた宏相手に恋愛を成就させる障害となっている。

朗報があるとすれば、今の宏は女性恐怖症とまでは言えなくなっている、ということぐらいだが、それとて何かあれば逆戻りする程度のものだ。

「ま、今日一日で、無理強いはNG、けしかけたり気を利かせたりも軽くじゃないとアウト、っていうのがクラスで共有できたのはよかったわ」

「今年のクラスが、察しとノリがいい子ばかりでよかったよね〜」

「そうね。さて、いつまでもこんなところで突っ立ってないで、私達も帰りましょう」

「賛成。春菜ちゃん達じゃないけど、何か食べて帰る？」

「お昼が豪華だったから、今日はちょっとやめときましょう」

「そうね」

ひとしきり今日のことを語り合った後、参加できなかったクラスメイトに今日の様子をメッセージツールで送りながら、自分達も帰路につく蓉子と美香。

こうして、なんだかんだ言ってみんなで楽しみながら結束を強めることができたクラス会は、予想されたようなトラブルもなく無事に終わりを告げるのであった。

☆

「今日のクラス会、どうだったのよ？」

「割と平和に終わったよ。宏君もちゃんと楽しめたみたいだし」

「せやな。カラオケんときはちょっと居心地悪かったけどなあ」

その日の夜。例のチャットルームで、今日の様子を知りたがっていた、というより心配していた真琴《まこと》に、無事に楽しめたことを春菜と宏が報告する。

因みに余談ながら、この無料チャットルーム、初期設定は何もない真っ白な部屋であるが、ある程度自由に間取りや家具などを変更できる。現在は一番なじみが深くて落ち着けるという理由で、春菜はフェアクロ世界で使っていた携帯用コテージのリビングをそのまま再現している。

課金すれば広さや壁、家具の種類も変更できるのだが、コテージのリビングぐらいなら無料で使えるデータだけで再現できるため、特にお金の類は使っていない。

なので、ここで話すときはリアルの姿そのままのアバターで、ソファーやテーブルを思い思いに使っている。

「そっか。こういうとき、漫画とかだと親衛隊とかそういうのがどっかから湧いて出て、みたいな展開をよく見るから、いろいろ心配だったのよね」

「さすがにうちの学校は、そういうのはないかな」

「っちゅうか、現実に学園のアイドルやの親衛隊やのが存在する学校なんか、実在するんか？」

「するとは思えないけど、春菜自身が向こうに飛ばされる前から現実離れした存在だったわけじゃない。だったら、そういうことがあってもおかしくないかもって、ちょっとだけ心配してたのよ」

「ないない。っちゅうか、そんな学校やったら、春菜さんがいずれ自爆すんの分かっとってまともに通えるわけあらへんやん」

「まあ、それもそうね」

宏の説得力ある言葉に、ようやく納得する真琴。

その会話を聞くともなしに聞いていた澪《みお》が、少しばかり不満そうに余計な一言を言い放つ。

「ここまで漫画的な状況で、そこだけ現実的なのは面白みに欠ける」

「澪の期待に沿えるようなもんでもないけど、実のところひそかに三大お姉さま設定とかはあったりすんで」

「あれは新聞部と放送部がアンケートの結果見て悪ノリしたのが定着しちゃっただけで、本気で言ってる子はそんなにいないよ」

「まあ、実際そんな感じやわな。たまに本気で言うとるやつもおるけど、普通に春菜さんらの話題が出ても、まずその単語って出てけえへんし」

「そりゃまあ、何百人かの高校生がいるんだから、私達を本気でそういう扱いしようとする子も混ざるのは当然だよ。でも、実際のところは、時々放送部とかがネタで出してきたり、何かトラブルがあって仲裁したときに引き下がる口実に使われたりするぐらいで、日頃はそんなに表立って口にされてるような感じでもないよ？」

当事者である春菜の意見に、なるほどと頷《うなず》く真琴と澪。そもそも口実に使われるほどトラブルの仲裁をしているのはどうかと思わなくはないが、そこは言わぬが花である。

表立って使われるかどうかはともかく、学内の有名人に変なあだ名や変なグループ名がつくというのは、よくあるというほどではないが珍しいというほどでもない。

春菜達の三大お姉さまというのも、結局はそのレベルのものである。

「むう、せっかく漫画的な要素があるのに、中途半端で面白くない……」

「あのねえ、澪。宏の生活とか人生とかがかかってるんだから、そういう不満は言わないの」

「ん、分かってる。でも無難すぎると、春姉《はるねえ》の恋に盛り上がりが……」

「そういうのは、こっちに戻ってくるまでに十分にあったんだから、あとは時間かけて成就させるでいいじゃない」

「せめて、周りがいつ引っ付くか賭けてる、ぐらいのアクセントは欲しい」

ギャルゲ脳で漫画脳な澪の言葉に、どことなく微妙な表情を浮かべる宏と春菜。

それを見て、もしかしてと思って確認をする真琴。

「さすがに……賭けはないわよね？」

「すぐに連休だったから今のところクラスメイトだけだけど、私達の前で普通に賭けてたよ……」

「因みに、『卒業まで現状維持』が一番人気で、次が『卒業式で正式な告白』らしいでな」

「他にも、『私が我慢しきれなくて押し倒す』とか、『心が折れて破局』とかも結構人気があって複雑だったよ……」

「それはまた、やりにくいわね……」

目の前で賭けられた挙句にオッズまで当人に公開されているという状況に、思わず同情的になる真琴。何より、高確率でそうなりそうな『卒業まで現状維持』や、きっかけとして使いやすい『卒業式で正式な告白』というのがトップ争いをしているところがやりづらい。

半分以上は煽《あお》る意図ではあろうが、春菜の性格でそういう煽られ方をすれば、かえって動けなくなるのは目に見えている。

「でもまあ、少なくとも変な妨害をしてきたり、宏君に余計なプレッシャーかけて潰《つぶ》そうとしたり、って子はいなかったよ」

「せやなあ。っちゅうか、どっちかっちゅうたら、クラス全体で協力して、生温かい目で見守りながらくっつくようにけしかけにくる感じやで」

「その分、おかしなことを言ってきそうな人には、結束して対抗しそうな雰囲気はあるよね」

「良くも悪くも、ノリがええっちゅう感じやな」

「……それはまた、楽しそうなクラスでよかったじゃない」

「そこは否定せえへん」

真琴の言葉に、真顔で頷く宏と春菜。

三年に進級し、クラス替えがあってから一カ月。この一連の事件がなければ、自分達のクラスがここまでノリがよく、かつお人好《ひとよ》しそうな人間が揃っていると知ることはなかった可能性が高い。

すぐに悪ノリして春菜をけしかけようとしそうなところが不安要素ではあるが、それを除けばクラスの内部に関しては、心配するようなことはほとんどない。

宏としては実にありがたい話で、この巡り合わせにも理解のあるクラスメイトにも感謝しかない。

「あとは、明日の午前中がちょっと憂鬱《ゆううつ》……」

「そっちは僕は一切関わらんから、自分でなんとかがんばってや」

「うん、分かってる……」

明日の午前中、という言葉と同時に、やたらとどんよりしたものを背負う春菜。

それに対して、不思議そうな顔をする真琴と澪。

「春姉、明日の午前中って？」

「えっとね。私の友達、っていうか親友って呼んでもいいぐらいに付き合いが深い子に、中村蓉子っていう子がいるんだけど、その子がね……」

「もしかして、『あなたが恋する乙女としてあまりにもなってないから、ちょっと説教兼レクチャーをしないといけない』、とでも言われたとか？」

「……真琴さん、なんで分かったの？」

「いや、冗談のつもりだったんだけど……」

「でも、真琴姉《まことねえ》。春姉のそういう部分に関しては、多分当事者の師匠以外みんな同じこと思ってる」

「まあ、否定はしないけど、それはあんたも同じことよ？」

「ボクは自覚したうえでこうだから」

「それ、もっと救いようがないって、分かってるでしょ？」

真琴どころか澪にまで言われ、がっくりと小道具のテーブルに顔を伏せる春菜。

なお、真琴に追及された澪は、例によって例のごとく、視線を明後日《あさって》の方向に向けながら、わざとらしく口笛を吹くしぐさをしてごまかそうとしている。

「それにしても、その中村蓉子って子とは気が合いそうね」

「っちゅうか、真琴さんと中村さんやと、口調とか思いっきりかぶっとんで」

「真琴姉、アイデンティティの危機？」

「そこまでやないけどな。テンションでいうたら、中村さんのほうが静かやし」

「悪かったわね、騒がしくて」

宏と澪にキャラかぶりを指摘され、思わずジト目で二人を見る真琴。その間に立ち直った春菜が、体を起こして話に割り込む。

「まあ、そのうち真琴さんと澪ちゃんにも紹介するよ。もう一人、親友って呼んでもいいぐらい親しい子がいるから、その子も一緒にね」

「楽しみにしてるわ。それにしても、今日は達也《たつや》は来ないのかしら？」

「達兄《たつにい》、リアルでちょっとバタバタしてる。主にボクのからみで両親と一緒に」

「なるほどね。そっちは達也しか手を出せないものね」

「ん」

春菜の言葉をきっかけに蓉子達の話題を切り上げ、連絡その他に話を移す真琴。

その後、なんだかんだ言いながら春菜の恋愛下手に話が戻り、涙目のままその日の報告会を終える春菜であった。

第3話　普通の鳥類基準で言うたら、さすがにそろそろ焦る時間やろう

五月の第二土曜日。ようやく日本で休日を潰《つぶ》して行わなければならない作業を終え、宏《ひろし》、春菜《はるな》、真琴《まこと》、達也《たつや》の四人は久しぶりに神の城を訪れていた。

余談ながら、ゲームの『フェアクロ』に関しては、それほど攻略は進んでいない。宏と春菜が受験勉強優先になっていることに加え、達也と詩織《しおり》が澪《みお》のからみでいろいろ忙しいこともあり、なか

なか全員揃《そろ》ってログインできずにいるのだ。

現在は、宏の倉庫から引っ張り出した装備を調整しつつ、集まれるメンバーでちょこちょこ連携の訓練やアバターの性能および癖を確認している最中である。

「おかえりなさいませ、マスター」

神の城に転移してきた宏達を、ローリエが迎え入れる。

神の城の様子は、大きくは変わっていなかった。

「僕らがおらん間は……、特になんもなさそうやな」

「はい。いくつかの機能がアクティブになった以外、城に関しては変わったことなどはありませんでした」

「新機能がアクティブか。……ああ、この辺やな」

不在時にあったことに関してローリエと話をしながら、パネルを操作して選択できるようになった機能の内容を確認する宏。

「なあ、ヒロ。何ができるようになったんだ？」

「なんかこう、ものすごい創造神らしいことができるようになった感じやで」

「創造神らしいこと？　どんなことだ？」

「原初生物創造と城の惑星化、それから銀河系の創造やな。あとは……、スキルオーブの作成か。使えるようになった新機能でいっちゃん重要なん、これとちゃうか？」

「……そうだな。つうか、考えようによっちゃあ、それが一番やばいよな？」

「せやな。まあ、さすがにエクストラスキルは無理で、中級以上は現状、条件満たした人間に覚えさせられるだけっぽいけどな。熟練度も、一部例外を除いてゼロからスタートやし」

「それでも、一般人を簡単に超人にできるんだから、普通にやべえよ」

達也の言葉に、苦笑しながら頷《うなず》く宏。

スキルオーブとはその名のとおりスキルを封印したオーブで、砕くことによって封印されていたスキルを身につけることができる、というアイテムである。

それだけ聞くと便利そうだが、実際のところは付与したスキルを使いこなすための訓練には多大な時間がかかるうえ、消費するスタミナも半端ではない。

今までの経験から言うと、実用レベルに持っていこうとするなら、少なくともメジャースポーツで全国大会の常連になっている部活程度にはハードな訓練をしなければいけない。

そのあたりを考えれば、言うほど簡単に超人にできるわけではないが、逆に一定以上のレベルで訓練さえすれば絶対に成果が出ると考えると、それはそれで危険である。

「まあ、アランウェン様とかエルザ様がやったみたいに、熟練度を上げた状態で付与、みたいな真似は現状できんから、そこまで気にせんでもええやろう。その一部例外っちゅうんも、詩織さんとかみたいにゲームなりなんなりで鍛えたスキルを、そのまま現実に反映できる、っちゅう程度やし」

「そっか。詩織さんの能力をゲーム準拠にするのに、スキルオーブがあれば他の神様とかの手を借りずに済むんだ」

「重要ってのは、そういう意味でか」

「そういう意味でや。ぶっちゃけ、それ以外にこんな機能、使うつもりあらへんしな」

宏の言葉を聞き、納得半分、安心半分、といった感じで頷く一同。

正直なところ、詩織の肉体能力については、かなり大きな懸念材料となっていた。

何しろ、魔術師タイプとはいえ、達也の能力はゲーム準拠のものからさらに鍛え上げられている。それに、魔術師タイプのキャラであっても、序盤の育成や防御力向上の都合上、近接戦闘用のスキルや防御系のスキルをそれなりに鍛えているのが普通だ。

結果として、一番物理攻撃が弱いといっても、本気を出せばベアハッグで軽く一般人の背骨をへし折れる程度の筋力は持ち合わせてしまっているのである。

ＲＰＧでよくある、クリア後の主人公達の上がりに上がった能力をどうするのか、という問題。宏達の場合は、達也が真っ先にこの問題に直面していた。

「まあ、どの程度スキルを持たせるかは最終的にアルフェミナ様とかとの話し合いになるとして、最低限、器用と耐久がメインで上がるスキルは、ある程度付けやんとあかんやろうな」

「そうね。毎晩毎晩詩織さんをダウンさせてるって話聞いてると、そのあたりは急務でしょうね」

「別に毎晩ダウンさせてるわけじゃねえぞ……」

「ねえ、達也。それ、時々ダウンさせてるって白状してるのと変わらないわよ？」

「うっ……」

真琴にそう突っ込まれ、言葉に詰まる達也。

そんな二人の様子を横目に、別のことが気になっていた春菜が話を変える。

「ねえ、宏君。原初生物の創造って何？　この城の中限定だけど、今まで普通に生き物とか生み出してたよね？」

「ああ、それな。今までのはリストに載ってる生き物を生み出しとったんやけど、この機能使えば自分でビジュアルから何から何までデザインできるんよ。今のところ、バクテリアとかアメーバーとかそのレベル限定やけどな」

「なるほど。でも、それって上手《うま》くいくの？」

「そこはもう、実際にやって試してみるしかあらへんで。そもそも進化とか突然変異とかもあるやろうから、ずっと作ったときのままとも限らんし」

「やっぱりそうなるよね」

宏の説明を聞き、何やらいろいろ納得したように頷く春菜。創造神だからといって、何もかも思いどおりにいくわけでも一発で上手くいくわけでもないことは、様々な事例からよく分かっている。

「まあ、このあたりはそのうち暇見て試すとして、早いとこ挨拶回りやな」

「そうだね。まずは冬華《とうか》の顔を見てから、かな？」

「せやな。ローリエ、冬華は？」

「今は昼寝をしています。そろそろ起きてくる頃かと」

「なるほどな。ほな、冬華が起きるまで待っとくから、起きたらここに連れてきてくれるか？」

「分かりました」

よそに挨拶回りに向かう前に、まず最初に顔を見ておくべき存在について確認を取る宏と春菜。

まだ昼寝の最中だと聞き、とりあえず手近な椅子に座っていつの間にか現れたラーちゃん達《チーム芋虫》を軽くいじりながら、打ち合わせを兼ねた雑談を続ける。

よく見ると、ラーちゃん達の中にやけにファッショナブルなやつが混ざっていて、宏達的には毒とかを持っていないか気になって仕方がないのはここだけの話である。

「そういや、冬華のことは身内界隈《かいわい》にどう説明するのよ？」

「そこは未定。どう説明してもややこしくなるのだけは間違いないから、ちょっと頭抱えてるの」

「教授や春菜の身内はともかく、ヒロのご両親とか普通の人だもんなあ……」

「そうなんだよね……」

宏の両親を思い浮かべながら、小さくため息をつく春菜と達也。春菜や達也と違い宏の両親とは面識がない真琴も、真剣な表情で思案顔である。

大阪系のノリを持つとはいえ、宏の両親はごく普通の善良な人間だ。性交渉なしで複数の女性との間に娘を一人作ったなどと説明した場合、どんな反応を見せるか分かったものではない。

冬華のことは関係ない真琴にしても、いまだにちゃんと両親に宏達との関係を説明できていない。冬華のことがなくても同じぐらいややこしい説明になるのは間違いないため、この問題は他人事《ひとごと》とは言いがたいのだ。

「でも、紹介しないわけにもいかないでしょ？」

「せやねんなあ。ただ、教授と一緒に春菜さん来たとき、っちゅうか、その後の反応考えるとなあ……」

「何があったのよ？」

「いやな、僕って長いことあれやったやん。せやから、普通に仲がええ女の子ができると思ってへんかったところに、いきなり何の前振りもなしに春菜さんが来たもんやから、おとんもおかんもすごい舞い上がってもうてなあ……」

「あ～、なんとなく分かったわ。で、春菜の様子見て『彼女にしないとか贅沢《ぜいたく》なこと言うな』的なことを言ってきた感じ？」

「まさしくそういう感じや。まあ、それ自体は僕も思っとったことやから言われてもしゃあないんやけど、頭が冷えてから、他の人間やったらともかく親がそれ言うたらあかんやん、って思ってしもたらしくてなあ……」

「表には出してなかったけど結構長いこと落ち込んでたし、今でもかなり気にしてる感じだよね」

宏と春菜の説明を聞き、いろいろ納得してしまう真琴。宏の両親の気持ちもなんとなく分かるだけに、宏達がいろいろ決めかねてしまうのも仕方がないと思ってしまう。

何しろ、春菜を含む三人の女性との間にできた娘だ。不実なことは何もしていないとはいえ、その説明だけ聞くと非常に後ろ暗い印象を受ける。

舞い上がって悪乗りして吐いた言葉をずっと気にするような人間には、刺激が強すぎるどころの話ではない。

「まあ、結局のところ、まずは綾瀬《あやせ》教授に相談してから、っちゅう感じやけどな」

「あたしとしてはむしろ、今まで教授にその話をしてなかったのが驚きよ」

「私がちょっと迷っちゃったから、少し保留にさせてもらったの」

「迷った？　ああ、実の親より先に血縁ではあっても無関係な第三者に紹介するのは、みたいな感じ？」

「うん、そういう感じ」

これまた分からなくもない春菜の意見に、つくづく冬華の問題のややこしさを思い知らされる真琴。宏達が先送りにしてしまうのも、よく分かる話である。

などと話していると……、
昼寝から起きたらしい冬華が、嬉《うれ》しそうに飛び込んできた。

「パパ～！　ママ～！」

「久しぶりやな。ちょっとデカなったか？」

「うん。少し大きくなったよね」

「正確には、身長が二センチ五ミリ伸びて体重が九百八十七グラム増えています」

宏と春菜の腕に嬉しそうにぶら下がる冬華を見ながら、そんな話をする宏と春菜。ローリエの異様に細かい数値報告を横においておけば、完全に若夫婦とその娘である。

「まあ、元気そうでよかったわ」

「そうだよね。……もうちょっとしたら、この城から外に出しても大丈夫かな？」

「なんとも言えんとこやなあ。霊的な防御能力とかもはっきり分からん感じやし、これこそ先輩らの意見を聞いたほうがええやろう」

「そうだね」

冬華を抱き上げたり肩車したりしてその成長を確認しながら、今後どうするかを話し合う宏と春菜。いまだに自分の子供だという自覚はいまいち薄いが、それでも生み出してしまった責任は取るつもりである。

「まあ、とりあえず今日は工房とウルスの城に顔出してくるから、また後でな」

「晩ご飯、一緒に食べようね」

ひとしきり相手をし、冬華が落ち着いたところでそう声をかける宏と春菜。

二人がなんだかんだ言って多忙なのを理解しているからか、にっこり笑って素直に頷く冬華。

「いってらっしゃ～い！」

「ほな行ってくるわ」

「お早いお帰りをお待ちしております」

冬華とローリエの姉妹に見送られ、宏達の時間軸で約二週間ぶり、フェアクロ世界の時間では約三カ月ぶりとなるウルスのアズマ工房へと向かう宏達であった。

☆

「親方おかえり!!」

「きゅっ！」

転移陣を出た瞬間、宏に向かってライムとひよひよが突撃をかけてくる。

どうやって宏達の来訪を知ったのか分からないが、どうやら待ち構えていたらしい。後ろにはファム達が揃っていた。

「なんや、えらい熱烈な歓迎やな」

「てか、どうやって知ったんだ？」

ライムの頭をよしよししながら、来る前から待ち構えていた工房の初期メンバーにそう声をかける宏。達也も半ば呆《あき》れたように疑問を口にする。

「ライムが親方が来るはずだって言ってたから、みんなで待ってたんだ」

「いつものことながら、ライムがどうやって察知しているのか謎なのです」

達也の疑問に答えたファムとノーラの言葉にも、ライムのある種の超感覚に対していろいろ複雑な感情がにじんでいた。

「しかし、ちょっと見んうちにファムもライムもおっきなっとるのに、ひよひよはまだ成鳥になってへんのんかいな」

「きゅっ！」

「いや、そんなドヤ顔で問題ないとか主張されてもなあ」

「きゅきゅっ！」

「いや、普通の鳥類基準で言うたら、さすがにそろそろ焦る時間やろう」

はっきり分かるほど育っているファムやライムに比べ、明らかに育っている感じがしないひよひよに対し、そう突っ込みを入れる宏。

謎生物の一角である神獣相手にそのあたりを追及しても無意味とはいえ、さすがにここまで変化がないのに突っ込みを入れないのは芸人的にアウトである。

あえてスルーしてボケ殺しという手もあるにはあるが、今回に関しては威力が低いので選択肢には上がらない。

「まあ、何にしても、久しぶりやな」

「ごめんね。思った以上に向こうでの予定が立て込んじゃって」

「気にしないでください。ちゃんと帰ってきてくれたなら、それだけでいいんです」

「ただ、そろそろいろいろ行き詰まり気味なのです。時間があるなら、指導をお願いしたいところなのです」

「せやな。レイっちとエルのとこに行く前に、ちょっと見させてもらうわ」

ノーラの要望に頷き、まずは職員達の現状を把握することにする宏。

その宏の言葉に、嬉しそうな笑顔を浮かべるファム達。研究のほうがちょっと行き詰まっているのは事実だが、それ以上に久しぶりに宏から直接指導を受けられるのが嬉しいのだ。

「だったら、あたし達はレラさんとかから近況を聞いとくわ」

「ついでに、周りの工房とかメリザ商会とかにも顔出しといたほうがいいだろうな」

「そうだね。なんだったら、メリザ商会までは私が転移を使うよ」

そこそこ宏が拘束されると踏み、そんな風に予定を決める真琴達。そこに、

「宏ちゃん達がいると聞いて～」

「遊びに来たの～」

「構ってくれなきゃ遺体遺棄～」

待ち構えていたかのように、オクトガルが乱入してくる。

「なんか、まだ二週間ちょっとだっていうのに、この感じがものすごく懐かしいわね……」

「向こうには、こういう面白おかしい謎生物っていないからなあ……」

「なんかこう、日本におったらこっちのことが急激に現実味なくなっていく感じやったからなあ」

「だよね」

何一つ変わらぬオクトガルのノリに、思わず生温かい目になりながらそんなコメントを漏らす日

本人一行。良し悪しは横に置いておくとして、現代地球、それも特に先進国では、この種の謎生物がここまで違和感なく日常に溶け込むのは不可能に近い。

正直、向こうにまでこのノリを持ち込まれるのは勘弁願いたいが、まったく無ければそれはそれでいろいろ寂しいものがある。

そんな勝手なことを考えながらも、自分達がウルスに戻ってきたことをしみじみと実感する宏達。

「まあ、オクトガルに捕まっちまったことだし、しばらくぶらぶらしてくるか」

「そうだね。どうせだから、旧スラム地区の実験農場とかも見に行こうよ」

「賛成。一時間ぐらいで戻ってくれれば、お昼にちょうどいい時間になるわよね」

「ほな、僕はファムらだけやなしに、ジノとかもある程度見とくわ」

オクトガルの乱入により、最短で挨拶回りだけ、とはいかなくなってしまったこともあり、予定を変えて昼までのんびりあれこれ済ませることにする宏達であった。

☆

「なるほどなあ。やっとルーフェウス学院が学生の受け入れ再開したんや」

「うん、そーなの！」

「そのうちジノ達も通わせるべきだとは思うのですが、まだまだ腕が足りないのでもうしばらくは修行させる必要があると思うのです」

「まあそこら辺は、いっぺん確認してからの判断やな。あっちに通うんも、それなりに得るもんはあるやろうしな」

挨拶回りも兼ねた物見遊山に出発した春菜達を見送り、まずは近況報告を聞く宏。その気になればいくらでも話すことはあるだろうが、今日のところは工房の現状を知るために必要なことだけに絞る。

「それにしても、ジノらはまだ八級が完全には安定してへん感じか」

「うん。ジノはそろそろ卒業かなって感じだけど、他の三人はまだまだ」

「親方やミオさんがいないと、目に見えて成長が遅くなってますね……」

「まあ、多分やけど、それが普通なんちゃうか、とは思うで。そもそも、それかてルーフェウス学院の初級薬学科の平均よりは早いんやろ？」

「そうなのですが、なんとなく自分達も含めていろいろ不甲斐《ふがい》ないものを感じるのです」

「まあ、焦りな。ものづくりは慣れと根気と諦めと惰性や。自分の限界を知りながら、根気ようもう一個だけ、やっぱりもう一個だけ、っちゅう感じで半ば惰性で作り続けてるうちに上達しとるもんや。まあ、今日はもう限界やっちゅうて諦めんのも大事なことではあるけどな」

どうにも行き詰まっていることに焦りを見せるファム達を、そんな風に宥《なだ》める宏。ゲーム時代のこととはいえ、実のところ宏にも覚えがあることなのだ。

宏とファム達との違いは、先達《せんだち》となる存在がいるかどうかであろう。少なくとも、宏は他の職人仲間と手探りでいろいろ進めてきた世代であり、そのぶん壁を抜けるために余分な苦労をしてきている。その身の上からすると、ファム達はまだ焦る時期ではないと感じてしまうのだ。

とはいえ、悩み多き弟子達に何のアドバイスもしないというのも、師匠としてどうなのかという面はある。なので、ものになるかどうかはともかく、作業を見たうえで引っかかっていそうなところについて、多少の助言ぐらいはするつもりでいる。

「何にしても、作業見んことにはなんとも言えんわ。っと、その前に、自分ら小舟ぐらいは作れたんか？」

「……まだ、ちゃんと浮かぶやつは作れてない」

「イカダは大丈夫だったのですが……」

「図面どおりの形にしてるはずなのに、どうしても上手くいかないんですよね……」

「あ～、やっぱまずはそのあたりか。釣りのほうはちゃんとやっとる？」

「そっちは普通にやってるよ。最近は、ライムも含めて四人で普通に売りに出せるぐらいの数は釣れるようになったし」

「なるほどな。ほな、今日は船作るところから指導やな」

近況報告だけで、ネックとなっている部分を特定する宏。そこをどうにかしたところで目に見えるほど向上するわけではないが、先のことを考えれば絶対に必須になってくる要素だ。

なんだかんだ言って、ファム達もメイキングマスタリーが欲しくなる程度には腕を磨いているのである。

「まずは作ったやつ見よか。ちゃんと残しとるんやろ？」

「はい。といっても、深いところに沈んで回収できなくなったものも多いので、そんなに数はありませんけど……」

「一艘《そう》見れば大体分かるから安心し」

そう言いながら、大物を作るためのスペースに移動する宏達。邪魔になりそうなものをどけたところで、テレスが倉庫から失敗作のボートを取り出した。

「これです」

「……なるほどな。ちゃんと確認せんと断言はできんけど、大体分かったわ」

「もう、分かったの？」

「まあ、分かったっちゅうても単なる予想で、正しいかどうかは不明やけどな」

そう言ってボートを隅から隅まで確認する宏。何か確信した様子で一つ頷くと、結論を告げる。

「予想どおりやったわ。シールがちゃんとできてへんところが何カ所かあるで」

「「「えっ!?」」」

「あとは、防水が怪しいところがあるんと木材の目利きの問題やな。水吸うたら歪《ゆが》みが大きく出るやつがなんぼか混ざっとる。僕が作る場合は普通に使う範囲やけど、ファムらが船作るんには向かんでな」

宏の指摘に、渋い顔でへこむファム、テレス、ノーラ。いくら専門ではなく勉強中だといっても、船に不向きな木材を使うなど話にならない。

実のところ、大きく歪むといっても素人の目視で分かるほど歪むわけではなく、ほんの少し隙間《すきま》が多く出る程度。普通の家具などに使う分にはまったく問題にはならない範囲なので、ファム達が見抜けずに使ってしまっても責められるようなものではない。

船に使うにしても、シール（いわゆる目張り）がちゃんとできていればこの程度の歪みは吸収できる、という範囲ではあるが、素人が作った船ゆえに致命的な問題となってしまったのだ。

「一応確認しとくけど、僕がおらん間、ちゃんと専門の人に指導してもろた？」

「半月ほどなのですが指導してもらってたのです。材料にしても、これなら問題ないとお墨付きをもらったものを使ったのです」

「なるほどなあ。まあ、実際木材は使えんほどやないから嘘《うそ》を教えられとるわけやないし、結局は指導受けた時間と密度の問題やろうな。普通は実際に丸一日船作る作業手伝わせながら教えるもんやろうし」

ノーラの答えを聞き、臨時の師匠となった船大工のフォローをしておく宏。

そもそもの話、まったくの部外者どころか下手をすればライバルになりかねない相手に、ちゃんと指導をしているだけその船大工は良心的である。

さらに言うなら、いくら普通の大工の経験があるとはいえ、初心者にいきなりぶっつけ本番で船を作らせるような、そんな無謀な真似をする船大工はいない。

本来なら、親方や先輩などと一緒に作業をしながら、徐々に一人でやる部分を増やし、小舟を一人で作り上げるようになれば一人前、という過程を踏むのが普通だ。ファム達のように、午後だけ教わりに来て、などというやり方で学ぶ人間はまずいない。

こればかりは教育システムや目標としている部分の違いであり、船大工の教え方が悪いとは決して言えないのだ。

「とりあえず、今回はうちの流儀で教えるわ。まず木材やけどな……」

ファム達に指導してくれた船大工に心の中で謝罪しつつ、春菜に指導したときのように作り方を教えていく宏。お互い勝手が分かっていることもあり、指導も船の製造もスムーズに進んでいく。

そして約一時間後。

「とまあ、こんな感じやな。あとは養生してから漏水検査して、水に浮かべてみればええわ」

早くも最初のボートが完成してしまう。何度か作っていてある程度慣れているうえに宏から的確な指示が飛び、さらにライムも含めて四人がかりで作業したことも相まって、驚異的な速度である。

「っちゅうか、今思ったんやけど、作った後、ちゃんと養生終わってなかったんちゃうか？」

「あっ、そうかも」

「養生終わってへんで水に浮かべると、シールが飛んだり防水が剥《は》がれたりしおるからなあ」

「逆に、養生してる最中にそのあたりが駄目になった可能性もあるのです」

「他にも、養生中に出た歪みで全体のバランスが変わった、というのもありそうですよね」

宏の言葉で、何が駄目だったのか、いくつか可能性を思いつくファム達。恐らく、自分達だけだと気がつかなかったであろう。

「船大工の人には見てもらわんかったん？」

「なんとなく、そのあたりに遠慮のようなものがありまして……」

「ものすごく忙しそうにしてるところに、アタシ達の作ったへたくそな船持ち込んでどこが悪いか見てもらう度胸はちょっと……」

「これが納品しなければいけなくて切羽詰まっていたのならともかく、別に船が作れなくても困らないのにチェックを頼むのは、いくらお金を払うといってもかなり気が引けるのです」

「親方、ちゃんと戻ってくるって言ってたの。だからライム達、親方が戻ってきてから教えてもらうことにしたの」

「あ～、まあ、分からんではないわな」

テレス達の意見に、なんとなく納得する宏。

手が空いているときならともかく、忙しそうにしているときに大した金にもならない、しかも緊急でもなくやらなくても困らない頼みを持ち込むのは気が引けるものだ。

身内でもそのあたりの遠慮はあるのに、完全な部外者相手となるとなおのことであろう。

しかも今回の場合、船大工達が忙しかった原因の一部に、アズマ工房への指導で手を取られたことが関係している可能性が高く、より一層頼みづらかったのだ。

本当に戻ってくるかどうか若干不安はあったものの、戻ってくると聞いていた宏を待っていたほうが手間も少なく気分的にも楽である。

なので、ファム達は遠慮なく頼れる身内が戻ってくるまで、試行錯誤しながら待つという選択を取ったのだ。

なお、こういうことに関して、ファム達には外部に自分達の失敗を知られたくないという感覚はないので、浮かばなかった船を持ち込むのが恥ずかしくて聞きに行けなかったという理由だけはなかったりする。

「まあ結局のところ、僕が指導すれば済む話やから、よその人の手ぇ煩わせんと僕らが戻るん待っとくっちゅうんも、悪い判断やないわな。何回も試作しとったら、そんなに待つっちゅう感じでもないわけやし」

宏の言葉に、一つ頷くファム達。

そのタイミングで、外から春菜達が帰ってくる。

「ただいま」

「おう、おかえり。なんぞ珍しいこととかあった？」

「ん～、特には。せいぜい、ウォルディスの首都ジェーアンに鉄道敷くから、その前の実験もかねてウルスの東西をつなぐ計画が出てる、って噂《うわさ》を聞いたぐらいかな」

「そらまた、デカい話やなあ。昼からレイっちらに挨拶しに行くし、そんときに聞いてみよか」

「そうだね。さて、久しぶりにこっちでご飯作るけど、何がいいかな？」

「せやなあ。せっかくやから、神の食材豪快に使ってごちそうにしよか」

宏の意見に、にっこり微笑《ほほえ》んで頷く春菜。せっかくウルスに来たのに、地球でも食せる食材を使った料理を食べるのはもったいない。

「問題は、澪に恨まれそうだってことだが……」

「まあ、それは諦めてもらうしかないでしょうね。ってか、ここで普通のご飯食べたところで、澪がそれを信じるかどうかって言われるとねえ……」

「まあなあ……」

上半身こそ起こせるようになったものの、まだ寝たきりからは解放されておらず、今日は欠席せざるを得なかった澪について言及する達也と真琴。その澪について、春菜が口を挟む。

「澪ちゃんも九日から食事が解禁になってるし、こっちに来るまでにはちゃんとしたものが食べられるようになってると思うよ」

「つうか、むしろ食事が解禁になってるから、うるさそうだって思ったんだがな。何せ、まだ固形物が完全に解禁されてなくて、昨日ようやくコンソメスープから卵粥《たまごがゆ》になったところだからなあ」

「不味《まず》いわけやないけど、味気ないにもほどがあるって文句言うとったからなあ」

「うん。だから、今日は澪ちゃんの分も作っておいて、ちゃんとした食事が完全に解禁されたときに差し入れしようか、って思ってるんだ。その頃には、多分ベッドから立てるようになってると思うし」

春菜の言葉に、なるほど、と頷く達也と真琴。

そこまでいけば、あとは日常生活を行えるようにリハビリするだけ。ほぼ健康体になったといえるので、快気祝いとしてごちそうを用意するのはありだろう。

問題は、地球に持ち込んで大丈夫なのかと疑問に思わざるをえない食材が大量にあることだが、そこは天音《あまね》がなんとかしてくれるだろうと棚上げすることにする。

「で、豪勢にやるにしても、何作るかやな」

「だったら、クラス会の時に出たスペシャルランチ、がんばって再現してみようよ」

「せやな、それもありやな」

春菜の提案に頷く宏。

三十分後、ベヒモスのカットステーキを主菜とした実に豪勢なランチプレートが食卓に並び、食材を差っ引いてもこんなものをクラス会の昼飯に食ったのかと物議を醸しだすことになるのであった。

☆

「この客間も、なんか久しぶりに見た気がすんでなあ」

「本当だね」

「そんなに長く離れてたわけじゃないのに、本当に久しぶりって気分よねえ……」

「だな。実際、ヒロと春菜はともかく、俺や真琴は二週間ぐらいしか経《た》ってないのになあ……」

昼食も無事に終え、持ち込む手土産を完成させウルス城を訪れた昼下がり。もはや馴染《なじ》みとなった客間でそんな益体《やくたい》もないことを言いながら、レイオット達を待つ宏。

そこに、控えめなノックの音が聞こえてくる。

「どうぞ」

気配から誰が来たのか察し、入室を促す春菜。

恐らく直前まで業務を続けていたのか、扉が開くと巫女《みこ》装束のままのエアリスが現れた。

「ヒロシ様！」

焦る心を精神力で抑え、必死になって淑女のたしなみを忘れないように客間に入ってきたエアリスだが、乙女の自制心はそこで限界を迎えたらしい。

飛びつくような真似こそしなかったものの、手が触れられる距離まで移動して感極まったように声を上げてしまうことまでは我慢できなかった。

「久しぶりやな、エル。元気そうでよかったわ」

「待たせちゃって、ごめんね」

「いいえ……、いいえ……！　もう一度会えた、それだけでも十分です……！」

必死になって涙をこらえるエアリスと、そんなエアリスにいつもの態度で接する宏と春菜。その様子を、温かい目で見守る年長組。

そこに、再びノックの音が。

「ふむ、エアリスに先を越されたか」

「というか、エアリス。アルチェムを置いていくのはどうかと思うわよ？」

入室の許可を出そうとするより前に、レイオットとエレーナの声が聞こえてくる。

宏と春菜がそちらを向くと、ノックの姿勢のまま苦笑を浮かべているレイオットと、アルチェムを前に押し出すような姿勢であきれた顔をしているエレーナの姿が。

どうやら、エアリスが入ってきた時点で、扉は開けたままになっていたらしい。レイオット達の姿が見えていた客室係が、気を利かせて開けたままで待機していたのだ。

因《ちな》みに、達也と真琴は、レイオット達が近くまで来ていたことに気がついていた。というより、どうするか視線で問うてきた客室係に、開けたままでいいと指示を出したのは達也であり、真琴もそれに頷いて同意していたのだ。

なお、アルチェムはというと、エアリス同様巫女装束のまま、感極まって言葉が出ないといった風情で動きが止まっている。

「も、申しわけありません！」

「まあ、エアリスの気持ちも分からんではないからな。次、気をつければいい」

自身の粗相に大慌てで頭を下げるエアリスを、生温かい目で見守りつつそう窘《たしな》めるレイオット。

アルチェムを置き去りにしたことに関してレイオットがどうこう言うのは筋が違うのだが、当のアルチェムは現在フリーズ中だし、そもそもこういうことを根に持つ性格でもない。

なので、とりあえず場を収めるために、代理でレイオットが許しを与えておいたのだ。

「感動の再会もいいけど、そろそろ座ったら？」

「そうだな。いつまでも立ち話をしていても始まらん」

真琴に言われ、素直に席に着くレイオット。レイオットに倣い、他の人間も次々に座る。普段は侍女として立ったまま後ろに控えるアルチェムも、今回は巫女待遇なのでもてなされる側だ。

全員が席に着いてすぐお茶と茶菓子が供され、それらが全員に行き渡るのを待って、仕切りなおすようにレイオットが口を開く。

「さて、久しぶりだが、元気そうで何よりだ」

「こっちは、そんなに経ってへんからなあ。そっちこそ、元気そうでよかったわ」

「相変わらず忙しいが、いろいろ目途がついたからな。特に、お前達が邪神を仕留めてくれたおかげで、そちらに対する対応が一気に減ったのが大きい」

「お父様もレイオットもマークもちゃんと夕食を取れる日が増えて、最近はあまりエアリスの部屋の非常食に頼らずに済んでいるものね」

「さすがに、夜中に年頃の妹の部屋に押しかけてインスタントラーメンを食らう生活というのは健全とは言えん。家族の団欒《だんらん》という面では惜しいが、いい加減そろそろあの形で食卓を囲む日々からは卒業すべきだろう」

仕切りなおしてすぐに、ファーレーン王室のなんとも言いがたい残念な事情が飛び出す。

夜中にエアリスの部屋に集まっているということも微妙ではあるが、その目的がインスタントラーメンであり、しかもそれが数少ないまともな食事になっているというのがなんとも言いがたい感じに残念さが漂う。

仮にも世界一豊かな国のトップが、そんな貧相な食生活というのはどうなのか。その感想で日本人チームの意見が一致する。

「まあ、我々の食生活はどうでもいい。そっちはどうだ？」

「これっちゅう話は特にないなあ。そっちの時間の流れとちごて、うちらは二週間ぐらいしか経ってへんし。強いて言うんやったら、澪が当初の予定より早《はよ》うに戻ってこれそうや、っちゅうぐらいか？」

「そうか。それで、今後はずっとこちらにいられるのか？」

「そういうわけにもいかんねんわ。今無職の真琴さんはともかく、それ以外の人間は仕事か学校があるから、休みの日しかこっち来られへん」

「ふむ。となると、これまでのようにいろいろ頼む、というわけにもいかんな」

「まあ、その辺は内容にもよんで。あんまり手間かかって納期きつい仕事は無理やけど、片手間ですむようなやつとか、インスタントラーメン工場の時みたいに四六時中関わる必要がないようなやつとかはいけるし」

「なるほどな。そうなるといろいろと協力してほしいことはあるが、そのあたりの相談事は後に回そう。あまりエアリスやアルチェムを待たせるのも悪い」

そう言ってカップに口をつけるレイオット。それから数秒間をおいてエアリスが口を開く。

「改めまして、お久しぶりです」

「さっきも言ったけど、元気そうで何よりだよ。エルちゃん、だいぶ大きくなったんじゃない？」

「そうですか？」

春菜の言葉に、不思議そうに首をかしげるエアリス。少し前に下着がきつくなって揃えなおしたが、それ以外に育ったと自覚するようなところがない。

もっとも、エアリスに育った実感がないのも、ある面では仕方がない部分がある。

何しろ、日頃身につけているものは、大半が宏が作ったサイズ自動調整のエンチャント付きの、防御力が高い服である。サイズが自動的に変わるのだから、自身が成長している実感が薄いのは仕方ないだろう。

王族ゆえにドレスなどの正装はどうしても頻繁に新しいものを仕立てることになるが、逆に王族ゆえにあまり体格や体形の変化が話題にならない。結果として、周囲の人間はここ最近かなり育ったようだという認識があるのに、当人はそんなに体格が変わったと思っていないという状態になっている。

因みに、エアリスの身長は慰霊式典の頃から約四センチ伸び、現時点でそろそろ春菜と大差ない身長になってきてはいる。が、そもそもその春菜からして、ファーレーン人女性の平均と比較すると小柄なほうに分類される。その点も、エアリスが自身の肉体的な成長を実感しづらい理由であろう。

「ちょっと見ないうちに、春菜とあんまり変わらない背丈になってるわよね」

「ああ。俺達が初めて会ったときと比べると、ずいぶん大きくなったな」

「まあ、身長に関しては、あたしはかなり前に追い抜かれてるけどね」

エアリスの成長について、そんな風に語り合う真琴と達也。

先ほどは特に口にしなかったが、ファムやライムもだいぶ大きくなっていた。成長期の子供にとって三カ月強というのは結構な時間なのだ。

もっとも、個人差はあれど女性の身長が大体十三歳頃までにほぼ成長が止まり、それ以降は数年かけて一センチ二センチという伸び方になるのはファーレーン人でも同じ。

それを考えると、エアリスの背もそろそろ大きな成長は止まる頃である。なので、かつてライムの誕生日プレゼントで大人の姿になったときのように、春菜やエレーナと同じ百六十七センチぐらいで身長は落ち着くだろう。

胸のサイズに関しては、今のエアリスもそろそろDカップ手前までは育っている（というより、そこまで育ったから下着を新調する必要があった）が、澪にそちらをもぐような真似をする度胸はないだろう。別に権威や権力に負けたからではなく、聖女然としているエアリス相手にそれをやるところまでヨゴレになるような、そこまでの度胸はないのだ。

それぐらい今更ではないか、という突っ込みは、澪の名誉のために聞かなかったことにするのが武士の情けというものであろう。

「逆に、アルチェムはあんまり変わらんなあ」

「まあ、エルフですから」

「そういえば、前から気になってたんだけど、エルフって何歳ぐらいまで体が大きくなるの？」

「そうですね。身長に関しては、女性は大体十二歳から十三歳頃に成長期が終わり、それ以降はかなりゆっくりですが、七十歳から八十歳ぐらいまで育ちますね」

「なるほど。男の人もそんな感じ？」

「大きく育つのが十代前半なのは変わりませんが、八十歳ぐらいまでは女性よりは背が伸びやすい感じです」

「へ～」

なんとなくエルフの成長について気になった春菜が質問し、それに答えるアルチェム。

「ってことは、アルチェムの胸は、まだ育つ可能性があるわけね……」

「いえ、あの、さすがにここ五年ほどはサイズの変化がないので、もうこれ以上は育たないかと」

「そっか。まあ、半分負け惜しみで言うけど、それ以上大きくなったら邪魔ってレベルじゃないわよね」

「真琴さん、そういう話は王族とか僕とかがおらんところでやってくれるか……」

「あ～、ごめんごめん」

微妙に青い顔をしている宏にそう窘められ、軽い態度ではあるが素直に謝る真琴。こういう話題で宏が青ざめるのはもはや条件反射のようなものだが、昔と違ってここからパニックを起こしたりはしない。

なので最近は、あまり深刻な態度で謝ると空気が悪くなるという理由から、こういうときは暗黙の了解で軽い謝罪で済ませ、同じ話を蒸し返さないようにしているのだ。

そのまま話の流れが変わり、不在の間に何があったのか、とか、対三幹部や対邪神でいろいろやった影響はどうなのか、とか、そういった話が続く。

このあたりのことはレイオットやエレーナも気になっていたのか、真剣な表情で聞き入っている。

「……この感じやと、エルもアルチェムも、成長期が終わった後ちゃんと老化するかどうかはかなり怪しくなっとんなあ」

「そうだね。病気とか事故とかがなきゃ、少なくともアンジェリカさんと同じぐらいは生きそうな気がするよ」

「てか、それだとそもそも、寿命で死ねるの？」

「分からんけど、今んところ多分、不老不死までは行ってへん。行ってへんけど、なんかデカい儀式する機会があれば、それだけ普通の人間種族からは外れていくで」

宏の言葉を聞き、意味ありげな視線を交わすエアリスとアルチェム。それを見とがめたレイオットが、少々慌てたように口を挟む。

「釘《くぎ》を刺しておくが、必要もないのに大儀式の類《たぐい》を行うような真似はするなよ？　ハルナを出し抜くために少しでも寿命が欲しいという考えは分からんでもないが、そういう不純な理由で儀式を行うなど、神に対する冒涜《ぼうとく》だからな？」

「……大丈夫ですわ、お兄様。これでもちゃんとわきまえています」

「……他のことでは信用しているが、ヒロシと飯が絡むことではいまいち信用できんのがな……」

レイオットに言われ、微妙に視線を逸《そ》らすエアリスとアルチェム。

実のところ、その神の一部が「ぜひやれ」と煽《あお》っているのだが、権威とかそこら辺の都合上さすがに口にすることはできない事実である。

「なあ、レイオット殿下。気になることがあるんだが、聞いてもいいか？」

「なんだ？」

「エルの寿命に関して、一番問題になるのは姫巫女《ひめみこ》の就任期間だと思うんだが、そのあたりはどうなるんだ？」

「……そうだな。対外的にはいずれ次の姫巫女に立場を委譲することにはなるだろうが、エアリスがファーレーンにいる限りは実質的には姫巫女が二人いる状態になるだろうな」

「長命種が姫巫女になった事例はないのか？」

「一度だけ、先祖返りでエルフとして生まれた王家の姫が、高い資質を見せて姫巫女になったことがある。その時は四十年ほどで次の姫巫女に立場を譲ったそうだが、そのあと嫁ぐまでの二百年ほどは姫巫女が実質二人、という状態だったらしい」

「なるほどなあ」

レイオットの答えに、感心したように頷く達也。さすがは三千年の歴史を誇る大国だけあって、思いつきそうな疑問に対する事例は大体あるらしい。

「まあ、エルちゃんとアルチェムさんの寿命の問題は今すぐどうこうする必要はないし、今は置いておこう」

「そうね。いろんな意味で、まだ焦るような状況じゃないし」

「それで、確かエレーナ様とユリウスさんが結婚するって話だったと思うんだけど、式はいつ頃になるの？」

「一応、十月最初の太陽の日を予定しているわね。その日なら、あなた達も戻ってるかと思ってね。まだ本決定ではないから、後ろにずらす分には変更できるわよ」

「ということは十月七日かな？　あ、でも、二月の日数も三十日と三十一日の月も違うから……」

そう言いながら、頭の中でカレンダーを照らし合わせる春菜。出した結論は……。

「偶然の一致だけど、ちょうどその日は私達の暦で土曜日だから休みの日だよ」

であった。

「その頃には澪も完治してるから、問題なく参加できるな」

「せやな。で、エレ姉さんの結婚式は、エルが儀式担当か？」

「はい。私達で行います」

「私達？　……もしかして、アルチェムさんも？」

「はい。私もアランウェン様の巫女として、アルフェミナ様の姫巫女であるエル様の補佐役で参加させていただくことになりました」

「……なんだか、すごく豪華な結婚式になってない？」

春菜の指摘に、苦笑しながらエレーナが頷く。なお余談ながら、まだ相手が未定であるレイオットの結婚式に関しては、ここにソレスの巫女であるバルシェムとエルザの巫女であるジュディスも加わることになっている。

五大神全ての巫女とイグレオス、アランウェン、ダルジャンなど比較的重要な役割を担っている神々の巫女が取り仕切ったファーレーンの建国王には及ばないものの、レイオットの結婚式は儀式という点では歴代で二番目に豪華なものになるのが確定している。

「その関連、というわけでもないが、お前達に少々助言をもらいたい案件があってな」

「もしかして、鉄道の話か？」

「なんだ、知っていたのか」

「春菜さんらが街の噂話で拾ってきたからな。逆に言うと、その程度の内容しか知らん」

「ふむ。まあ、細かい話は今日はしないが、協力してもらえればありがたい」

「週末だけでええんやったら、手伝うわ。ただ、澪が復帰したら人探しすることになるから、それからしばらくはそっち優先になるけどな」

「お前達の予定が最優先で構わない。計画の規模的に一年や二年で終わるようなものでもない、どころか一年やそこらでは着手すら怪しいしな」

レイオットの言葉に頷く宏達。地球でも、鉄道の新線開通というのは大事業だ。通しやすいところはほぼ通し終わっているなどの理由もあるが、用地買収などの問題をクリアしていても、部分開通ですら十年二十年の時間がかかるのが普通である。

ある程度王権で無理が通せ、現在好景気で経済力もあるファーレーンなら、宏のような異能者の協力を得ることで半年一年である程度多数の路線を敷くことは可能かもしれない。実際、地球でも産業革命期などはものすごい勢いで鉄道の路線が伸びていたのだから、不可能ではないだろう。

だが、それを踏まえても、ウルス内に十分な鉄道網を完成させるとなると、きっとレイオットの代では終わらないだろう。その程度にはウルスは広い。

他にも、運行管理や保守管理のノウハウの構築、継承の問題もあり、今までのように思いつきで進めるには難易度の高い事業なのは間違いない。

「まあ、明日も休みでこっち来る予定やから、そんときに顔出して相談に乗るわ。エルに、っちゅうかアルフェミナ様に相談したいこともあるしな」

「アルフェミナ様に、ですか？　でしたら、このあとお時間をいただければ、お話しできるように段取りしましょうか？」

「せやなあ。兄貴の嫁さんに関わる話やし、早いほうがええか」

「でしたら、今からアルフェミナ様にお願いしておきます」

「頼むわ」

宏の言葉に頷き、目を閉じてアルフェミナとコンタクトを取るエアリス。数秒後。

「アルフェミナ様から、お時間をいただきました」

「ふむ。ならば今日はこれで切り上げて、ヒロシ達には相談事を優先してもらうことにするか」

「悪いな」

「気にするな。その分、明日はしっかり時間をもらうぞ」

「了解や」

レイオットの言葉に頷き、お茶の残りを飲み干す宏。

それを見て、案内のために席を立つエアリスとアルチェム。

「では、お兄様、お姉様。お先に失礼します」

「失礼します」

「ああ」

先に部屋を出ることを申し出るエアリスに一つ頷き、二人の先導で宏達が立ち去るのを見送るレイオット。

「それにしても、オクトガルがヒロシ達のことを触れ回っていたとき、エアリスとアルチェムなら何をおいても飛んでいくかと思っていたが……」

「巫女として、どうしても外せない儀式をしていたからしょうがないわ。さすがにあれだけは、命の危険でもない限りは絶対に放り出せない類のものだし」

「なるほどな。単に間が悪かっただけのようだが、あの様子を見ているとかなりの自制心を発揮させていた感じだな……」

「そうね。その分、今日と明日はさりげない形でたくさん甘えそうな感じだけど……」

部屋を出たときの、まるで嬉しそうに尻尾を振り回しているかのようなエアリスとアルチェムの後ろ姿に、今後宏を巡って起こるであろうあれこれを思い浮かべて心の中で十字を切るレイオットとエレーナであった。

第4話 ドブネズミの死骸見て食う食わないの話した生徒持ったのは初めてだな……

「……さすがに貸し農園だけあって、土はそんなに堅くなってないかな」

フェアクロ世界に顔を出した次の月曜日。早朝六時前。春菜《はるな》はジャージを着て首からタオルをかけた姿で、自宅のある高級住宅街から自転車で五分ほど走った場所にある貸し農園に来ていた。

高級住宅街からそれほど離れていない場所に貸し農園、と聞くと不思議な印象があるが、言うほど都会ではないのが春菜達の住む潮見《しおみ》市だ。ここに住む金持ちは、趣味で農業を嗜《たしな》んでいる人間が結構多いのである。

とはいえ、所詮《しょせん》金持ちの道楽。続く人間はとことんまで本格化していくが、続かない人間は全然続かない。そのため、いつもそれなりにまとまった区画が空いていたりする。

そんなまとまった区画のうち一アールほどを藤堂家《とうどう》が昨日手続きをして借り受け、今日から春菜が農作業に勤《いそ》しむことになったのだ。

農園を借りたのは言うまでもなく、唐突に農業に目覚めた春菜のおねだりによるものである。そうでもなければ、いろんな意味で忙しい藤堂家が、農園を借りる規模の家庭菜園になど手を出すわけがない。

「とはいえ、結構長くほったらかしにされてたから、まずは土づくりをしなきゃね」

ざっと土の状態を確認し、やる気に満ちた表情で鍬《くわ》を手にそう宣言する春菜。

昨日のうちに地主の厚意で用意された物置には、これまた昨日のうちに藤堂家にいる女性型お手伝いロボ『いつき』の手により、様々な種類の肥料の袋がたっぷり詰め込まれている。

土づくりの段階にかかる手間と時間の問題に目をつぶれれば、準備自体は十分できているのだ。

「さて、家に帰って支度する時間も考えたら、作業できる時間は三十分ほど。全速力でできるところまでやらないとね」

そう言いながら、ひそかに加速系の魔法を発動させ、鍬を振り上げ振り下ろす春菜。

結局その日は、畑の半分ほどを耕して朝の農作業は終わった。

☆

なぜ春菜が唐突に農作業を思い立ったのか、その理由はアルフェミナとの話し合いを終えた直後にまでさかのぼる。

「……あれ？」

アルフェミナから詩織《しおり》の件についての許可とある程度のアドバイスをもらい、せっかくだから帰る前にこの時期の取れたての果物を食べて帰ってほしいというエアリスの申し出を受けて農場に出たところで、春菜が違和感に首をかしげる。

「どうかなさいましたか、ハルナ様？」

「アルフェミナ神殿の農場って、こんなに広かった？」

「いくつかの作物を栽培するため、最近拡張したのです。ファムさん達にもお手伝いしていただいたおかげで、開墾はとてもスムーズに進みました」

「そうなんだ」

エアリスの言葉に納得すると、再び農場を見渡す春菜。

拡張されたばかりという新しいエリアでは、ちょうど最低限の土づくりを終えて今から作物を植えようとしているところであった。

「……春菜さん？」

「あ、ごめん。何でもないよ」

農作業の様子を見ながら何やら考え込んでいた春菜が、宏《ひろし》に声をかけられて我に返る。

「別にええんやけど、今日やるんやったら神の城でやりや？」

「いや、その、成功するのが確定してる農作業はちょっと……」

考えていたことが見透かされ、思わず視線を逸《そ》らしながらそう反論する春菜。

とはいえ、農作業に対する衝動は抑えられそうもない。

結局、この日は夕食が終わっても農作業に対する衝動からは解放されず、一度日本の自宅に帰って両親に貸し農園の手配をねだってしまった春菜。

その後、珍しい春菜のおねだりに本気を出した雪菜《ゆきな》の一族の手により、翌日にはいつでも農作業が始められる準備が整えられ、冒頭の早朝の農作業につながるのであった。

☆

初日の農作業を終えた午前七時二十分、東家《あずま》玄関。学校に行くための身支度をきっちり整えた春菜が、宏と合流していた。

「おはよう、宏君」

「おはようさん」

先週の水曜日から、春菜は東家に寄って宏と一緒に登校している。もとより宏と春菜では登校時間が十分程度しか変わらず、春菜のほうも二重の意味で今の時間に登校する理由がなくなっていることもあり、蓉子《ようこ》や田村《たむら》の勧めで一緒に登校することになったのだ。

なお、春菜が宏を迎えに来ているのは、二つの理由がある。

一つ目の理由は二人の家の位置関係と通学路。宏の家は春菜が通学路から少し寄り道するだけで寄れ、しかも高校にも徒歩十分強とさほど遠くない場所にある。宏が春菜を迎えに行くより、圧倒的に効率がいいのだ。

もう一つは春菜の家庭環境。なんだかんだ言っても春菜の家は金持ちで、本来は運転手が送り迎えしてもおかしくない家の育ちである。

さらに、家は一般庶民が足を踏み入れるのにかなりの度胸を要する高級住宅地にあり、住んでいる人間は世界的歌手のＹｕｋｉｎａと国民的アイドルバンド・ブレスの一員である藤堂スバルときている。

宏でなくとも、近寄るのにハードルが高すぎる。ストーカー先輩のおかげで周囲の警戒が高まっているから、なおのことである。

それに、藤堂家には現在、男性はスバルしかいない。そこにのこのこ宏が顔を出せばどうなるか？　東家に初めて訪れた春菜と同じ扱いを、それもいろいろグレードアップした形で受ける羽目になるのは目に見えている。

なので、挨拶に行くにしてももう少し時期を見て、ということになっている。

宏も春菜も、藤堂家の皆様からすでにロックオンされていることは分かっている。だが、まだ春菜の両親や妹、特に母と妹の前に二人揃《そろ》って出ていく覚悟が定まっていないのだ。

「にしても、春菜さん。早速家庭菜園始めたん？」

「……やっぱり分かる？」

「少し、土と肥料の匂いが残っとるからなあ。っちゅうか、昨日はほぼ一日向こうおったんやから、作業始めたん、今朝からやろ？」

「うん。……なんだか、完全に筒抜けになってるよ」

「匂いしとるからなあ」

あっさり見抜かれたことに複雑な表情を見せる春菜に対し、苦笑しながらそう答える宏。

そもそも宏と春菜は、土日は基本的に一緒に行動している。必然的に互いのスケジュールなど完全に把握しているわけで、この時点で土と肥料の匂いが残っているとなると、春菜がどういう行動をしたかぐらい簡単に予想がつく。

因《ちな》みにこの匂いが分かるのは、宏のような人間をやめた存在以外では澪ぐらいである。汗や石鹸《せっけん》、シャンプー、制汗スプレーなどの匂いに完全にまぎれる程度なので、普通の人間の鼻ではどうやっても識別できないだろう。

「ほんで、畑始めんのはええけど、何植えるんよ？」

「まだ土作ってるところだから完全には決めてないけど、この時期からだと夏野菜の類《たぐい》かな、って考えてる」

「なるほどな。なんやったら手伝うで」

「うん、お願い。朝の作業は私がやるけど、放課後とか休みの日は手伝ってくれると助かるよ」

「了解や。ほな、今日は特に放課後に用事あらへんし、早速手伝うわ」

「うん、ありがとう」

宏の申し出に、心底嬉《うれ》しそうな笑顔を浮かべて礼を言う春菜。何の気負いもなく、ごく当たり前に手伝いを申し出てくれる宏の優しさと、好きな人と二人きりで過ごせる時間に、早くも心が浮き立ってくるものを感じる春菜。

さすがにこれをデートだと認識しない程度の冷静さはあるが、それ以前にそもそも、都市部に住む一般的な女子高生は、普通は園芸部でもない限り、好きな人と一緒に農作業することを喜ばない、という点には思い至らない。

もっとも、都市部では親が農地を借りて家庭菜園をやっているとかでもない限り、いくら園芸部でも普通は農地で畑仕事などしない。庭のある家なら庭に花壇を作り、そうでなければベランダに植木鉢やプランターを並べて花やちょっとした野菜を育てるのがせいぜいだ。

春菜のように、親にねだって一アールもの広さの農地を借りて家庭菜園をする、なんて女子高生はそうはいないだろう。

「あ、そうだ。宏君の家について、ちょっと気になってたことがあるんだけど、聞いてもいい？」

「別にかまへんけど、内容によっちゃあ答えられへんこともあんで」

「そんな大したことじゃなくて、宏君の家の工場って、アルバイトとか募集してるのかな、って」

「積極的には募集してへんけど、まったく雇わんっちゅうわけでもないで」

「そっか。私がお手伝いしに行っても大丈夫そうかな？」

「それはおとんとおかんに聞いて。ただまあ、春菜さんやったら経理は普通にできるから、そこ手伝ってもらうだけでもだいぶ楽にはなるやろうとは思うけど」

宏の言葉に、なるほどと頷《うなず》く春菜。家族経営の零細町工場において、一番面倒な仕事は間違いなく経理業務である。

宏の両親が経営する町工場は、現在人を雇わず両親だけで仕事をしている。

大阪にいた頃は事務員と職人を一人ずつ雇っていたが、事務員の女性は工場の移転が決まる直前に結婚退職をし、職人に関してはさすがに関東までついてくるのは不可能ということで、人材募集をしていた取引先に移ってもらったのだ。

移転の際についでに仕事を整理し、難易度高めだが納期と値段がいい仕事を上手《うま》く取り込めたため、父と母だけでも仕事は回っている。宏の両親にとっては得意分野で割がいい仕事だが他の会社だと倍もらってもやりたくない、という類のものなので、値段を叩《たた》かれる心配も薄い。

が、少人数であることに違いはなく、納期が重なると経理業務どころではなくなることも珍しくないため、信頼できる人間を雇えるなら事務員ぐらいは欲しいのが本音である。

「春菜さんやったら喜んで雇ってくれると思うけど、そんなええバイト料は出えへんで」

「別に、無給のお手伝いでもいいよ？」

「労働基準法とかいろいろあるから、そういうわけにはいかんで。あと、喜んで雇ってはくれるやろうけど、それも大学入ってからの話やな。まずは入試最優先やって絶対言われるで。僕かて、そういう理由で最近は家の手伝いほとんどしてへんし」

「うん。それは分かってる。だから、すぐにとは考えてないよ」

宏に言われ、真顔で頷く春菜。

今となっては、宏ともども第一志望の海南《かいなん》大学ぐらい余裕で入れるだろうが、それでも受験生がバイトだ何だとふらふらするのは避けるべきである。そういう部分で宏の両親の心証を悪くしては元も子もないし、入試にまったく不安がないかというとそんなこともない。

だが、実際にアルバイトを始めるのは大学に入ってからだとしても、このあたりの根回しは早いうちからやっておきたい。理想は、大学に受かったらすぐにバイトを始めたいところである。

「っちゅうか、えらい唐突なうえに、妙に必死やん」

「そりゃ、宏君の近くにいる時間を少しでも増やしたいし、それにいろいろ将来に絡む下心がある話だから……」

「下心なあ……」

近くにいる時間を増やしたいという部分をスルーして、下心という言葉に反応を示す宏。言っては何だが、宏の家の工場は吹けば飛ぶような小規模なものだ。気心が知れた相手の親がやっている会社という点以外に、春菜にメリットとなりそうな要素がない。なおこの場合、少しでも近くにいる時間を増やせるというのは、スルーしているだけあって大してメリットとしては考えていない。

もはや現在の春菜の気持ちは疑っていない宏だが、将来的にどうかという点に加え、仕事中はそもそも大して会話すらしない、というある種当たり前の理由から、いまいち大きなメリットになるとは思えないのだ。

将来に絡む下心、という言葉の前にそう告げているあたり、その点は春菜もちゃんと分かっているのだろう。

それだけに、春菜が何を求めているのかがよく分からないのである。

「こういうとあれだけど、私も宏君も、まず間違いなく普通の会社とか役所とかには就職できないよね？」

「……まあ、せやわなあ」

「そうなると、親のコネでなんとかするか、限界集落レベルの過疎地で遊んでる田畑を借りて農家になるかぐらいしか思いつかないけど、さすがにまだ都会に未練はあるし、なんとなくあんまり親のコネは使いたくないから……」

「それで、比較的当たり障りのないうちの工場、っちゅうことか」

「うん。勝手なイメージで悪いんだけど、従業員が少ない町工場って、あんまり人の出入りがなさそうな気がしてるけど、どうかな？」

「せやなあ。うちの場合、大体いつも来る取引先とか銀行とかの人、っちゅうんが延べ人数で毎日十人おるかどうか、っちゅう感じやな」

春菜の下心の意味を理解し、納得したように頷く宏。恋愛感情云々《うんぬん》を抜きにしても、同じ事情を抱える者同士が零細工場を経営するのは、いろいろな面で都合がいい。

さらに、零細企業だと周囲に不審がられずに会社をたたむことも難しくない。業種や取引先が違えば近隣の会社との接点もほとんどないし、近所に住んでいる人間も結構どんな人が働いているかを見ていないものである。

それに加え倒産も廃業も珍しくない規模だけに、やめてしまえば勝手に想像して納得してくれるのである。

春菜が下心だの打算だのを口にするのもよく分かる。

正直なところ、春菜からすればしっかりと恋愛部分においての下心も含んでおり、まさに『春菜ちゃん、がんばる』と自分を鼓舞しての発言だったのだが、ちゃんと伝えることができた自分を褒めてあげたい心境なのはここだけの秘密である。

「まあ、何にしてもまずは目先の受験やな」

「そうだね」

鬼が笑うにもほどがありそうな話を、その一言で終わりにする宏と春菜。東家の家業を継ぐだけならば別段大学に通う必要などないが、少なくとも普通の人間として過ごす間は、学歴があって困ることはない。

「それにしても、綾瀬《あやせ》教授とかものすごい有名やねんけど、老化とかその辺の問題はどないするんやろうな？」

「うちのお母さんとかみたいな事例もあるから、今のところは個人差の範囲で通してるみたい。四十代折り返しててもすっぴんでも二十代に見える人って、意外と珍しくないし」

「それでごまかすんも無理が出てきたら、どないする予定なん？」

「自分で開発したアンチエイジングの最新技術を、自分の体で実験してるって言い訳で逃げるつもりだって言ってたよ。で、そこそこの歳になったら引退して、適当にほとぼりを冷ますんだって」

「教授ならではの逃げ方やな……」

「だよね。少なくとも、私達はちょっと無理だよね」

エジソン以来の発明家と呼ばれている人間ならではの逃げ方に、微妙に遠い目をしてしまう宏と春菜。辛うじてという感じではあるが、やろうと思えば実際に人類の最高寿命を一世紀、平均寿命を半世紀程度なら延ばせてしまうのが業の深い話である。

とはいえ、生命科学のジャンルに関しては、転移ゲートをはじめとしたインフラまわりや人間そっくりの人型お手伝いロボットなど目ではないほど社会に混乱をもたらすのが分かっているため、今まで治療法がなかった類のものを治せるようにする以上のことはする気がないらしいのだが。

「それにしても、春菜さんやったら飲食店とかキッチンカーで屋台とか、そういうんやりたがるかと思っとたんやけど……」

「飲食店にあこがれがないといえば嘘《うそ》になるけど、日本でそういうのやろうと思ったら、結構面倒くさいんだよね。料理を出すんだったら調理師免許とか衛生管理関係のあれこれとか取っておく必要があるし、キッチンカーで路上販売だと役所への届け出以外にも縄張りがどうとか、いろいろ気を使わなきゃいけないことがいっぱいあるし」

「深く考えたことはなかったけど、やっぱ結構面倒くさいんやなあ……」

「そうだね。少なくとも、ウルスで屋台やるほど気楽にはできないかな」

「普通に店構えるとなると、家賃に光熱費に、っちゅうんが屋台よりかかりそうやしなあ」

「そうそう。それに、どっちも共通して悩みどころなのが、仕入れとかどうするかって部分。さすがに、向こうの食料庫とか神の城で採れるものを使うわけにはいかないし」

「せやなあ。仕入れ費用が足らんからモンスター狩ってきてとか、そういう真似もできんしなあ」

「そうなんだよね。というより、そもそも仕入れ費用ゼロ自体が日本では無理だよ。自分のところで収穫した野菜を使ってっていっても、野菜育てるための費用はかかってるわけだし」

日本で商売を始める際にハードルになりそうな要素を挙げ、小さくため息をつく宏と春菜。社会が成熟し、技術も目覚ましく発達している日本は、その環境自体が参入障壁となっているのだ。

なお、宏も春菜も開業資金や当座の運転資金に関して一切気にしていないのは、自分達がそのあたりの調達を考えなくても、雪菜あたりが勝手に用立ててくれると分かっているからである。

お金に関して困ることはほとんどなかったとはいえ、曲がりなりにもフェアクロ世界で商売をしてきたのだ。初期の設備にかかる費用や黒字経営になるまでに必要な運転資金を甘く見るほど、宏も春菜も能天気ではない。

というよりむしろ、宏と春菜のほうが無計画に脱サラして商売を始めるサラリーマンより、はるかにそのあたりをシビアに考えている。

「おはよう、春菜、東君」

そんな話をしているうちに、いつの間にか校門が見え、同じようにちょうど学校に到着したらしく、蓉子が朝の挨拶をしてくる。

「あ、おはよう、蓉子」

「おはようさん」

「なんだか朝っぱらから楽しくなさそうな雰囲気だけど、何を話してたの？」

「いやな、日本で商売始めるっちゅんは大変やなあ、っちゅう話をな」

「……なんでそんな話してるのよ？」

「成り行きみたいなものかな？」

そう言って、これまでの会話の流れを蓉子に伝える春菜。

その話を聞いた蓉子の感想はというと……

「春菜がまずは外堀を埋めようとしてる、っていうのは分かったわ」

という、ある意味真っ当でストレートなものであった。

「当の昔に外堀自体はほぼ埋まっとるから安心し」

「……この時点でそれって、どれだけがんばってるのよ……」

「がんばっとるも何も、うちの両親に関しちゃ、春菜さんがうちに挨拶来たその日に陥落やからな」

「あ～……、まあ、普通ならそうなるわよね……」

初対面ですでに陥落済みという情報に、なんとなく納得してしまう蓉子。春菜の容姿と性格と雰囲気で、しかも蓉子達につつかれて開き直った後のような態度を見せているのであれば、普通のご家庭の親御さんが大喜びで陥落するのはむしろ当然であろう。

「で、一つ気になったんだけど、なんで東君は春菜が飲食店をやりたがると思ったの？」

「例の件の時にな、そらもう春菜さんが事あるごとに食いもんの屋台出しまくっとってなあ。あの様子見とったら、普通は将来の夢は飲食店やと思うで」

「……そんなに、屋台やってたの？」

「やってるうちになんだか楽しくなっちゃって……」

蓉子に生温かい目で見られ、そっと視線を逸らしながらそう言い訳する春菜。何の言い訳にもなっていない単なる事実だが、そこは気にしてはいけない。

「それにしても、実際に始めるわけでもないのに、やけにシビアな話をしてるわねえ……」

「そら、そういうんを甘く見たら碌《ろく》なことならへんからな。実家が商売しとるだけに、資金繰りやの税務関係やのを軽視して失敗した、っちゅう話はいくらでも耳に入ってきおるし」

「そんなによくある話なの？」

「よくある話やで。一番よう聞くんが、早期退職で一千万ぐらいの退職金もろて、気ぃ大きいなって商売始めてあっちゅう間に食い潰《つぶ》して破産、っちゅう話やな」

「一千万って、すごい大金に聞こえるけど、そんなものなの？」

「いざ稼ぐとなるとものすごい大金やけど、食い潰そうと思ったら一瞬やで。こう言うたらあれやけど、下手したら最低限の広さの建物建てられる土地すら買えん金額なわけやし」

「……あ～……」

さすがに実家が商売をしているだけあって、宏の指摘には納得するしかない蓉子。このあたりの感覚の差が、脱サラして始めた多くの商売を破綻へと導いている原因なのだろう。

「まあ、春菜さんが商売始めるっちゅうことになったら、業種に関係なく開業資金と運転資金は心配いらんやろうけどなあ」

「そうね。土地にしても、有望な遊休地を買い上げたうえで格安で貸してもらえそうだしね」

「……実は、私も同じことを思ったから、下手に料理屋やりたいとか言えないんだよね」

「起業したくても諦めてる人からすれば、ものすごい贅沢《ぜいたく》な話なのは間違いないわね」

「正直、何するにしても恵まれすぎてて、なんとなく申しわけない気持ちになるときはあるよ」

世間一般の人間がさらされている現実の厳しさと、そこから過保護なぐらいに守られている事実に、本当に申しわけなさそうに遠い目をする春菜。

親が何にでも干渉してくるなどという子供っぽい反発はしないが、こうも七光りが強いと自分が大した人間ではない気がして、いまいち自信を持ちきれない部分はある。

「まあ、そこは深く考えんでもええと思うで。その辺の話しだしたら、僕なんぞ普通の職場ではよう働けんから、半分親のすねかじる形で実家に頼って就職するわけやしな」

「それは、親の跡を継ぐっていう立派な名目があるから、そんな卑下するようなことでもないと思うんだけど……」

「親の力に頼って過保護な形で自立する、っちゅう実態はあんまり変わらんからな。そういう理由で春菜さんが胸張れんねんやったら、僕も胸張って生きていけんで、実際」

どうにも春菜がへこみかけているのを見て、そんな風にフォローをする宏。基本ヘタレのくせに、こういうところは実に男前である。

そんな男前な宏のフォローに感心しながら、自身の下足箱に向かう蓉子。なんだかんだと長話をしていたからか、いつの間にやら昇降口までたどり着いていた。

蓉子と同じように、自身の下足箱に向かう宏と春菜。宏と春菜は向かい合わせになっている列の対角の位置、蓉子は宏の列から二つ隣の真ん中付近だ。

それぞれが結構離れた場所であるため、宏が靴箱に手をかけた状態で動きを止めていたことに、他の二人はすぐに気がつかなかった。

「……どうしたの？」

先に何やら渋い顔で動きを止めていた宏に気がついたのは、やはり春菜であった。

「いや、ちょっと変な臭《にお》いがしてなあ……」

「……ホントだ、何か、生ぐさいのと腐ったのとが混ざったみたいな、変な臭いがするよね」

「これ、開けて確認すべきか、それとも開けんと先生呼んだほうがええんか、どっちやと思う？」

「……一応、まだ開けないほうがいいんじゃないかな？」

最近人間の限界をはるかにぶち抜いて鋭くなった宏と春菜の鼻でも、五歩も離れるとはっきりとは分からなくなる程度の微《かす》かな悪臭。その存在に、どうしたものかと頭を悩ませる宏と春菜。

そこへ、いつまでたっても靴を履き替えてこない二人を不審に思った蓉子が、様子を見に来る。

「どうしたのよ？」

「あ、蓉子。多分だけど、宏君の靴箱にいたずらされてるみたいだから、先生呼んできてもらっていいかな？」

「分かった。そろそろあるかもとは思ってたけど、本当にやる馬鹿がいるとはねえ」

「土日があったから、実行犯が在校生とは限らんで」

「まあ、そのあたりもすぐ分かるでしょ。にしても、開けてもないのによくいたずらされてるのが分かるわね」

「変な臭いがするんよ」

「臭い、ねえ……」

宏に言われ、少しかがんで宏の靴箱に顔を近づける蓉子。

もとより靴箱などいい匂いはしないが、それでも鼻が蓋《ふた》につきそうなぐらいまで近づくと、確かにおかしな臭いが漏れてきているのが微かに分かる。

「この至近距離で分かるかどうかっていうぐらいだけど、確かに生ぐさいのと腐ったのが入り混じったみたいな、普通の靴箱とは違う悪臭がするわね……」

「せやろ？」

「……そうね。変なものが出てきたら困るから、このままにして先生を呼んできましょう。東君と春菜はここで待ってて」

「あ、私は購買行ってくるよ。宏君、上履きのサイズは？」

「二十六・五やな。お金は……」

「後でいいよ」

そう言って、宏を現場に残して各々のやることを済ませに動く蓉子と春菜。

被害者であり、しかも上履きが使い物にならなくなっているであろう宏は、二重の意味でこの場から下手に動けない。

そんなこんなで五分後、学年主任の先生を連れて蓉子が戻ってくる。

「お待たせ」

「ああ、ご苦労さん。悪いなあ、パシリみたいなことさせてもうて」

「今回は仕方ないわよ。それで、パソコン使って何してたのよ？」

「ああ、念のために現状保存もかねて昇降口全体の記録を取っとってん。因みに、中村《なかむら》さんが先生呼びに行ってから今までで、ここ通って中に入った生徒は八人やな。高橋《たかはし》さんもおったけど、野次馬しとってもしゃあないからっちゅうて、さっさと教室行ってもうたで」

「だ、そうです」

宏と蓉子の会話に、学年主任の大橋《おおはし》先生（三十五歳男性、六月に結婚予定）が真面目な顔で一つ頷くと、疑問に思ったことを口にする。

「用意周到だな。変な目で見られなかったか？」

「そこはもう、ちゃんと事情説明しとりますし」

「現時点でその話をするのはどうかと思わなくもないが……。まあ、隠そうとして隠せるようなことでもないか」

そう言いながら、宏同様パソコンのカメラ機能で状況を記録していく大橋先生。使うパソコンは学校の備品である。

「監視カメラにも一部始終は写っているが、一応記録はしておかないとな」

「東君じゃありませんけど、こういうときの記録は大事ですからね」

「まあな。それに、やじ馬も増えてきてるから、大事《おおごと》になるかもしれないということを示すためにも、これぐらいのポーズは必要だろう。……さて、そろそろ開けるか。東、中村、悪いが記録頼む。中村は、学校のやつで記録してくれ」

「「はい」」

安全と現場の保護のために手袋をし、宏と蓉子にそう指示を出す大橋先生。

二人が記録を開始したのを確認して、ちゃんと開ける動作と靴箱の中身が写るように立ち位置を調整しながら、靴箱の蓋に手をかける。

そこに、上履きを調達しに購買へ行っていた春菜が戻ってきた。

「ただいま。今から開けるの？」

「おかえり。ちょうど今からやな」

「そっか。じゃあ、上履きは終わってから渡すね」

「おう」

今の状況を理解し、そう告げて邪魔にならぬ場所で待機する春菜。考えようによっては、全ての状況を把握でき、かつ靴箱の中身がしっかり確認できる特等席である。

「じゃあ、開けるぞ」

「どうぞ」

場合によっては明確な犯罪行為の確認になるということもあり、結果的にやたら大仰で勿体《もったい》をつける羽目になった開封作業。これで中身が特に問題なく単なるいたずらで終わっていれば、新聞部

あたりに自意識過剰扱いされたうえで、宏達がちょっと注意されて終わりだっただろう。

だが、靴箱の中身は、いろいろと想像していた以上の状態になっていた。

「……うわあ……」

一瞬の沈黙の後、あまりの惨状と一気に解放されたえげつない悪臭に、誰かが吐き気をこらえるようにうめき声を漏らす。そのうめき声に我に返った大橋先生が、やじ馬に向かって矢継ぎ早に指示を出す。

「誰でもいい！　職員室に行って校長先生と教頭先生に連絡！　早急に警察と保健所を呼んでもらえ！　あと、他の生徒はこの一角には立ち入り禁止！　この周囲の靴箱を使っている生徒は、来客用のスリッパを使うように！」

大橋先生の指示を受け、幾人かの生徒が大慌てで職員室に駆け込む。その中には、同じクラスの田村や山口《やまぐち》もいる。

さらに、職員室に駆け込んだ生徒につられるように、野次馬をしていた最前列の生徒達が一斉に方々のトイレへと走り、他の生徒も蜘蛛《くも》の子を散らすように自身の教室や部室に移動する。

よく見ると何人か気絶している生徒がおり、彼らをグロ耐性が高い、もしくは直視しなかった生徒達が慎重に保健室へと運んでいた。

そんな様子を見守っていた宏と春菜が、ぽつりと感想を漏らした。

「どうでもええけど、ようあんなデカいドブネズミ捕まえれたなあ」

「そうだよね。おばあちゃんとかおばさん達とかが言ってたけど、最近は山の中の古い民家でもなきゃ、ネズミなんて滅多に走ってないし」

「見かけんなったっちゅうんもあるけど、そもそもの話、普通に走っとるネズミなんざ、人間が簡単に捕まえられる生きもんやあらへんで。死骸見つけたにしても、よう探してきたなあ、っちゅう感じやわ」

「……これ、そういう問題じゃないでしょ……」

大半の生徒が悪臭とグロさに吐き気をこらえている中、どう見ても平常運転でどこかずれた会話をする宏と春菜。それに突っ込む蓉子だが、気持ち悪さのせいかいまいち突っ込みに切れがない。

さすがの蓉子も、血まみれで内臓がはみ出て腐敗が始まっている複数の大きなドブネズミの死骸(一部糞尿《ふんにょう》まみれのオプション付き)となると、直視して平気というわけにはいかなかったらしい。隙間《すきま》から蟲《むし》の類が這《は》い出してきているのが、グロさをより一層増幅している。テレビなどなら、モザイク必須のレベルだ。

まあ、これに関しては、牧場や食肉工場などに縁がない、平均的な都会の日本人である蓉子が平気であるほうがおかしいのは間違いない。

フェアクロ世界で散々生き物の解体を行い、さらにグロいアンデッドや悪魔、異形モンスターを数を数えるのも億劫になるほど仕留めてきた宏達でもなければ、普通はこういう反応になる。

「あと、別に駆除しなきゃいけない理由もなく、食べるわけでも毛皮とるわけでもないのにわざわざ殺すのはどうかと思う。いろいろ被害が出て駆除しなきゃいけない、以外の理由で生き物を殺すなら、せめて毛皮剥《は》いで食べられるようにしないと」

「いや、さすがにあのサイズやと、人間が食えるところはほとんどあらへんで。毛皮にしても、こんな小さいんはパッチワークにしてもいろいろ限界あるしな」

「ん～、でも、食べるほうはがんばれば多少はいけなくもないと思うよ？」

「そら、多少はな。ただ、内臓は新鮮なやつでも食わんほうが無難やろうけど」

「うん、そこはわきまえてるよ」

さらに、腐り始めたネズミの死骸を見て、食う食わないや毛皮を剥ぐ剥がない、というよりドブネズミは食えるのかどうか、素材として使えるのかどうかの話に移行する宏と春菜。

フェアクロ世界で散々そういうことをしてきた名残からか、ついついそういう思考に移ってしまうのだ。

「……教師始めてから結構経《た》つんだが、ドブネズミの死骸見て食う食わないの話をした生徒持ったのは初めてだな……」

「……そのあたりの感性が一致するあたり、東君と春菜ってすごくお似合いよね……」

「あ～、私は昔からそういう教育を受けてきた感じだし……」

「春菜が普通みんなが食べないようなものでも平気で食べる育てられ方してたのは知ってたけど、ここまでとは思ってなかったのよ……。まあ、それ以上に東君まで同じだったたっていうのが驚きなんだけど……」

「僕に関しちゃまあ、春菜さんと仲良くなった過程でいろいろあったから、っちゅうことで……」

あまりにハイレベルな悪食を見せつけられ、げんなりした表情でそうぼやく蓉子。

大橋先生もなんとなく遠い目をしている。

「何にしても、これやったアホはあと一年もしたらちゃう生徒がここ使う、っちゅうことは一切考えとらへんなあ、間違いなく」

「そうだよね。っていうか、それをちゃんと考えてる人は、学校で備品に被害が出るような嫌がらせとかしないと思うよ」

「それもそうやな」

大勢の人間の顔色を変えさせる事件が発生したにもかかわらず、さらに言えば当事者だというのに特に怯《ひる》む様子もなく、そんな感想で本件をまとめようとする宏と春菜。

そのあまりの大物ぶりに、言葉を失う蓉子と大橋先生。

保健所の簡易検査でかなり危険な新種の菌が大繁殖していることが確認されたこともあり、結局この日は事情聴取や全員の健康診断、体と持ち物の消毒などで休校とせざるをえなくなるのであった。

☆

「本当に、ひどい目にあったわ……」

「すごい騒ぎになったよね」

宏と春菜、蓉子の三人がようやくもろもろから解放されたその日の昼休み。蓉子が、青い顔でぐったりしながらぼやいた。

「それにしても、難儀なことになってもうたなあ……」

「本当だよね」

「たまたま朝練でタイミングがずれて、さっさと教室に入ってた美香《みか》が本当に羨《うらや》ましいわね……」

第一発見者の一人ということで、意識を飛ばすわけにもトイレに駆け込むわけにもいかなかった蓉子のボヤキに、思わず労《いたわ》しそうな視線を向けてしまう宏と春菜。

正直な話、フェアクロ世界に飛ばされる前だったら、宏も春菜も蓉子と大差ない状態になっていただろう。それが分かるだけに、間近で巻き込んでしまったことが少々申しわけない感じである。

「まあ、犯人は割とすぐに分かったみたいやけど」

「正直な感じ、やっぱり、としか言いようがない範囲ね」

「他に直接手を出してきそうな心当たりもなかったしね」

実のところ犯人に関しては、宏達が事情聴取と検査で拘束されている間に、監視カメラの映像などからあっさり判明していた。

指紋が付かないようにといらぬ工夫をしていた割には、そちらに関してはびっくりするほどザルな動き方をしていたのが非常に印象的だとは、カメラを解析した警察官の言葉である。

なお、実行犯は春菜に一方的に懸想していた、例のストーカー先輩と呼ばれている人物である。そこからいろいろ背後関係が芋づる式に出てきているが、そのあたりは一般人が首を突っ込むことではないので、深くは触れないことで全員の意見が一致していた。

因みに、ストーカー先輩の情報源となったのは、宏と春菜が仲良くしていることを快く思っていないこの学校の一部のグループだった。

ただし、彼らに関しては、情報さえ与えておけば後はストーカー先輩が勝手に何かするだろうという程度の思惑でしかなく、ここまで派手なことをするとは思ってもみなかったようだ。

情報源になった連中が、教師はおろか警察にまで、ストーカーに余計な火種を与えるなとこってり絞られたのも、実際の被害やそれ以外に起こりそうな事件を考えれば当然であろう。

「それにしても、お昼ご飯どうしようか？」

「私はパスね……。正直、まだ食欲がないわ……」

家からの迎えを待つ間、昼食をどうするかについて春菜が話を振る。

なお、迎えを待っている理由は簡単で、宏以外は靴を回収できていないからである。こういう生徒は他にもいて、その中にはさっさと教室に移動した美香も含まれている。

その美香は、現在お手洗いで席をはずしていた。

「さすがに、今日持ってきた弁当食うんはまずいんやろうなあ」

「だよね。多分、食べても特に問題はないと思うんだけど……」

「学食とかが、念のために今日仕入れた分の食材廃棄させられとるぐらいやから、密封されとるはずやっちゅうても多分弁当はあかんやろう」

「お弁当箱とか包んでた布も、徹底的に消毒するか捨てるかしなきゃいけないかも」

「やなあ」

保健所から受けた指示を思い出し、小さくため息をつく宏達。

今回の健康診断の結果、登校前の幾人かが感染していたことが発覚していた。正確な感染ルートの特定はこれからだが、感染者全員が昨日ストーカー先輩と一緒に食事したり、何か飲み物を飲みながら話をしたりしていた人物なので、実際にはほぼ特定できているも同然である。

ストーカー先輩の所業からすると、一緒に食事をしたりする生徒がいることが意外に感じるかもしれないが、彼も春菜にストーキングまがいのことをしていなければ好人物だった。

そのため、幾人かの人間がその件について窘《たしな》め釘《くぎ》を刺しながらも、おごってもらえるなら飯ぐらいは一緒に食う、ぐらいの人間関係を続けていたのである。

そうやってストーカー先輩が意図せずばら撒《ま》いた問題の細菌は、絶対ではないものの空気感染や飛沫《ひまつ》感染をする類のものではないため、パンデミックになる可能性は皆無ではある。だが感染力自体はそこそこ強く、菌が付いたものを口にするとかなりあっさり感染してしまう。

さらに、この細菌は妙にタフで増殖が速く、本来の生存圏である生き物の体内ではなく生存にまったく適さない野外に出ていても、通常の細菌では考えられないほどの時間生存する。

そのあたりの事情から、感染範囲がどこまで拡大するか分からず徹底的に調べる必要が出てきたため、今回ひどい騒ぎになっているのだ。

救いとしてはよく効く抗生物質がすでに確認されており、発症してすぐに飲めば命に係わる状態にはならないことであろう。

正直な話、肉体が神に至っている宏と春菜が、いくら凶悪だといったところでたかが普通の病原菌に感染して病気になることなどないが、蓉子がいる場所で口にできる事情でもない。

それに、開封せずにとはいえ、すでに一度消毒液まみれになった弁当を食べるというのもあまり気分的によろしくない。

結局、宏と春菜が出した結論は同じであった。

「まあ、君子危うきには近寄らず。不審なものは口にしないのが一番だよね」

「せやな。となると、寄り道して食うて帰れるような空気でもあらへんし、帰ってから自分で作るしかないか？」

「あ、春菜ちゃんだけじゃなくて、東君も自分で料理する人なんだ」

ちょうど戻ってきた美香が、宏の結論を聞いて疑問をぶつけてくる。

その疑問を聞いて、普通は高校生が自分が料理するとは思わないかと納得しつつ、宏が答える。

「せやで。僕の事情でおかんに早起きさせんのも忍びないから、基本的に平日の朝飯と弁当は僕が作ってんねんわ」

「そうなんだ。ってことは、いつも食べてるお弁当って、全部東君の？」

「今んところ、全部僕が作ったやつやな」

「へえ。こう言っちゃなんだけど、かなり意外ね。時間はかからないけど結構難しい料理も入ってたから、てっきりお母さんが作ってるとばかり思ってたわ」

「申しわけないけど、あたしもそう思ってた」

「まあ、普通はそう思うわな」

蓉子と美香の失礼な言い分に、苦笑するだけで済ませる宏。自分が蓉子達の立場であれば、間違いなく同じ感想を持つことが分かっていたからである。

「もしかして、春菜ちゃんが東君の分のお弁当作ってこないのって、東君のほうが料理が上手だから？」

「いんや。腕前だけ言うんやったら、春菜さんのほうが圧倒的に上やで」

「圧倒的、ってこともないと思うよ。宏君がそう思うのって、単純に他人が自分のために作ってくれるご飯って、それだけでも美味《おい》しいからじゃないかな？」

「そんなことないやろう」

美香の質問をダシに、はたで聞いている分には謙遜しあいながらいちゃついているようにしか聞こえない会話を始める宏と春菜。

普通なら、砂糖でも吐きそうな気分になりながらごちそうさまと言いたくなる種類の会話だが、残念ながら宏も春菜も本心から厳然たる事実として話している。

なので、会話の内容の割に甘い空気がほとんどない。

まったくない、ではなくほとんどない、なのは、謙遜しつつも春菜がどことなく嬉しそうだからである。

そうであってもほとんど甘い空気にならないあたり、春菜の恋愛下手はいまだに改善の兆しは見られないようだ。

「……あれ？　天音《あまね》おばさんから連絡？　なんだろう？」

「迎えに来る、っちゅう話ちゃうん？」

「……そうみたい。今から迎えに来るって。一緒にいるんだったら、蓉子と美香も送ってくれるって。ただ、私と宏君は直接のターゲットになってるから、いったん海南大学付属総合病院で精密検査するみたい」

「なるほどな。っちゅうことは、中村さんと高橋さん先送ってから病院、っちゅうことになるんか？」

宏の疑問を確認しようとメッセージに入力を始める春菜。そのタイミングで教室の扉が開き、天音が中に入ってくる。

「春菜ちゃんと一緒にいることも多いし、念のために蓉子ちゃんと美香ちゃんも検査しておきたいんだけど、どうかな？　最新の機器だから、診察とか医師による病理解析とかが必要なもの以外は終了後十分もあれば全部結果が出るし」

「あ～、そのほうがいいかも」

「っちゅうか、えらい早いですやん」

「あ、実はこの学校にね、東君が卒業するまで期間限定でうちとのゲートを接続させてもらってるの。ここは私の母校で今の校長先生とも親しくさせてもらってるから、教育委員会さえ納得すればそれぐらいの融通はきかせてくれるんだ」

「なるほど」

天音の説明に、あっさり納得する宏。

一人の生徒を特別扱いするのか、と言われそうだが、この件は本質的には学校現場での不始末に対するフォローの側面が強い。直接関与こそしていないが、文部科学省も教育委員会も宏に関してはそういう意味で脛《すね》に傷があるので、いざというときには他の生徒のフォローもする、という条件で特例を認めてもらったのである。

今回、早速その特例が役に立ち、感染が判明した生徒はすでに緊急入院して治療がスタートしている。そのこともあり、件《くだん》の病院間ゲートネットワークに学校の保健室を加える、という方向で話が進む可能性が出てきていたりするのだ。

何しろ、学校というのは大体において避難所となっており、避難用のゲートが常備されている。そこの設定をちょっといじるだけでいいのだからコストもかからず、災害など緊急時の効果も倍増する。

「まあ、そういうわけだから、蓉子ちゃんと美香ちゃんもついてきてね。大学病院のスリッパに履き替えたら上履きはこの袋に入れて、靴が必要なところでは用意してあるサンダルを使ってね」

「はい」

「分かりました」

天音に促され、素直に従う蓉子と美香。そのまま先導されて体育館のゲートから海南大学付属総合病院に移動し、検査施設まで連れていかれる。

「じゃあ、検査の手続きと準備を済ませてくるから、すこし待っててね。検査が終わったら、お昼用意しておくから」

「は〜い。あ、おばさん。二人に澪ちゃんを紹介しておこうかと思うけど、いいかな？」

「別にいいと思うよ。明日ぐらいからそろそろ歩くほうのリハビリに移れそうだし、そんなに悲壮感漂ってたり同情されたりって感じでもなくなってるし。っていうか、そのあたりは春菜ちゃんのほうがよく分かってるんじゃないかな？」

「そうだけど、念のためにね」

「だったら判断は春菜ちゃんに任せるよ。主治医としては、どっちでもいいかなってところだし」

ちょうどいい機会だからと、蓉子達に澪を紹介する相談をする春菜。澪という名前に首をかしげる蓉子と美香に、ざっとどういう知り合いかを説明する春菜。

「なるほどね。検査の後を期待しておくわ」

「うん。ちょっと言動に癖があるけど、普通にいい子だから」

澪を知る人間からは「ちょっとか？」と突っ込まれること請け合いの説明で話を終え、さっさと最初の検査に入る春菜。他の三人も順次名前を呼ばれ、次々に検査に入っていく。

天音の言葉どおり、一番最後に呼ばれた美香の検査が全て終わるころには最初のほうに受けた検査の結果が出ていた。感染症関連は全て問題なしという検査結果にほっとし、そのまま昼食が用意されている澪の病室へ。

澪の昼食はすでに終わっているが、体が治るにつれて食べる量が増えていることもあり、一緒に間食を用意してもらっていたりする。

歩行のリハビリが始まれば、必要とされるエネルギーや筋肉を取り戻すために摂取しなければいけないたんぱく質の量も一気に増える。そうでなくても緩やかだった肉体の成長が活発化するのだから、よほど食べるものが偏らない限りは食事の量を増やすことは推奨されているのだ。

まだちゃんとした食事が完全解禁になるまでには至っていないが、実のところ随分固形物も食べられるようになっている澪であった。

「師匠、春姉《はるねえ》、いらっしゃい」

「こんにちは、澪ちゃん」

「調子よさそうやな」

「ん、体調的には割と絶好調。それで、そっちの人達が?」

「うん。髪が長いほうが中村蓉子、ショートカットで背が高いほうが高橋美香。どっちもすごく大切なお友達」

「前に話に出た三大お姉さまっちゅうんは、この三人な。っちゅうても、半分ぐらいはもめ事終わらせる落としどころに使っとるだけで、残り半分は九割以上のネタ成分にほんのり本気を混ぜて言うとる感じやけど」

ほんのり本気、という言葉にとても嫌そうな表情を浮かべる三大お姉さま。時折、ほんのりでは済まないのがいて、背筋が寒くなるような体験をさせられることがあるのだ。

「……ん。とりあえず、三大お姉さまについてはなんとなく納得した。春姉達だったら、十年後は三大お母さま？」

「あのねえ。十年後って、普通に全員就職してるわよ。いくらなんでも、そういうノリが通じる集団に三人揃って所属してるとかありえないでしょうが」

「知らないところで呼ばれている可能性が微レ存」

「仮にそうだとして、じゃあどういう集団だったらアラサーの女三人をまとめてそういうくくりで呼ぶのか、具体例を挙げてみなさいな」

なかなかに厳しい蓉子からの突っ込みを受け、目を逸らしながら鳴らない口笛を吹いてごまかそうとする澪。この時点で、しっかりと澪の性格を理解してしまう蓉子と美香。

恐らく健康的な肉付きを取り戻せばかなりの美少女になろうというのに、春菜と別方向で実に残念な性格をしているらしい。この歳ですでにこれとなると、周囲の大人達の苦労がしのばれ、蓉子も美香も思わず心の中で黙祷《もくとう》を捧《ささ》げてしまう。

「あと、お姉さまというなら、パーソナリティも肉体も基本的に男性なのに、女装が似合ってそこらの女より女らしいエレガントな男のお姉さまが一人ぐらい欲しい」

「澪ちゃん、一応初対面の相手の前なんだから、そろそろ自重しよう？」

「ん、了解」

なんだかんだと言いながら、ちゃんと春菜の言うことを聞く澪の様子を見て、互いにしっかりした信頼関係を築いていることまで察する蓉子と美香。宏とのことが分かったときにも感じた複雑な感情を、思わず澪に向けても抱いてしまう。

そんな複雑な気持ちも、澪を交えた食事ですぐに消え去り、春菜どころではない澪の残念さと、このあと畑仕事に精を出すという宏と春菜にすっかり呆《あき》れて、遠い目をすることになる蓉子と美香であった。

第5話 ガチの金持ちってのはすげえなあ……

「もうちょっとだ、がんばれ！」

「……ん」

騒動の翌日、本格的なリハビリ開始初日。全身に汗をにじませながら、澪《みお》が最後の数歩を歩き切る。そこで心身ともに限界を迎えて崩れ落ちそうになったところを、介助していた看護師が支えて車いすに座らせる。

その様子を見守っていた宏達《ひろし》が、小さく安堵《あんど》のため息をつく。なんだかんだ言って、初日のリハビリはなかなかの成果を上げていた。

「お疲れさま」

「……ん。思ったより歩けた」

駆けつけて見守っていた人達に笑顔を浮かべてそう告げる澪。はっきり言ってこのリハビリ、きついなんてものではないが、そんな苦しさを微塵《みじん》も感じさせない笑顔である。

「これだけ意欲があれば、ちゃんと歩けるようになるのもすぐですよ」

澪のがんばりを見た看護師が、笑顔で宏達に告げる。

その間も、満足そうに車いすに身を預けた澪が、心地よい疲労にうつらうつらとしていた。

「澪が眠そうやから、僕らはちょっと外したほうがよさそうやな」

「そうだね。汗もいっぱいかいてるからお風呂も入れてもらわなきゃだし、ちょっと時間あけたほうがいいよね」

そっと汗を拭いてもらいながらぼんやりしている澪を見て、少し間をおいてから話をすることにする宏と春菜《はるな》。達也《たつや》も真琴《まこと》も詩織《しおり》も異存はないらしく、一つ頷《うなず》いて同意する。

「たしか、宏も春菜も海南《かいなん》大学志望なんでしょ？　ちょうどいい機会だから、澪が落ち着くまでキャンパスの見学してきたら？」

「そうだな。ここには俺達がいれば十分だしな。何だったら、真琴もぶらぶらしてきていいぞ？」

「……そうね。せっかくだから散歩がてらに、宏達と軽く見学してくるわ」

澪の座った車いすを押して出ていく看護師と澪の両親を見送り、この後の予定を決める宏達。

休日でもないのに久しぶりに五人全員揃《そろ》った一日は、澪のリハビリを皮切りにそんな感じでのんびりスタートするのであった。

☆

「現状どう言い訳しても、しがないニートでしかないあたしが言うのもなんだけどさ、あんた達、学校はどうしたのよ？」

海南大学のキャンパスをぶらぶらしながら、聞こうと思って聞きそびれていたことを真琴が質問する。その質問に、そういえば話していなかったと小さく苦笑し、説明のために宏が口を開いた。

「昨日、僕の上履き入れになかなかえぐい嫌がらせされとったたっちゅう話したやろ？　あれの汚染が意外と広範囲やったたっちゅうんが分かったらしくてな。念のためにもうちょい徹底して消毒するっちゅうことで、結局今日丸一日休みになってもうてん」

「夏休みのどこかで帳尻合わせの補講が入るから、あんまり嬉《うれ》しくないお休みなんだけどね」

「そっか、なるほどね」

宏の説明に納得する真琴。実のところ、水面下では結構大きな騒ぎになっているのだが、一般人でしかない宏達は知る由もない。

なお、言うまでもない話ではあるが、澪の父親と達也は有給を取って顔を出している。詩織は在宅ワークなのでその辺の融通はきき、澪の母親は澪のことがあるため現在は専業主婦だ。

「逆に、真琴さんのほうはどうなん？　正直言うて、今日出てこれるとは思ってへんかってんけど」

「ゲームでの友達と会うって言って、澪の写真見せたら納得してくれたわ。どっちかっていうと、移動時間のほうがつらい感じね」

「真琴さんの家、遠いもんね」

「直線距離だとそうでもないけど、電車使うと乗り継ぎが不便なのよね……」

真琴の言葉に、いろいろ納得する宏と春菜。高校を卒業するぐらいの歳にもなれば、一度や二度は公共交通機関の意外な不便さに直面するものである。

実際、真琴の家はそれほど辺鄙《へんぴ》な場所にあるわけではない。最寄り駅は各駅停車しか止まらないが、通勤通学の時間を外してもそれなりの本数、電車がある路線だ。

だが、これが現在地である私立海南大学にたどり着くとなると、特急も含めて五回ほどの乗り換えを要し、うち二回は路線図を見てもあからさまに遠回りになっているルートを通る必要がある。

結果として、片道二時間半という、新幹線を使えば東京から京都にたどり着けるぐらいの時間がかかってしまうのだ。

これが仮に車でとなると、高速道路を利用すれば一時間弱で到着するのだから、真琴の現住所と海南大学との電車での接続がどれほど悪いか、よく分かる。

もっとも、需要が少ない場所には通せない公共交通機関の宿命で、仮に最寄り駅が東京駅や名古屋駅、大阪駅などの複数の路線にまたがる巨大駅だったとしても、この種の不便さからは逃れられない。

どれほど便利な場所に住んでいようと、同じ市内にありながら下手をすれば東京～大阪間を移動するより時間のかかる場所というのは、ほぼ確実に存在してしまうのである。

因《ちな》みに免許を持っている真琴ではあるが、自分の車は持っていない。なので、ここまで来るのに車という選択肢はない。

「お金はまあ、どうとでもなるんだけどさ。毎回日帰りするのもホテルに泊まるのも、気分的にしんどいのよねえ。いっそ、こっちにアパートでも借りようかしら」

「それもいいとは思うけど、真琴さんの一人暮らしはご飯の面でちょっと心配」

「それ以前の問題で、親が同意してくれるんか、っちゅうんがあるやん。なんぼなんでも、一人暮らしは認めてくれへんのんちゃう？」

「そうなのよねえ。見捨てられてないどころかここまで心配してもらってるってこと自体、ありがたすぎて文句をいう気もないんだけど、失った信用は本当に大きいわ……」

自身の過去の失敗を心底嘆く真琴。現時点での問題は、成人しているというのに親の目を気にしてちょっとした泊まりがけの外出も自由にできないという程度だが、目に見えないところにくすぶっているものまで考えると、そんな生易《なまやさ》しいものではないだろう。

碌《ろく》でもない男に引っかかって棒に振った数年が実に重い。

幸いにして、まだ人生そのものを棒に振るところまでは至っていないが、いろいろと真剣に考えねばならない時期には来ている実感がある。

最低限親を安心させたい。それは大前提だが、何をすれば親が安心してくれるかが分からない。

なんにせよ、いろんな意味で恋愛だけは無理だろう。

それだけは間違いない事実である。

「引きこもり自体は脱したわけだけど、これからどうしたものかしらねえ」

信頼回復に向けて、何をすべきか真剣に悩む真琴。さしあたっては自立の第一歩でもある就職について考えているが、これまた非常にハードルが高い。

正直、大学を中退して三年以上引きこもっていたという時点で、まともな会社に入社することはほぼ諦めている。

不労所得は十分すぎるほどあるので、実際には無理に就職する必要もない。住むところを用立てて国民年金基金に加入しておけば、贅沢《ぜいたく》こそできないが一生働かなくても生きていける。それだけの現金も資産も持っている。

だが、だからといって働かないという選択を取る気もない。そんな生活では、親を安心させることなど到底無理だ。

「もう一度、大学に入りなおすとか？」

「それも、なんだか今更なのよねえ。だって、今から受験に挑戦してストレートで受かったとしても、卒業する頃には二十八でしょ？　就職って観点で見れば、ほぼ価値がないわよ」

真琴の言葉に頷く宏と春菜。一時期に比べると随分ましになったとはいえ、三十手前の新卒となるとかなり就職は厳しい。一度ドロップアウトした人間が再起をかけるには、いまだに日本の雇用環境は不安定なのだ。

「ん～、でもやっぱり、真琴さんはもう一度大学生になったほうがいいと思うんだよね」

「どうしてよ？」

「確かに就職には役に立たないけど、別に仕事するってどこかの会社に就職するだけじゃないよね？　私達が向こうでアズマ工房を立ち上げたみたいに起業するのも、漫画家とか小説家みたいな職業に就くのも、仕事は仕事だし」

「それはそうなんだけど、どれも凡人が食っていけるような方法じゃないわよね？」

「確かにどれもリスキーな選択肢だけど、極端な話真琴さんの場合、諸経費と固定資産税あたりが出せるぐらいの収入があればいいから、他の人がやるよりはリスク低いと思うんだ。少なくとも、無理に就職しようとして神経すり減らすよりはいいんじゃないかな？」

春菜の言葉に、否定も肯定もできずに考え込んでしまう真琴。

そんな真琴に対し、さらに春菜の言葉は続く。

「で、そっちに進むんだったら、やっぱり大学はちゃんと出ておいたほうがいいよ。学歴っていうのはどんなときでも多少は武器になるし、漫画家とかやるんだったら大学行くのってネタの面でも視野の面でも大事なはずだし。それに今の真琴さんだったら、無駄に四年間を過ごすみたいなことにはならないと思うし」

「……そうかしら？」

「少なくとも、私はそう思ってるよ」

無条件の信頼を感じさせる春菜のまなざしと言葉に、返事に困って宏のほうを見る真琴。

真琴の視線を受け、少し考えてから宏が口を開く。

「まあ実際のところ、真琴さんに関しちゃ、僕らと同じで普通の会社っちゅうんは難しいとは思うわ。僕とか春菜さんと真琴さんでは、理由は全然ちゃうけど」

「そこは否定しないわ」

「で、自由業やるんやったら大学出たほうがええ、っちゅう春菜さんの意見は僕も同じ考えやねん。やねんけど、ここで問題になってくるんが、どこの大学行くか、と、受験勉強どないするか、やねんな」

「正直、あたしが今更大学行きたくない理由の大部分が、そこなのよねえ」

宏の言葉に乗っかって、気乗りしないことを全面的に主張し始める真琴。

恐らく、一度大学入試を経験した人間の大多数は、二度とやりたいとは思わないだろう。

特に真琴の場合、もはや高校大学でやった内容の大半を忘れているうえ、実家から通える大学となると例の彼氏の一件で中退した学校ぐらいしかないときている。

苦しい受験勉強をもう一度乗り越えた挙句、再びいい思い出がない大学に一から通いなおすなど、もはやどんな苦行かと言いたくなる話であろう。

「どこに通うかに関しては、がんばって私達と一緒にここに通うっていうのもありじゃないか、って思うんだ。勉強に関しても、私達と一緒にやればいいと思うし」

「ちょっと無茶言わないでよ。あたしの頭で海南大学なんて、何浪すれば通るか分かんないわよ」

「それなんだけど、私、実はひそかにちょっと勝算があるんだよね」

「勝算？　何よ？」

「真琴さん、向こうで結構魔法たくさん覚えたよね？　リハビリの時にもいろいろ使ってたし」

「そりゃ、確かにいろいろ覚えたし、多分マスターしてんじゃないかって魔法も結構あるけど……、って、まさか、そういうこと？」

「うん。多分だけど、魔法系スキルで知力上がってるから、記憶力とか学習効率とかも上がってるんじゃないかな、って思うんだ」

なんともずるいものを感じる春菜の意見に、いろんな意味で凍りつく真琴。思わず、スキルオーブで大量の魔法を覚えさせられた挙句、神の城のダンジョンあたりでパワーレベリングよろしく、がっつり魔法を鍛えさせられる未来が一瞬頭をよぎる。

「あと、ここに合格したら、大手を振ってこっちに引っ越してこれるんじゃないかな、っていう目《もく》論《ろ》見《み》もあるの」

「あ〜……、なるほどね……」

「海南大学の場合、理系はともかく文系の学部はそんなにすごくレベルが高いわけじゃないから、真琴さんならなんとかなると思うよ」

珍しく一方的に見えるほど強引に話を進めようとする春菜。

自分でも意見を押し付けすぎかなと思わなくもない春菜だが、話を聞く限りでは現状維持のまま地元にいることが、真琴にとってプラスに働くとはどうしても思えなかったのだ。

なので、そんなに長期間でなくてもいいので一度環境を変えたほうがいいのではないかと頭をひねり、真琴の両親が受け入れられそうな理由として思いついたのが今回の話である。

「まあ、ものは試しで受けてみるんもありやと思うで」

「……そうね。すぐには決められないけど、一応考えとくわ」

春菜の目論見を聞いて心が揺れたか、真琴が若干前向きな答えを返す。

その言葉に嬉しそうに微笑《ほほえ》むと、キャンパスに視線を向ける春菜。

天音《あまね》の関係でそれなりに来る機会があるとはいえ、実のところ綾瀬《あやせ》研究室以外はあまりよく知らない。なので、改めてこうやってじっくり見学すると、いろいろ新鮮に感じるのだ。

なお、キャンパス内で最も目を引くのは奇抜なデザインの建物、ではなく、そこらを正体不明の技術で自由に飛び回っているプラモデルや金属製のおもちゃのロボットである。

これは天音の超技術を分かりやすく紹介する目的のほか、フルダイブ式のＶＲ技術を使った講義を受ける学生の安全を守るための警備員という役割も持っている。

アニメやゲームでおなじみのロボに不審者が撃退されるというのは、この海南大学独特の光景と言えよう。

「そういやさ、あんた達はここに受かったら通学とかどうするのよ？　春菜はともかく、宏はまだ電車通学は厳しいでしょ？」

「私達は、自転車通学の予定。ルートを選べば三十分ぐらいだし」

「そのルートっちゅうんが山越えになるから、僕らやなかったら選択肢にも上がらんけどな」

「あと、最悪天音おばさんの研究室に転移させてもらう、っていうのも考えてるよ。いずれは車の免許取って、ってことになるとは思うけど」

「言われてみれば、あんた達ももう免許取れる歳になるのよね」

通学方法に関する宏と春菜の答えに、いろいろ納得して頷く真琴。フェアクロ世界ではずっと自分と達也がワンボックスカーを運転していたため、二人とも遅くとも来年には車の免許が取れる歳になることがサクッと頭から抜けていたのだ。

向こうにいたときに重ねた年齢が肉体的にはなかったことになっていることも、このあたりの認識に拍車をかけている。ぶっちゃけ、ずっと高校生のままという印象が強い。

年齢さえ満たしていれば一応高校生でも車の免許が取れるとはいえ、免許を取れると聞くと急に大人になったイメージが強くなるのも、なかなかに不思議な話である。

「免許取るのはいいけどさ、教習所はどうすんのよ？　これも通学の話と一緒で、春菜はともかく宏はなかなかきついでしょ？」

「知り合いのお金持ちのお屋敷の敷地内に教習用のコースがあるから、そこで練習させてもらうつもり。天音おばさんとかうちのお母さんとかもそこで練習して、試験場で実技の試験を受けて取ったし」

「コネを使い倒してるわねえ」

「何でもかんでも頼るのはだめだけど、こういうことは頼っちゃったほうがいいから。向こうも、せっかくあるんだから使ってくれたほうがいいって言ってるしね」

「なるほどねえ。ってか、敷地内に車の教習用コースがあるお金持ちって……」

そこまで言いかけて、何かを察して頷く真琴。どうやら思い当たる存在がいるらしい。

「……たしか、綾羽乃宮《あやはのみや》の本拠地ってこのあたりだったわよね？」

「そうだよ。っていうか、借りるコースはその綾羽乃宮家の本邸にあるんだ」

「ついでに言うたら、今度みんなで写真撮ろか、っちゅうとる場所も、綾羽乃宮家本邸が公開しとる庭園の有料ゾーンやで」

「あ～、それなら超納得って感じね」

財閥系企業・綾羽乃宮商事およびその創業家と春菜の母親である雪菜《ゆきな》（人気歌手・Ｙｕｋｉｎａ）との関係を思い出し、何度も頷く真琴。先代の綾羽乃宮商事会長である綾羽乃宮綾乃《あやの》に請われ、結婚するまでＹｕｋｉｎａが綾羽乃宮家に住んでいたのは有名な話である。そのつながりから、綾羽乃宮家本邸には今も雪菜の部屋があり、春菜と妹・深雪《みゆき》の部屋もあったりする。

なお、綾羽乃宮綾乃と天音の母である小川美琴《おがわみこと》は高校時代からの親友である。その縁で綾羽乃宮家は表立っては小学生の頃から、裏ではそれこそ生まれた頃から天音を保護しており、その結果として天音が生み出すあれこれによる利益を総取りした形になっている。

そのあたりの事情から一時非常に敵が多かった綾羽乃宮商事ではあるが、ライバルにもある程度特許や技術を公開したため、現在は表面上は落ち着いている。

「あと、車はもう、素直に親の財力に頼るつもり。中古車でも高校生がアルバイトで買えるような値段じゃないし」

「僕は当面春菜さんの車借りる形になるやろうな。買うんは無理やし、勝手に作るわけにもいかんし」

「まあ、そうなるわよね」

潔く親の力に頼ると宣言した春菜と、それに素直に甘えると言い切った宏に対し、若干苦笑しながら頷く真琴。

親の金で買った車を乗り回すなど、基本的にダメな印象のほうが強くなる話ではあるが、宏と春菜の組み合わせに限って言えば、自力でどうにかしようと動かれると何が起こるか分からないので、むしろそうしてもらったほうがいろんな意味で穏便に話が進む。

金やコネで解決できる問題は、それらを使って解決してもらうほうが世界平和のためなのだ。

「まあ、どれもこれも、現時点では単なる皮算用なんだけどね」

「まずはここに受からんと話にならんし」

春菜と宏のその言葉に、さすがに少々呆《あき》れてしまう真琴。

二人が志望する海南大学の工学部は確かに難しい学部だ。昨今では競争率の関係から、東大や京大などトップクラスの大学に近い難易度になってしまっている。

が、それでも宏達が落ちるとは到底思えない。というよりむしろ、余計な撹乱《かくらん》要素が入らないように、推薦枠でサクッとけりをつけるよう関係者に通達がいく可能性すらある。

ある程度のポーズも必要なので、学校行事以外は受験勉強最優先で努力するのはいいが、真琴としては必要以上の努力はやめてほしいのだ。

「ま、今は余計なこと考えずに、お昼まで見学に専念しましょ」

「そうだね」

「せやな」

話に夢中になって、せっかくの見学が見学になっていない。そう気がついた真琴の提案に同意し、昼食まで見学に専念する宏達であった。

☆

「ちょうどいい機会だから、みなさんに相談したいことがあるの。特にこちらに住んでいる春菜ちゃんと宏君の意見が聞きたくて」

昼食を終え、いろいろ気分が落ち着いてきたところで、澪の母親が話を切り出した。

「相談？　どんなことですか？」

「澪の中学について、なのだけど……」

名指しされたことと澪の両親の真剣な表情から、居ずまいを正し話を聞く態勢を整える春菜。どう考えても、いい加減な回答ができそうな雰囲気ではない。

「もうじき澪が退院できそうなのだけど、経過観察も含めて最低でも三年はこちらに診察に通うことになるの。でも、うちから診察のために通うとなると、さすがに少し遠すぎるのよ。それで、澪をこちらの中学に通わせるか、それとも名簿上は進学したことになっている今の中学に通わせるか、どちらがいいか迷っているのよ」

「あ～、なるほど。そういうことですか」

「ええ。それで、こちらの中学高校がどういう雰囲気なのか、澪がこちらの学校でやっていけそうなのか、そのあたりの意見を聞きたいの」

「そうですね……。まず、中学に関しては自分が通っていたところと知人が何人か通っている私立の女子校しか分かりませんが、その話でよろしいでしょうか？」

「ええ。お願い」

澪の母親に請われ、自身の通っていた中学と知り合いが数名通っている、もしくは通っていた女子校に関して話をする春菜。

といっても、中学は特に問題も起こっていない普通の公立中学で、女子校に関しては幼稚舎から大学まで一貫教育が売りのいわゆるお嬢様学校。あまり参考になるような話はできない。

特に女子校のほうは要求される学費や寄付金も相応に高く、澪の家のような一般家庭が子供を通わせるにはかなりハードルが高い。そういった面でも、まったく参考にならない学校だ。

「地域の雰囲気としては、どうかしら？」

「綾羽乃宮家の本邸があるからか、いわゆる高級住宅街以外でもガラの悪い雰囲気のところはほとんどありません」

「うちの家があるあたりは地価も住宅価格も普通ぐらいやそうですけど、隣近所も普通に挨拶するし、ごみが散らばっとったりとか深夜に子供がうろうろするとかそういうのもないし、まあ普通に環境はええと思います」

「何でしたら、このあと私達が住んでいる地域をご案内しましょうか？　さすがにちょっと学校は無理ですけど」

「……そうね、お願いするわ」

少し考えてから、春菜の申し出を受ける澪の母親。話を聞くだけでは、判断ができないと思ったらしい。

「でも、最終的には澪ちゃんの意見を一番にしてくださいね」

「もちろん、そのつもりよ。というか、すでにその話は済ませてるのよ、ね？」

「ん。正直、今住んでる地域にこれといって思い入れもないし、友達も特にいないから、その気になったら師匠や春姉《はるねえ》とすぐに会える場所のほうが嬉しい」

「ということなのよ。でも、地域や学校が澪に合わないようだったら、引っ越ししても仕方がないし……」

「なるほど。そういうことでしたら」

どうやら、水橋《みずはし》家の話し合いは、すでに大方結論が出ているらしい。それを察した春菜が、母親達にコネを総動員して地価的な意味でよさげな地域を紹介してもらうことにする。

メッセージを送り終えたところで、春菜は常駐させているニュースアプリに不穏なタイトルのニュースが入っていることに気がついた。

「……うわあ……」

「どうしたのよ、春菜？」

「今日私達が休みになった理由がね、ちょっとどころじゃなく大事《おおごと》になってる感じで……」

真琴に問われ、先ほど発見したニュースを拡大してみせる春菜。

そこには、『県立高校にバイオテロ、卒業生逮捕。暴力団事務所立ち入り捜査へ』というショッキングな見出しのニュースが表示されていた。

「……バイオテロって、また物騒な話ねえ……」

「そんなことになってたのか？」

「バイオテロっていうほど大層な感じじゃなかったけど……。でも考えてみれば、どこにどう影響してるか油断できない感じだったよね」

「せやなあ。学校で騒ぎになっとった細菌も、汚染物質直接口に入れん限り感染せんっちゅうてもなかなかタフな細菌らしいし、電車で移動とかやっとったらどんぐらいの範囲で広がっとるか分からんから、そういう意味やとテロっちゅうんもあながち間違いとは言い切れんか」

「直接ターゲットになった私達からすれば、かなり度が過ぎる嫌がらせ、ぐらいの感覚だったんだけどね……」

「靴箱に生き物の死骸突っ込まれただけ、っちゅう感覚やったからなあ……」

宏と春菜の会話で、大体の事情を理解する一同。内容的には単なる悪質な嫌がらせだったのだろう。その悪質な嫌がらせに使った死骸がいろんな意味でやたらと物騒なことになっていなければ、ニュースになるほどの事件ではなかったのは間違いあるまい。

正直、アメリカで多発している炭疽菌《たんそきん》宅配攻撃に比べれば、テロと呼ぶにはいろんな意味で生温《なまぬる》い印象である。

「というか、今気になったんだけど、いくら何でもニュースになるの、早すぎる気がするんだけど、宏君、どう思う？」

「せやなあ。警察に話いったん、昨日の朝やもんなあ」

「実行犯に関してはカメラの映像ですぐに特定できてたから、逮捕はそんなに時間かからなかっただろうけど、そこからもう暴力団事務所への立ち入り捜査だとかテロ認定だとかに話が進んでるのって、ちょっとどころじゃないぐらい早すぎる気がするよ」

「その時点ですでに尋常じゃないぐらい早いってのに、さらにマスコミにすっぱ抜かれてる、か。いろいろきな臭い話だよなあ……」

事件の流れを確認し、深々とため息をつく達也。どうせ直接関わり合いにはならないだろうが、いろいろとダーティな匂いが感じられる。

「でも、考えようによっちゃあ、マスコミに嗅ぎつけられてる時点で大よそ解決してる、ってことかもしれないわよ？　なんていうかさ、意図的にリークしたって感じがビンビンしてるし」

「そうだな。あんまり楽観視できるこっちゃないが、今後ヒロや春菜のほうに何か話がいくってことはほとんどないだろうな」

「私も真琴ちゃんに一票かな？　たいていの話って、日本のマスコミに漏れた時点で手遅れだし」

「てか達兄《たつにい》、この記事読んでる感じ、ターゲットになった師匠や春姉の学校よりもむしろ、犯人が通ってた大学のほうが重点捜査の対象になると思う」

「だな。しかし春菜、お前こういう男に付きまとわれてたのか？」

「うん、いろいろ対策立てなきゃいけなくて大変だったよ。今度こそ確実に縁が切れる、はず」

ため息交じりの春菜の言葉に、思わずねぎらいの色のこもった視線を向けてしまう一同。春菜をポンコツに見せている恋愛下手。その原因の一端は、間違いなくこういう連中の行いにある。

そんなことを考えながら、ニュースに関連する連絡事項が来ていないかをチェックする宏。直接ターゲットになっただけに、そこら辺は注意しておく必要があると感じていたのだ。

ちょうどそのタイミングで、学校から生徒および保護者に向けての一斉送信メッセージが到着し、それとほぼ同時に学校側の記者会見のニュースが配信される。

「……春菜さん、学校からメッセージや。今週いっぱいは消毒とか設備のチェック、巻き添え食った被害者の治療、マスコミ対策なんかで休校。その分の穴埋めは夏休みを一週間短くして対処、らしいで」

「あ〜、やっぱりそうなるよね」

「因みに、三年の修学旅行はタイミング的に問題ないから、そのまま決行やそうや」

「そっちが中止だと、暴動起こりそうだよね」

「まあなあ」

春菜の言葉に同意する宏。

もっとも、宏が修学旅行と名がつくものに参加したのは小学生の時のみ。中学は三年生の四月だったため病院送りになって参加不能（しかも積立金の返金なし）、高校は修学旅行どころか林間学校や遠足、社会見学すら欠席しているので、いまいち楽しみだとかそういう感覚はない。

実のところ、中学時代に関してはそもそもの話、積立金の返金以前に、事件があったのに修学旅行が普通に実施されたこと自体、あちらこちらから非難が集中していた。

それに対して開き直ったようなことを言った挙句、被害者で死にかかった宏やそのクラスメイトに責任転嫁する発言が関係者からぽろぽろ漏れてさらに炎上していたが、当時ほぼ正気を失っていた宏はそのあたりのことを一切知らない。

結局、この時の対応がトドメとなり、宏の出身中学の廃校が不可避となったのだが、最初の対応で責任逃れを目論《もくろ》んだ時点で、遅かれ早かれ同じ結果になっていたのは間違いないだろう。

今回の件も、宏が被害者であることや病原菌が絡んでいること、さらに修学旅行が絡んでいることなどから、微妙に似たような感じになってしまっている。

だが、明らかに高校だけの責任ではないうえに治療費を学校が負担することを早々に宣言しているため、現時点では宏の中学と違い、大多数の人間からは非難されていない。

また、警備や備品管理に不備があったことや卒業生の思想・動向・問題行動などをちゃんと把握していなかったことを認めて謝罪し、再発防止のための取り組みを保護者や教育委員会などと話し合ったうえで進めていくことを発表しているので、宏達の高校に関してはこれで話が終わるだろう。

むしろ、今後マスコミの興味や攻撃は、宏達の高校ではなくストーカー先輩の進学先の大学に向かうはずだ。なにせ、宏達の高校は、深く突っ込まれたところでストーカー先輩の問題行動と、それに学校が手を焼きながら警察と連携して可能な限り対処していたことぐらいしか出てこない。

一流に分類される国立大学なのに暴力団や海外の非合法組織の関係者が堂々と活動していたストーカー先輩の進学先のほうが、おいしいネタがたくさん転がっているのは間違いない。

薬物反応とセットでストーカー先輩が大学の内情をベラベラ放出している時点で、もはや言い逃れは厳しい情勢である。

もっとも、今回の話で一番救いようがない点は、黒幕連中がストーカー先輩のタガを外すために一服盛った結果、どういうわけかむしろそこからいろいろと足がついたことかもしれない。

「……思ったんだけど、澪ちゃんがこっちに引っ越してくるかどうかっていう話し合いのタイミングでこれって、ものすごく印象悪いよね」

「せやなあ。なんか記事の見出しだけ見たら、ものっそい物騒な地域っちゅう印象やんなあ……」

「心配しなくとも、潮見《しおみ》市が物騒な土地だとは思っていないから安心してもらいたい」

「そうそう。物騒だっていったら、うちのあたりは私達が子供の頃に小学生の拉致殺人があったし、達也君達が住んでいるところも五年前に変な事件があったわよね？」

「あったよね～、タッちゃん」

「ああ、あったな。まあ、俺達の住んでる地域も水橋のおじさん達が住んでる地域も、東京の中では割と人口が密集してるところだからな。それだけにいろいろ便利ではあるが、どうしても変な人間も多いし物騒な話も多くなる」

宏と春菜の懸念を笑い飛ばすように、そんな話を達也と詩織に振る澪の両親。達也と詩織も苦笑しながらそれに応じ、現住所の実態について口にする。

実際問題、犯罪の発生件数だけで見れば、東京や大阪のような大都市は人口の少ない地域よりどうしても桁単位で多くなる。犯罪発生率でみると大した差はないが、発生件数が多ければやはり遭遇する機会は増える。交通事故の発生率がほとんど同じなら、交通量の多い道のほうが事故現場に遭遇する機会が多いのと同じ話である。

そういう観点で見れば、田舎のほうが安全ということになるが、今度は件数が少ないだけに、大きな事件が起こると非常に印象が強くなり、危険な地域というイメージが浸透してしまいがちだ。

幸いにして澪の両親はそのあたりは冷静だが、当分は地域のイメージ悪化は避けられそうにない。

「現実として、どうなのよ？　あたしの見た印象としては、のどかな田舎の都会って感じなんだけど？」

「全体的にはそんな感じかな？　ただ、潮見駅周辺のオフィス街とか商店街は、大規模なターミナル駅だけあってだいぶ都会的な感じ。東京の繁華街に比べると、飲み屋さんとか風俗っぽいお店とかが少ないぶん大人しい雰囲気だけどね」

「僕が行く範囲でいうたら、工場街もガラ悪いっちゅうわけやないけど、あんまりのどかではない感じやな」

「なるほどねえ」

真琴の問いに対し、春菜と宏が率直に答える。

治安だのなんだのに関しては、発生件数や発生率といった数字以上に、その地域が持つ雰囲気や実際に立ち寄った際の印象といった、数字に表れないものが重要である。犯罪発生率や犯罪件数は低いのに、妙にガラが悪くて住みにくい地域、というのも実際に多々ある。

因みに潮見市はというと、居心地そのものは悪くなく、真琴が言うように田舎の都会という感じののんきでおおらかな空気を持つ地域だ。春菜の立ち居振る舞いを見ているとそうは思えないが、大都市に分類できる人口の割に良くも悪くも田舎の風情や性質が残っているところも多い。

なお、そういう土地柄に加え、大財閥のお膝元であり、さらに天音のからみでいろいろあったこともあって、現在の潮見市は犯罪発生率も教育関連の不祥事も非常に少ない。いじめについても、公表件数は多いがそれは積極的に公開したうえで対応しているからであり、実際にはごく一部の私立を除き、学校の空気は非常に良い。

このあたりの教育や治安まわりの改革については、同じ地域にありながら住所上は複数の市に分散していた綾羽乃宮商事およびその系列子会社の所在地が、平成の大合併により一つの市にまとまったことも大きく影響している。

それにより市の税収が増え、何をするにも大きな予算が付くようになったため、普通の自治体なら費用面で諦めているようなこともできるようになったのが大きいのだ。

余談ながら、これだけ好条件なのに、駅からちょっと離れるといきなり地価ががくんと下がるのが、潮見市の田舎の部分の表れである。

「あっ、おばさん達から返事だ。……なるほど、確かに潮見二中の校区内なら、深雪もいるから澪ちゃんのフォローもしやすいか」

「ねえ、春姉。深雪って？」

「私の妹。あの子も今忙しいみたいだから、私が修学旅行から帰ってきてから紹介するよ」

「ん」

「で、潮見二中は私の出身中学だから、まだギリギリ一年生にも知り合いがいるし、二年には深雪もいるから比較的フォローはしやすいと思うんだ」

「春姉とその妹さんの影響力なら、いろんな意味で信頼できる気がする」

春菜の説明に、コクコクと頷く澪。実のところ、フォローがあるかないかより、むしろ春菜の後輩という響きに惹《ひ》かれているのはここだけの話である。

「で、よくよく考えたら、水橋さん一家が引っ越してくる前提で話進めちゃっていますけど、澪ちゃんのお父さんのお仕事は大丈夫なんでしょうか？」

「ああ、気にしなくていい。私が勤めている会社、潮見にも支社があってね。そこの管理職が一人、来年定年なんだけど、その後釜が決まっていないんだ。あまり大きな声では言えないが、残業手当がつかない割に役職手当が安くて、しかも責任ばかり重いうえにそこからの出世につながる確率が非常に低い、いわゆる典型的な『なりたくない管理職』というやつでね。その部署の管理職はどうしても本社から人を送り込まなきゃいけないのに、誰も引き受けてくれないからって、こっちにまで話が回っていてね」

「つまり、それを引き受けるつもりだ、と？」

「そうそう。とはいえ、娘のことがあるから赴任先の環境とかを確認してからにしたい、ということで今は保留にさせてもらっている」

「保留にさせてください、が通るほど嫌がられてるんですか……」

「そりゃそうだ。私の同期は皆、住宅ローンもあれば子供も学校に通っている年代だ。単身赴任も引っ越しもそう簡単にはできないし、給料が減ると家計も厳しくなる。逆に、辞令一つでどこにでも異動できる連中は、とっくの昔にもっと出世してるからね。脈がある人間のこの程度のわがままは聞いてくれるわけだ」

割とよく聞く種類の、出世に絡む世知辛い話。それを聞かされて思わず遠い目をしてしまう宏達。

特に明日は我が身の達也などは、非常に身につまされる話だ。

辞令一つで強制的にやってしまえばよさそうなものだが、澪の父親が勤めている会社はブラック企業という単語が最全盛の頃にこの手の人事異動でそれをやって、いろいろと痛い目にあっている。それゆえに、今回は慎重に対応しているのだ。

なり手がいないのであれば待遇を上げればいいのに、と思わなくもないだろうが、分かっていてもそう簡単にできないのが世の中である。

澪の父親の会社も、あと十年ほどは不要なポストの整理に手がつけられないため、中間管理職の手当や待遇を改善できるようになるのはまだまだ先のことになりそうだ。

「このあと不動産屋を回る予定だったから、案内してくれるのであれば非常にありがたい」

「分かりました。そういえば、今住んでいる家はいいんですか？」

「ああ、うちは賃貸マンションだからね。澪のことでいつでも引っ越せるようにしてたのが、今回見事に役に立ったわけだ」

「なるほど」

澪の両親の、娘に対する深い愛情。それを目の当たりにして、どことなく感動してしまう春菜。なんとなく、案内にも気合いが入りそうだ。

そこに、さらに立て続けに何通かのメールが届く。

その中身は程度のいい中古住宅の物件情報。

「……なんだか、おばさん達の本気を見た気がする」

「どういうことだ？　……って、物件情報じゃねえか。どれも条件よさそうなのばっかりだし」

「全部近いところに中学時代のクラスメイトが住んでて、家族の人とも面識があるよ」

「……確かに、本気を見た感じだな」

予想以上に対応が早い春菜の関係者に、思わず乾いた笑みを浮かべてしまう春菜と達也。

現時点でその気はなかろうが、必要となれば達也を引き抜いてこちらに来させるぐらいのことは平気でしそうな雰囲気である。

「前に、どうやったら真琴がこっちに来やすくなるかって話したときに、お前さんの身内に頼らないようにしたのは大正解だったな」

「うん。さすがに取引はあっても系列とか関連会社とかではないみたいだから、澪ちゃんのお父さんの件には関わってないとは思うけど……」

「多分、ボクがこっちのお世話になるのが決まった時点で、準備はしてたんじゃないかって気がするんだけど。春姉、その辺はどう？」

「可能性はある、というか、天音おばさんから話がいってた可能性は高いよ」

春菜達の会話に、澪の両親を含む全員が同意するように頷く。それ以外に、ここまで優遇してもらえる理由も、やたら段取りがいい理由も思いつかない。

実は最初から、今回の治験に参加し今後の経過観察が必要な患者に関しては、引っ越しすることになった場合、最大限の援助をしてもらえるように綾羽乃宮商事や綾羽乃宮家と契約を結んでいたということを、このあと顔を出した天音から聞かされ、その最大限の配慮に金持ち怖いという認識で一致する一同であった。

☆

『いや本当に、ガチの金持ちってのはすげえなあ……』

その日の夜。久しぶりに全員の予定が空いたからということで『フェアクロ』にログインした後、目の前の何かから現実逃避するかのように、達也がロールプレイを忘れて今日受けた衝撃をパーティチャットで口にしていた。

さらにちょうどいいタイミングで、天音から綾羽乃宮家がらみの、それも今の達也にとって大層都合のいい、結構な大金が動きつつ綾羽乃宮グループにとっても悪くないのであろう申し出のメールが届く。

営業という立場上、どうしても達也にしか対応できない案件の連絡が来ることもあり、ゲーム中でも外部メールは常時確認できるようにしていたのがばっちり影響してしまった形である。

『まあ、ね。ある意味では、あれで綾羽乃宮グループが大きくなった面があるし』

『へえ？　そりゃまたどういう話だい？』

達也の言葉に答えた春菜の説明に、ロールプレイを維持したままの真琴が食いつく。ロールプレイを維持したままなのは、たとえパーティチャットでも、細マッチョ系の大男アバターで普段の口調は気持ち悪いにもほどがあるからだ。

なお、オババ姿の達也の場合、素の口調でもそういう感じのおばあちゃんがいないでもないので、さほど違和感がなかったりする。

『えっとね。創業者の綾羽乃宮鉄斎《てっさい》さんっていう人がね、金持ちは贅沢じゃなく道楽をしなきゃいけないって口癖のように言ってたらしいんだ。で、その道楽っていうのが、ジャンル問わず面白そうだったり人の役に立ちそうだったりすることにお金とか出して支援することなの』

『なるほどなあ。で、恩義を感じて綾羽乃宮系列の会社でその実力を発揮、って感じか？』

『必ずしもそうじゃないんだけど、成果だけ掠《かす》め取ろうとしたりとかしようとする人達からも保護してたら、自動的に囲い込んだのと変わらないような感じになっちゃったみたいで……』

『……本気で、桁違いの金持ちってのは怖いよな……』

『天音おばさんぐらい化けた人も何人かいるけど、八割は成果って意味では空振りだったたって言ってた』

春菜の説明を聞き、恐れ入ったという表情を浮かべる年長組。道楽でパトロンをやり、そのうち二割を成功させるなど、尋常ではない話だ。

もっと言うなら、連結決算の純利益が下手な先進国の国家予算並みという現在の業績を鑑みるに、成果が出ていないという八割に関しても額面どおりには受け止められないところだ。

『まあ、いい加減その話は終わりにして、現実に向き合おうよ』

『そうじゃな』

春菜の提案に、老騎士オジジの口調のまま詩織が同意する。

目の前には、現在宏と澪が絶賛解体中の巨大なドラゴンと、自分達を取り囲んでいる大勢のギャラリーが。

『よもや、全員揃って休憩所から出た直後に、バルシェムに襲撃を食らうとはのう……』

『あれだけ屍《しかばね》の山を築き続けたバルシェムが、ここまであっさり落ちるとは思わなかったぜ……』

『向こうの知り合いにバルシェムさんがいるから、あんまり連呼されるとちょっと複雑な感じがするよ』

いまだ終わらぬ剥《は》ぎ取り作業を観察しながら、思い思いに好き勝手なことを言う詩織、真琴、春菜。その間にも、宏が喜々として次々と剥ぎ取りナイフを突き立てていく。

どうやら特別仕様らしく、本来なら剥ぎ取りナイフを刺して三十秒で終わる解体が、一分以上経《た》った今でも終わっていない。それだけに、生産ジャンキーで素材マニアの宏としては、何が剥げるのか期待が膨らみまくっている。

一本刺さるごとに加速していく解体ゲージは、宏と澪二人合わせて十二本の剥ぎ取りナイフが突き立てられた時点で通常の速度となり、一気に解体が終わってその巨体が消失する。

「ドラゴンソウル、ゲットや！」

「ん、ドラゴンロード素材も、最高品質がたくさん」

なんともヤバげな素材に、春菜達以外のギャラリーの間にもどよめきが広がる。

「おい、ガスト！」

ギャラリーの中から一人の男性が出てきて、キャラクター名ガストこと真琴に声をかけてくる。

真琴が所属しているギルドの重戦士・ローデリヒである。

「ん？　ああ、ローデリヒか。見てたのか？」

「ああ。襲撃かけてきたバルシェムにえげつない弓技と洒落《しゃれ》にならん斬撃が先制攻撃で叩《たた》き込まれてたのも、あっちのデカい斧《おの》持ってる兄ちゃんがバルシェムの攻撃全部平気で止めてたのもな」

「まあ、別に隠す気もごまかす気もないから、好きなだけ見ててくれればいいんだが」

「こんだけギャラリーがいて、隠したりごまかしたりなんざできねえだろうが。っつうか、お前、その装備はもしかして？」

「察しのとおり、神鋼製の装備だ。ヒロっつうんだが、あのデカい斧持ってるやつが作ってくれてな。いいだろう？」

「いいだろう、じゃねえよ！　どういうことだよ!?」

「どういうも何も、単にちょっときっかけがあって、あいつと仲良くなっただけだぞ。あ、先に言っておくが、無理強いはNGだからな」

「分かってるよ、それぐらい！」

真琴《ガスト》に釘《くぎ》を刺され、馬鹿にすんなとばかりにそう言い返すローデリヒ。もっとも、悔しいのはごまかしようがないらしく、「くそっ、羨《うらや》ましいなおい！」とぼやいていたりするが。

「にしても、神鋼製の装備が作れるような職人が実在してて、お前と仲が良くなってたのも驚きだが、あっちのちまいけど可愛《かわい》い子と知り合いってのも驚きだ。どういう関係だよ？」

「ヒロの弟子。因みに、今日アバター変更するまでは、俺と変わらないぐらいデカくてマッチョな兄貴だったぞ？」

「そりゃまた変わった趣味だな。あんなに可愛いのに、もったいない」

解体で得られた素材をギャラリーに紹介している宏と澪を見ながら、さらにどういう関係なのか追及してくるローデリヒ。

ローデリヒと真琴《ガスト》の言葉にあるように、澪はキャラクターの外見を自身と同じに変更し、それに伴い名前もミックからミオンに変更していた。長くフェアクロ世界でいろいろやってきた影響で、極端な体格差に対応しきれなくなって変更をかけたのだ。

同じといっても日本に戻ってくる直前の姿なので、今の澪とは微妙に似ていない。同じなのは背丈ぐらいで、胸などはCカップオーバーと明確に盛っていると断言できるサイズになっている。

本人はひそかに胸のサイズで春菜に勝ったことを喜んでいるが、いくらでも変更が効くアバターで勝ったところで空《むな》しいだけなのでは、と真琴が思っているのはここだけの話である。

「ま、そのうち紹介してくれや」

「別にそれは構わんが、ヒロは受験生だからそんな頻度では入ってこねえからな？　今日はたまたま気分転換したいことがあったからログインしてきただけだからな？」

「受験生か。俺にとっては遠い昔の話だな……」

「あと、ちびのほうは見た目どおり未成年だから、粉かけようとかすんじゃねえぞ」

「そんな直結厨《ちゅう》と一緒にしないでくれよ。それぐらいはわきまえてる」

と、言いながらも、やけに熱い視線を向けるローデリヒ。それを見てため息をつき、真琴はパーティチャットで謝罪をすることにした。

『悪い、ギルメンに見られてた。ヒロとミオンがロックオンされてる』

『ん〜、まあ、早いか遅いかの違いだよね。そもそもこれだけギャラリーがいるんだから、私の知り合いとかも混ざってて不思議じゃないし』

『どちらにせよ、今日のグランドクエスト攻略は厳しそうじゃのう、爺《じい》さんや』

『そうよのう、婆《ばあ》さんや』

『オババ、オババ。いきなりロールプレイに入られると寒い。やるんだったら最初からオジジとかガスト兄ぐらい徹底的に』
『そのあたりは正直すまんかったのう』
澪に突っ込まれて、ロールプレイを維持しながら苦笑交じりに謝罪する達也。
結局この日はログイン終了時間ぎりぎりまでお祭り騒ぎが続き、引きこもりを続けていた職人が宏以外も一部出てくるという歴史的な事件と引き換えに、グランドクエストには一切触らずに終わるのであった。

第6話 これが、本場日本のおそば屋さんですか……

それは、春菜《はるな》が修学旅行で不在となる六月頭のことであった。

「よっしゃよっしゃ。順調順調」

不在の間の世話を頼まれていた宏《ひろし》が、朝の畑仕事を区切りのいいところまで終えて満足げに頷《うなず》く。

いつも春菜が畑仕事をするよりは遅い時間ではあるが、それでもまだ普段の学校は始まっていない時間帯である。

春菜の畑では、初夏の日差しを浴びた作物がすくすくと元気に育っていた。

「今年は梅雨入りがおそなるみたいやからなあ。水やりには注意しとかんと」

現時点での土の様子を記録し、空模様を確認してからそう呟《つぶや》く宏。

異変はその時起こった。

「ん？　転移反応か？」

畑の片隅、肥料などを仕舞ってある小屋付近に、何かが転移してくる反応が発生したのだ。

この世界で空間転移なんて行う存在は、宏達を含めても三桁には届かない。その大半は知り合いで、知り合いでない連中とも特に敵対しているわけではない。それに、知り合いなら転移でこちらに来るにしても連絡はあるだろうし、そうでない連中がこちらに来る理由もない。

首をかしげつつも、特に脅威となる感じでもないため黙って反応が消えるまで待っていると、現れたのは宏が実によく知る人物であった。

ただし、こちらの世界ではなくフェアクロ世界の、ではあるが。

「びっくりしたなあ、もう。こんな朝っぱらからいきなり、っちゅうんはどうかと思うで？」

「申しわけありません……。こちらに来る許可が下りたので、つい気持ちがはやりまして……」

「まあ、そんぐらいは別にええんやけどな、エル。こっちは魔法とか基本的に確認されてへん世界やから、出てくるときは注意せんとあかんで。こんなところ見られたら、大騒ぎで済まんかもしれんし」

「はい……。反省しています……」

そう、転移してきたのは、エアリスであった。

しかもご丁寧に、こちらの世界でも許容されるデザインの、だが明らかにちょっとした余所行《よそい》きなどではすまない高級感あふれる服を着ている。貸し農園にはとことんまで不釣り合いな姿だと言えよう。

幸いにして、今日のこの時間帯は宏以外に畑仕事をしている人間がいなかったが、もし見られていたら何重もの意味で危なかった。

「まあ、何にしても、よう来たな」

「はい」

「春菜さんは昨日から旅行でおらんし、兄貴と真琴《まこと》さんは住んどる地域がちゃうから会いに行くんも大変やけど、澪《みお》には会えんで」

「そうなのですか？」

「せやねん。まあ、澪もまだ入院中やから、面会時間でないと顔見れんけどな」

まだ入院中という宏の言葉に、少し不安そうな表情を浮かべるエアリス。一応澪の事情は聞かされていたが、まだ退院できていないことが不安になってしまったのである。

「ミオ様のお体、そんなに悪いのですか？」

「いんや。入院中、っちゅうても、今は経過観察とリハビリのための入院やからな。大方治っとんねんけど、まだ介助なしで生活するんはきついから、病院で世話なってんねん。感じとしては、毒抜いた後のエレ姉さんが近いか？」

「それは、かなり厳しい体調だと思うのですが……」

「まあ、今の大変さを例えると、やけどな。澪の場合は最初の頃こそ一級ポーションでもないと治らんような状態やったけど、今は単に寝たきりが長くて体が衰えきってもうとるだけやから、後遺症やったエレ姉さんとちごてかなりしんどいけど、鍛えればちゃんと動けるようになるんよ」

「そうですか……」

宏の説明を聞き、安堵《あんど》のため息をつくエアリス。基本的に口数は少ないが、なんだかんだ言って元気に楽しそうに動き回っていた澪を知っているだけに、体が自由に動かせないと聞いていろいろ心配が募っていたのだ。

「まあ、その辺の話はあとでするとして、こんなところで長話するんもあれやから、片付けて僕の家いこか、って……」

「どうなさいました？」

「いやな、僕の家、こっから自転車で十分ぐらいかかるんよ。歩くともっとかかるから、どうやってエルを連れてこかってな……」

「ああ、なるほど。確かにその距離は、少々遠いですね」

「やろ？」

宏の言葉に納得するエアリス。いろいろ難題である。

正直な話、エアリスは三十分やそこら歩くのは全然苦にならないが、この世界のルールをまったく知らないという点で少々不安はある。

それに、見たところ宏はここまで自転車で来ているようだ。そうなると、自転車と徒歩でということになるが、自転車を押して歩行者に合わせて歩くのも、自転車に乗って歩行者の速度に合わせるのも、それはそれで気を使う。

かといって、二人乗りも、もう一台用意して一緒に移動する、というのも厳しい。特に二人乗りは、宏の精神にかかる負担が半端ではないので選択肢には上がらない。

考えようによってはくだらない話だが、エアリスの目立つ外見も併せて考えると、軽視もしづらい問題である。

「せやなあ……。悪いけど、いっぺん神の城に戻っとってくれへん？　家着いたら呼ぶから」

「はい、分かりました」

宏に言われ、素直に頷いて神の城へ転移するエアリス。

それを見届けて、抜いた雑草や使った道具を大急ぎで片付ける宏。

その後、自転車にまたがったところで、春菜の畑の前に一台の車が止まった。大荷物も積める、大型のワンボックスカーだ。

「あら、宏さん。今朝の作業はもうおしまいですか？」

「あ、いつきさん。ちょっと向こうから客が来たんで、ちょうどええ区切りやったしっちゅうことで大急ぎで片付けたんですわ」

車から降りてきたのは、人型お手伝いロボのいつきであった。

基本的に、現段階で春菜以外の藤堂《とうどう》家の人達とは一切面識のない宏ではあるが、畑仕事を共同で行う都合上、ここで最も顔を合わせる機会が多いであろういつきに関しては、春菜から紹介を受けていてそれなりに交流がある。いつきが何度か宏の家まで車で送っていることもあり、宏の両親とも面識があるのだ。

会話や挙動、触れたときの皮膚の感触などは人間とまったく変わらないいつきだが、やはりロボだけあってか、女性型でありながら宏にほとんど女性を感じさせない。そのせいか、下手をすれば蓉子《ようこ》や美香《みか》を相手にするときより気を許している節がある。

因《ちな》みに、一番最後に作られたいつきを含む十一人のメイドロボは、社会実験のための特例で運転免許を含むいくつかの免許を取得している。なので、車で公道を走っても犯罪にはならない。

逆に、ほとんどのことについて日本人と同じ扱いになっているため、一部適用しようがないものを除いて日本の法律に従わなければいけないのだが。

「なるほど。それで、その方はどちらに？」

「移動にいろいろ問題があるんで、いったん神の城に戻ってもらってます。このまま大急ぎで自分ちに戻って、向こうで呼びますわ」

「そんな面倒なことをしなくても、私に連絡してくれれば車ぐらいいくらでも出しましたのに」

「思いつかんかったんですよ」

咎《とが》めるように言うひいつきに、申しわけなさそうに宏がそう答える。

気を許しているとはいえ、所詮《しょせん》顔を合わせるようになって半月未満。こういうときに頼ろうという発想はなかなか出てこないのだ。

「春菜お嬢様に頼まれていたものを降ろしたらすぐに送っていきますので、その方をこちらに呼び戻していただけますか？」

「いや、そらちょっとまずいと思いますわ。こっちに人が来とるんで、下手に転移したら見られて面倒なことになりそうやし」

「そうですか。でしたら、早く降ろしてしまいましょう。手伝っていただけますか？」

「そらもちろんですわ」

そう言って、車に積まれた大量の荷物を降ろしていく宏。中身は追加の肥料に蔓《つる》を巻き付けるための竿《さお》、消毒液など、一アールぐらいの畑だとそれなりに大量に必要だが、女性の腕力でも時間をかければ普通に降ろせるものばかりである。

宏の腕力ならバランスや視界の確保に問題がなければ一気に降ろせる重量だけあって、荷物を降ろして納屋に収納し終えるまでに一分とかからなかった。

「お手伝い、ありがとうございます。それでは、自転車を積み込んでください」

「はいな」

「その方を連れて澪さんのお見舞いに向かうのであれば、事前に連絡をください。迎えに上がりますので」

「分かりました。次はお言葉に甘えます」

荷物を降ろして空けたスペースに自転車を積み込み、助手席に乗り込む宏。宏がシートベルトをしたのを確認すると、いつきは静かに車を出発させる。

裏道その他を駆使したいつきの運転により、法令違反その他を一切せずに三分ほどで宏の自宅に到着するのであった。

☆

「……これが、ヒロシ様のお家《うち》ですか」

宏によって庭へ転移させられたエアリスが、高度成長期以降の日本で一般的な一戸建てである東《あずま》家を見上げて、実に興味深そうにそうコメントする。

実のところフェアクロ世界には、高度成長期以降に作られた住宅街にあるような建築様式の建物は存在しない。性質の近い建材が存在しないこともあるが、それ以上にデザインや構造の面で似たような感じの建物が存在しないのだ。これは、宏が改築した各地の工房や携帯用のコテージなども同じである。

もっとも、これに関しては単純に、高度成長期以降の日本と同じような環境・発達をした地域がなかったというだけで、どちらが優れているとかいう種類の話ではない。

建材や建築技術にしても、基盤となっている技術や発達の方向性は違えど、レベルだけでいえばどちらもそれほど大した差はない。

なので、エアリスは純粋に珍しさから東家を観察していた。

「あんまり大きい家やないけど、上がってや」

「はい。お邪魔します！」

宏に促され、玄関から屋内に進むエアリス。この時、ウルスの工房にある和室のことを思い出してちゃんと靴を脱いでいるあたり、なかなかに察しの良い娘さんである。

「澪の面会時間まではまだ結構あるから、軽くお茶でも」

「ありがとうございます」

「エルは、朝ご飯は？」

「食べてまいりました」

「そうか」

エアリスの返事を聞いて、熱いほうじ茶とお茶菓子を用意する。まだ八時半も回っていないこともあり、冷たい麦茶を飲むような気温ではないのだ。

「面会時間とか考えたら十時頃に向こう着くようにしたらええから、だいぶ時間はあるで」

「はい。……ヒロシ様、このお菓子は何でしょう？」

「『やがらんこつ』っちゅう、このあたりでよう食べられとるお菓子や。やがらっちゅうこの辺の地魚の骨をダシで煮込んでしっかり味付けした後、固めてせんべいにしたお菓子でな。大人は酒のあてに、子供はそのままおやつにっちゅう感じで割とみんなポリポリやっとんねん」

「なるほど。……醤油《しょうゆ》のおダシの味と骨自体の風味がよくマッチして、すごく美味《おい》しいです。この歯ごたえもなんだか癖になりそうです」

「気に入ってくれたんやったら、よかったわ。エルやったらよっぽどのもんでもない限り大丈夫やとは思っとったけど、やっぱ好き嫌いはあるしな」

「私は、このお菓子大好きです。問題がなければ持って帰りたいですし、ウルスで作れそうなら試してみたいのですが……」

そう言って、何やら期待のこもったまなざしで宏を見つめるエアリス。その非常に分かりやすい態度に苦笑しつつ、残念なお知らせを口にする宏。

「ウルスやと、味はともかくこの食感にできる骨のある魚がおらんでなあ。それに、今のウルスはまだ慢性的な醤油不足やから、こういうお菓子に回すんはちょっとしんどいと思うで」

「そうですか、残念です……」

宏の指摘に、ものすごくしょんぼりしてみせるエアリス。よほど気に入ったのか、そのがっかり具合は罪悪感すら感じそうなレベルである。

「まあ、お土産に持って帰る分にはかまへんで」

「本当ですか!?」

「別に高いもんやあらへんし、出るごみも向こうで問題になるようなもんやあらへんしな」

「ありがとうございます!!」

落とされて持ち上げられたからか、エアリスが先ほどとは打って変わって、宏が引くほど大喜びする。その様子を見て、売店で仕入れるか、などと頭の片隅で考える宏。

特に問題ないと宏が断定した『やがらんこつ』のパッケージは、よくある安っぽい透明なプラスチックフィルムを用いたものだ。普通に考えると、処分するのにいろいろトラブルが発生する類《たぐい》の物に見えるが、宏達の住む日本に関してはそうではない。

包装資材とレジ袋やごみ袋に関しては、もう十年以上前に石油由来のプラスチック類は駆逐され、生ごみなどの有機物を特殊技術で加工した生分解性プラスチックフィルムに取って代わられている。

土に埋めるか生き物が飲み込んだ場合は普通に分解され無害になるが、それ以外に関しては石油由来のプラスチックフィルムと同じ用途に使って一切問題がない優れものである。

因みに、原材料となる生ごみの出どころは主に飲食店や食品スーパーなどの、どうがんばっても毎日食料品の大量廃棄が発生してしまう業種からだ。

当初は生ごみが原料ということで忌避感が強かったこのフィルムも、テレビなどで何度も何度も生産工程や安全性を周知した結果、どうにか定着させることに成功。今では子供が誤って口に入れて飲み込んでも害がないということで、普通のビニールよりも市民権を得ている。

余談ながらこの技術、珍しく天音《あまね》が開発したものではない。だが、綾瀬《あやせ》研究室出身の開発者が就職先のプロジェクトで開発したものなので、まったく無関係とまでは言えないが、基礎技術の確立に関しては一切手を貸していないので、天音の功績とは間違っても言えないものである。

ノートパソコンが駆逐されているのとスマートフォンがパソコンに取って代わられていること以外、日常の風景は二〇〇〇年代後半と大差ない宏達の日本。深く掘り下げていくと、日常生活に直接影響のない目に見えないところでは、驚異のテクノロジーが大量に紛れ込んでいたりする。

「おっ、なんぞメッセージが来とる。……真琴さんがこっちに来るそうや。病院で合流やな。やっぱり、兄貴はさすがに無理か。仕事やし終わってからっちゅうんはさすがにきついやろうし」

「皆様は別々の地域に住んでおられるのですか？」

「出身地がバラバラやからな。治療の関係でこっちにおるけど、澪も本来は兄貴と同じ地域に住んどるし」

「そうなのですか」

「せやねん。ついでに言うと、兄貴が仕事っちゅうところから分かるかもやけど、今日は平日やから本来は僕もこの時間は学校やねん。春菜さんが旅行で不在っちゅうんも、日本の学校には修学旅行っちゅう旅行の行事があって、それに参加しとるからやし」

「そんな行事があるのですね」

宏の説明を聞き、春菜の不在について納得するエアリス。宏が旅行に参加せず畑仕事などしていたことについては、なんとなく察するものがあったため深く追及はしないことにする。

宏が空間投影ディスプレイをごちゃごちゃ操作している件についても、神の城でたまに見かける姿なので完全スルーだ。

「おっ、春菜さんからもメッセージや。なになに？『エルちゃんが来てるなんて、そんな重大なイベントに宏君だけ立ち会うなんてずるい』って、んなこと言われてもなあ……」

文句を言われても困る、などと思いながら、春菜のメッセージの続きを確認する宏。

どうやら現在春菜達は京都にいるらしく、今日一日は自由行動のようだ。ただし、いくつかのポイントは絶対に回るように指定されており、さらにそこで関係者から歴史や文化についての解説を聞かなければいけないという決まりになっている。自由があるようで案外ないようだ。

そんなメッセージを確認し終え、宏のために春菜が初日の大阪のホテルの売店で調達しておいたという土産物の一部を共有ボックスから取り出して確認する宏。入れられていたお土産の中身は、おにぎり型のせんべいやオレンジ色のフィルムが腸の代わりになっているポークウィンナーなど、関西圏ではおなじみだが宏にとっては懐かしいものばかりであった。

なお、宏の権能が影響した結果、共有ボックスをはじめとしたフェアクロ世界で作ったものは全て日本でも使える。それどころか、共有ボックスに至っては、日本とフェアクロ世界で中身のやり取りすら可能だったりするので、なかなかに危険である。

内容が三都めぐりだったこともあり、二重の意味で参加不能であった今回の修学旅行。そのあたりを気にしていた春菜は、事前リサーチをもとに最大限に気を使って、宏の好物でかつ悪い思い出と直結していない、チョコレートが一切絡んでいないものを大量に確保したようだ。

こういうところの女子力や恋愛偏差値は高いくせに、自分をアピールするとなると途端にポンコツ化するあたり、春菜もなかなか厄介な性格をしている。

というよりむしろ、恋愛感情に関係なく相手のことを考えて行動したときだけ、恋愛的な意味でも効果的なアピールができるというのが真相であろう。

どうでもいい余談ながら、今回の修学旅行では、四年ほど前に全面開通した新型の超高速鉄道を利用している。発進、停車に慣性制御を行うハイテク車両で、東京～大阪間を停車時間込みで一時間未満まで短縮した車両である。

現在は運行ノウハウを蓄積している途上であるため、開始当初から見て倍程度にしか運行本数が増やせておらず、少々お高い切符となっているのが難点だ。宏達の通う潮見《しおみ》高校が天音の出身校でなければ、切符代より予約のほうの問題で利用不可能だったであろう。

「またいろいろ調達してくれたんやなあ」

「いくつか私にも見覚えのあるものが混ざっていますが、ヒロシ様はこれを参考に作っておられたのですか？」

「せやで。やっぱり、食いなれたもん再現したかったしな」

なんとなく懐かしそうにしながら、とりあえずおにぎり型のせんべいを開けてエアリスに渡す宏。二枚入りの個包装が大量に入ったタイプのもので、味も分量も宏の記憶にあるのと変わらない。ただ、最近リニューアルしたのか、パッケージのデザインが微妙に変わっている。

差し出されたせんべいを食べ、美味しそうに目を細めるエアリス。

先ほどのやがらんこつと違い、すでに宏達が作っているせんべい類とそれほど味は変わらないが、それだけに何となくほっとする味わいである。

「他にもいろいろあるけど、こんな時間にお菓子バクバク食うたら昼が食えんなるから、こんぐらいにしとかなあかんな」

「そうですね」

せんべい二枚とやがらんこつ二枚ほどを食し、お茶を飲み干したところで宏がそう提案する。その提案に同意したエアリスは、リビングを観察することに。

「不思議なものがいろいろありますが、これらはどれも魔道具なのでしょうか？」

「原理はちゃうけど、立ち位置は似たようなもんやな」

「あの薄い板のようなものは何ですか？」

「あれはテレビやな。向こうに似たような概念のがなくて上手《うま》いこと説明できんから、ちょっとつけてみよか」

エアリスの質問に答えるために、テレビの電源を入れる宏。ちょうどそういう時間だったからか、映し出された番組は五分ほどのニュースであった。

娯楽の中心からはすっかり転落し、主要なニュースの提供メディアとしてもすでに往時の面影はなくなっているテレビではあるが、それでも不特定多数が共有するモニター的な使い方や、高画質・高音質で映画やスポーツ、コンサートなどを見るための受信機としての用途で辛うじて生き延びている。

据え置き型のゲーム機すらパソコンやVRヘッドギアに接続できることもあり、画質と大きさ以外で生き延びることができなくなったテレビは、すでに四十インチ以下のものが駆逐されて久しい。

そんな理由もあり、宏の家に置かれているのも約五十インチとなかなか大きなものである。

なお、午後三時頃までどこの局もワイドショーが流れている。単純に、そのあたりの時間帯は何を流しても同じなので、コストが安く垂れ流しにしても邪魔にならない番組に偏るのだ。

一応昔と違う点はあるが、せいぜい、すぐに指摘が入るレベルの偏向報道や眉をひそめたくなる種類のバッシングをやらなくなっている程度である。

「……なるほど。遠見や過去視の魔道具を高機能にした、という感じのものですか」

「詳しい説明したらちゃうんやけど、基本的な概念はそんなとこやな。番組表は、っと……」

エアリスの質問に答えつつ、ＣＭの間に番組表を確認する宏。いい具合に、すぐに始まる一時間枠の音楽系情報番組がＹｕｋｉｎａの特集だった。

「おっ。春菜さんのお母さんが出演する番組発見。これにしとくか」

「ハルナ様のお母さまですか？」

「せやねん。春菜さんのお母さんは、こっちの世界ではかなりの有名人でな。テレビで提供される娯楽系の映像、それも音楽が絡む内容のんにはよう出てくるんよ」

などと言いながら、番組が始まるのを待っていると、エアリスの膝の上に黒い結構大きな塊が。

「あら？」

「おっ、シャノか。珍しいな、春菜さん以外のお客さんの膝とりに来るん」

エアリスの膝の上に飛び乗ったのは、宏の家で飼っているオスの黒猫・シャノであった。体重が六キロを超え、大柄でがっしりとした体格をしている、日本の野良猫によくいる短毛種としてはやや長い程度の毛並みの猫だ。

家族以外では春菜か天音が単独で訪れたときぐらいにしか姿を見せない猫だが、やけに行儀がよく甘え上手なちゃっかりした性格をしている。

春菜が天音と一緒に来た日に姿を見せなかったのは、単純に天音と春菜の組み合わせにビビッて腰が引けていたからである。なので、春菜もしくは天音単独なら普通に全身全霊をもって甘え倒す。

朝の時間こそ自重しているものの、春菜はシャノにメロメロで姿を見るたびにかまい倒すのは言うまでもない。

「ふかふかでサラサラです……」

「うちのは野良を拾ったから、長毛種ほど毛ぇ長ないけどなあ」

「ひよひよさんやアルチェムさんの狼《おおかみ》の手触りも好きですが、この子の毛皮が一番好きかもしれません。猫と触れ合える機会があまりないので、すごく嬉《うれ》しいです」

「そらええんやけど、そいつデカいから重いやろ？」

「大丈夫です」

そう言って、宏に向けるのとはまた違ったうっとりした表情で膝の上のシャノを撫《な》でまわすエアリス。ゴロゴロ言いながら気持ちよさそうに目を閉じるシャノ。完全に猫の求める癒《いや》しと遊びの空間に取り込まれている。

そんなエアリスの様子に苦笑しつつ、そろそろ雪菜《ゆきな》の出る番組が始まりそうだとテレビに視線を向けたその時、外から聞こえていた原付バイクのエンジン音が自宅の前で止まる。

数秒後、玄関が開く音とともに誰かが家に入ってきた。

「あれ？　おかんどないしたん？」

「ちょっと個人のほうの銀行印が必要になってな。大慌てで取りに帰ってきたんよ。それより、そちらにおられるものすごく立派なお嬢様はどなた？　えらいシャノが懐《なつ》いとるけど……」

「あ～、前にちょっと話出たと思うけどな、向こうの世界の娘さんでエアリスっちゅうねん。僕らはエルって呼んでるけどな」

「ああ」

宏に説明され、何やらいろいろと納得してエアリスのほうに体全体で向き直る母・美紗緒《みさお》。そのまま真面目な表情で深々と頭を下げる。

「宏の母の美紗緒と申します。この度は、うちの息子がえらいお世話になったようで……」

「私達こそ、ヒロシ様には幾度となく助けていただきまして……」

深々と頭を下げ、丁寧に礼を言ってくる美紗緒に対し、猫を膝に乗せたまま同じように頭を下げるエアリス。春菜の時のような舞い上がった様子を見せない母に、ほっとする宏。

口調や態度から察するに、どうやら宏の両親は、向こうの世界での宏の関係者、それもこちらに来る可能性が高く恋愛的な意味で深くかかわる可能性がある人間について、大体のことを聞いているらしい。

自身の両親がそのあたりの情報をどのぐらい把握しているかについて、なぜかちゃんと把握していない宏だが、これに関しては春菜がこっそり宏のいないところで説明をしていたからである。天音の診察の最中など、宏がいない状況で両親と春菜が一緒になる機会は結構あるのだ。

「それにしても、話には聞いとったけど、実際に会うてみると春菜ちゃんが遠慮するんも分かるわ」

「ハルナ様が、ですか？」

「はい。春菜ちゃん、自分だけ私らに応援してもらうんはフェアやないからって、ものすごい遠慮しててまして……」

宏の母親から聞かされた春菜の言葉に、どうにも困った表情を浮かべるしかないエアリス。

宏の両親を味方につけたところで、肝心の宏自身が心身ともに将来の伴侶を見つけ受け入れる準備を整えないと意味がない。

そういう意味では、春菜の配慮はありがたくもあり、そんな遠慮などせずに事を進めてほしくもあり、どうにも複雑な気分になってしまうのだ。

「つちゅうかおかん、春菜さんの時にはえらい舞い上がっとったけど、今日は妙に大人しいやん」

「そら、エアリス様に関しては、春菜ちゃんから事前に話聞いとったからな。それに、前んときのことは、これでも反省しとんねんで」

「別に、気にするほどのことやあらへんと思うんやけどなあ……」

「いや、あんたの親やからこそ、そこは気にせなあかんねん」

もうすでに一カ月以上経っているというのに、いまだに天音から説明を受けた日のことを気にしている美紗緒。

正直宏としては、舞い上がって日頃なら絶対しないような言動をするほど両親が喜んでいたことが嬉しくもありありがたくもあったので、あまり気にされるのは困る。

確かに、舞い上がって春菜を巻き込むような形でけしかけてきたことに関しては非常に居心地が悪かったが、それ以外に関しては母の言い分ももっともだと認めるところがあった。

思春期の男の子的には親のああいう言動はうざく勘弁してほしいものではあるが、親とああいうやり取りをできるというのは、宏にとっても両親にとってもある意味特別なことである。

初対面の時のレベルでは、大阪人的トークとしては行きすぎとかしつこいというところまでは至っていないのだし、春菜の制止を無視するレベルに暴走しない限りは気にもならない。

そもそもの話、楽しめないだけで女子と二時間以上カラオケボックスに入って大丈夫になっているのだ。そこまで治っているのに、いちいち細かいことに過敏に反応して、半ば以上は冗談というかネタで言っているだけの軽口もうかつに言えぬ親子関係に戻るなど願い下げだ。

そういった気持ちを前面に態度に表しつつ、宏は母の態度についてさらに気になっていたことに切り込んでいった。

「なあ、おかん。せっかくようなってんのに軽口も叩《たた》けんとか、春菜さんもエルも気ぃつこてまうからあかんで。それに、エルに対してそんな改まった態度とると、春菜さんがさらに遠慮せんか？」

「つちゅうたかてなあ、エアリス様は正真正銘のお姫様で、見て分かるほど立派な人やん。あんたみたいに命の恩人で何年も交流あるんやったらともかく、初対面でこの方に対してそこまで馴《な》れ馴《な》れしく気楽な態度とか無理やで……」

「エルの場合、プライベートやとどっちかっちゅうたらぞんざいな扱い受けるほうが喜ぶし、そもそもの話、僕と話しとるときは普通に素やん。今更取り繕うても一緒やと思うで」

「そら、ここは一応私らの家やし、宏が普通に話しとるから取り繕うほうが不自然やっちゅうだけやで。さすがにここにおんのに直接声かけんのも恐れ多いとまでは思わんけど、やっぱりかしこまらんとっちゅうんはちょっとなあ……」

「そこを曲げて、お願いします。あまりかしこまられると、認めていただけていないように感じて寂しくなってしまいます……」

シャノを膝に乗せたまま、切実な表情でエアリスが頭を下げる。

それを見て、内心で大いに葛藤しながら、一つの結論を出す美紗緒。

「……春菜ちゃんと同じ態度にしてほしい、っちゅうことでええんやね？」

「はい！」

「……ほな、エルちゃん、って呼んだらええ？」

「ぜひ！」

美紗緒の言葉に、輝くばかりの笑顔で喜んでみせるエアリス。

それを見て、嬉しくもあり複雑でもある美紗緒。

大切な息子をここまで好きになってくれて、しかも自分にも懐いてくれる絶世のが付く美少女二人。現時点ではこの二人に及んでいないものの、将来は同じぐらいの和風美人になりそうな澪も含めて、どの娘《こ》も本来ならヘタレで調子乗りな宏にはもったいない女性ばかりである。

さすがに曲がりなりも親なので、彼女達と宏が釣り合わないとは思っていないが、複数の女性と必要以上に（という言い方も変だが）仲がいい、という点には申しわけないものを感じてしまうのだ。

結論を出すのは宏であり、その結論を全面的に支持するつもりだが、それでも一人を選ぶと他の二人に申しわけなく、だが全員となると今の日本の価値観では不誠実な気がしてならない。

宏が自分の息子でなければ、いや、たとえ自分の息子であっても中学時代のあの事件がなければ、正直恐らく全員を選ぶとなった場合、全肯定するのは無理だっただろう。

そのあたりの自覚があるだけに、どうしても複雑な気持ちにならざるを得ないのである。

「なあ、宏」

「なんや？」

「お母さんはあんたがどんな結論出しても応援するけどな、どうなるにしても、春菜ちゃんらに対しては誠実でないとあかんで」

「言われんでも分かっとる」

真面目な表情で釘《くぎ》を刺してくる美紗緒に対し、同じぐらい大真面目にそう答える宏。むしろ、誠実にやっているからこその現状だ。

そんな真面目な会話を打ち切らせるように、テレビから最近のヒット曲の前奏が聞こえてくる。

「Ｙｕｋｉｎａさんの出てる番組か。エルちゃんに紹介するつもりやったん？」

「せやで。っちゅうわけで、この人が春菜さんのお母さんな」

「この方がですか？　確かにハルナ様によく似ておられます。……この方も、素晴らしい歌を歌われるのですね」

「そら、基本的に歌一本で世界中に名前を響き渡らせた人やからな。春菜さんも究極のところでお母さんの歌超えられへんっちゅうて、歌手になるとか考えんことにしたらしいし」

そこまで話して、歌に聞き入る宏達。

曲数を稼ぐためか一曲目はショートバージョンではあったが、Ｙｕｋｉｎａの歌のすばらしさは十分に知ることができる。

「……よう考えたら、春菜ちゃんと宏が上手いことといったら、この人が宏の義理のお母さんになるねんな……」

「まあ、そうなると決まったわけやあらへんし」

「正直な、お母さん的には春菜ちゃんは大歓迎やけど、この人と親戚づきあいとか、最低限でも手に余りそうなんが不安でしゃあないんよ……」

「さすがに、そらなんぼなんでも気ぃ早いで」

「っちゅうか、今思ったんやけど、仮にエルちゃんと宏が結婚するっちゅうことになった場合、お母さんらは誰にどうやって挨拶しに行ったらええん？　王室とお付き合いとか、たとえ違う世界のんでもようせえへんで？」

「先走りすぎやっちゅうてるやん。そういうことは、その時になってから考えたらええねん」

えらく先走ったことを言う母親を、そう宏が窘《たしな》める。

だが、残念なことに、将来のためにということで春菜が東家の工場でアルバイトを始めると、娘の様子を見に来るという口実で雪菜がそれなりの頻度で顔を出し、工場の仕事が忙しいときにはバリ取りや卓上ボール盤での作業を素人とは思えない手際で手伝いながら駄弁《だべ》って帰るという生活を始めるのだが、さすがにこの時点ではそこまで想像できるはずもない。

結局、どう転んでも近い将来、雪菜とはそこそこ親しい間柄にならざるを得なくなる宏の両親であった。

「で、おかん。結構長いこと駄弁ってしもたけど、戻らんでええん？」

「あ、せやな。はよ判子《はんこ》持っていかんと。この後、あんたらどうするん？」

「澪のところに見舞いに行く予定や。向こうで真琴さんとも合流するし、病院まではいつきさんが送り迎えしてくれるから心配いらんで」

「そっか、ほな大丈夫やな。あんたの行動範囲やとそない使われへんやろうけど、念のために小遣い追加で渡しとくわ。エルちゃんは今日はいつ頃までおるん？」

「特に決めてへんけど、なんやったらうちで晩飯一緒に済ませてもらうか？」

「せやな。向こうのこととかもうちょっと話したいし」

「っちゅうことやけど、ええか？」

「もちろんです！」

宏の提案に、満面の笑みで同意するエアリス。

それを見て同じく笑顔で頷き、大慌てで銀行印を持って家を出ていく美紗緒。

原付の音が聞こえなくなった後、特に会話もなく次の曲に聞き入る宏とエアリス。

結局、番組終了直前にいつきが迎えに来るまで、のんびり歌を堪能する二人であった。

☆

「これが、本場日本のおそば屋さんですか……」

「本場、っちゅうてもこのあたりはそばの名産地やないから、厳密にはちゃうんやけどなあ……」

「でもまあ、このお店はそば打ちが趣味のサラリーマンが脱サラして始めた、ってタイプじゃないし、結構本格的な料理も出てくるからあながち間違ってるわけでもないわよ？」

お昼時、宏達はエアリスのために、病院の近くにある手打ちそばの店に昼を食べに来ていた。

このそば屋、一流料亭などで修業した店主が独立して構えた店で、手頃なかけそばから本格的なそば懐石まで懐具合に応じて一流の味を楽しめるお店である。

何よりありがたいのは、大学の近くにあるだけあって、宏のような高校生でもあまり気後れせずに入れる店構えであることだろう。おかげで、食事時はいつもそれなりに賑《にぎ》わっている店である。

「さて、今日は何にしようかしら。おろしそばも自然薯《じねんじょ》そばも美味しいけど、そば雑炊定食も捨てがたいのよねえ……」

案内された席に座ると同時に、メニューを開いた真琴が悩ましそうに言う。

看護師さんが予約を入れてくれた席は、宏と外国人であるエアリス、いまだ移動の大半は車いすの澪に配慮してか、テーブル席の個室であった。

「ボクはボリューム定食一択」

「せやなあ。天ぷらの盛り合わせとかだし巻きとか付いてるし、僕もボリューム定食でええか。エルはどないする」

「初めて来たおそば屋さんですので、まずはかけそばか盛りそばを」

「両方食べ比べができる小盛りのセットがあるから、それにする？」

「そうですね。では、それで」

「じゃあ、あたしはそば雑炊定食にするわ」

注文も決まったところで、さっさとオーダーを通していろいろ積もる話に移る宏達。澪のリハビリもあって、病室ではあまり話ができなかったのだ。

「そういや、澪。あんたボリューム定食なんて頼んでるけど、もう食事制限は解除されたの？」

「ん、先週のうちに。やっといっぱい食べられるようになって満足」

「そっか、よかったわね。春菜が作ったスペシャルランチは、ちゃんと食べた？」

「食べた。美味しかったし春姉《はるねえ》の料理久しぶりだったしで、思わず涙が出た」

澪の言葉に、思わずしんみりする真琴達。平日だったこともあり、残念ながら誰もその場には立ち会えなかったが、どうやら澪はちゃんと満足できたらしい。

食事制限解除当日、前もって春菜から預かっていたできたてアツアツのスペシャルランチを食べた澪は、静かに涙を流しながら黙々と、だが幸せそうにボリューム満点の料理を完食していた。

その様子に、澪の両親やかつての主治医、果ては一緒にリハビリをがんばってくれている看護師達まで嬉し涙を流していたのはここだけの話である。

なお、できたてアツアツが出てきたことに関しては、天音の超技術ということでごまかしていた。

また、宏達がその話を知らなかったのは、照れくささのあまり澪が口止めしていたからである。可能なら自分の口から言いたいという澪の希望を汲《く》んで、周りの大人達はちゃんと秘密を守ってくれていたのだ。

因みに、食事制限解除前から、達也《たつや》や真琴、澪の両親などはこのそば屋には何度か澪を連れて食事に来ている。食事制限があってもかけそばやおろしそばなら問題ないと言われていたため、気分を変える目的で連れ出していたのだ。

「だとしたら、エルがこっちに来たタイミングって、案外ちょうどよかったのかもね」

「まあ、どうせそのあたりはアルフェミナ様が裏で糸引いとるやろうけどな」

「ヒロシ様、正解です」

宏の鋭い意見に、思わず苦笑しながら肯定の言葉を告げるエアリス。

先週ぐらいからやたらと今日の転移を推していたため、訝《いぶか》しく思いながらも休みを取れるようにがんばったうえで従ったのだが、来てみるとちょっと気を回しすぎだろうというタイミングだったのは、いろいろ思うところがなくもない。

「それにしても……」

「ミオ様、どうされました？」

「エル、ちょっと見ないうちにまた大きくなってる気がする。背丈もだけど、胸部装甲も」

「あたしも、向こうで久しぶりに顔見たときに同じ感想を持ったわ……」

「こっちはむしろしぼんだのに、ずるい……」

「あんたはまだ、将来性があるからいいじゃない。あたしなんて、今更どうやったって大した差なんてつかないのよ？」

「……その話はそこまでにしてんか？」

男として居心地が悪いほうに会話が流れそうになるのを、がんばって止める宏。条件反射の問題で、微妙に顔色が悪い。

「あ〜、ごめんごめん。でも、胸の話は置いとくにしても、肉体的な年齢に関しては、澪とエルはちょっとややこしい感じになってるわよね」

「ん。ボクが一年半以上巻き戻ってるから、同い年で同学年になってる」

「それ言い出したら、僕とか春菜さんもレイっちと同い年になっとるし、ノーラとかレイニー、ジュディスなんかともほとんど歳の差なくなっとんで」

「本当に、時間軸のずれが絡むといろいろややこしいことになるわよねえ」

巻き戻しの影響が大きく出ている年齢まわりの話に、思わず遠い目をする真琴と澪。それだけ向こうで過ごした時間が長かったということだが、なんとなく胸中に複雑なものはある。

「まあ、その話は置いとこう。なんか、すごい年寄りくさいほうに話題が進みそうやし」

「そうね。このままだと、ライムがすぐに思春期に入りそうだとか、そういう方向に話が進みそうな気がしなくもないし」

「ん。賛成」

なんとなく地雷原になっていそうな年齢の話題を避ける一同。地雷の方向性がレディに歳を聞くのは、とかそういう方向ではないあたりが彼ららしいといえる。

「ところで、ミオ様の入院は、いつまで続くのでしょうか？」

「まだ未定。最終的には親がこっちで家を確保するのがいつになるかによるけど、どっちにしても今週いっぱいは自動的に入院継続」

「まあ、まだ車いすなしはきついみたいだし、そこはしょうがないわよ」

「ん。でも、がんばれば一時間ぐらいは立ち歩きできるから、もう少しで車いすから解放されると思う」

「今週いっぱいっていうのは、そのあたりの関係よね？」

「ん」

四年の寝たきりで筋力が落ちるところまで落ち、しかも体が起こせるようになってから一カ月未満とは思えない驚異的な回復を見せる澪。フェアクロ世界で鍛え上げたステータスの影響があるとはいえ、驚異的すぎて主治医代わりになっている天音が心配になるのも無理はない。

「多分来週からは、念のためのリハビリ以外は特に制限なしの検査入院扱いになるから、外泊とかもしやすくなると思う」

「そっか。だったら、来週、はちょっと急すぎるから、再来週に向こうに顔出し、って感じね」

「ん。今月中には、春姉の知り合い探しに行ける、はず」

「そっちも早くどうにかしないといけないわよね」

澪の治療の順調さに内心喜びつつ、なんだかんだ言ってまだまだいろいろ予定が詰まっていることに気がついて、ややうんざりしそうになる真琴。

それぞれの生活があるので以前のようなスタイルは無理だが、それでも気楽に思いつきでいろいろなことに挑戦できる環境が整うには、終わらせなければいけないことが結構たくさんある感じだ。

「以前、お兄様にお話されていた人探しのことですね？　ハルナ様のお知り合いだったのですか」

「ええ。具体的に誰とは聞いてないんだけど、例の事件でウルスに飛ばされた春菜を保護するために、あの子の知り合いがそっちに行ってるらしいのよね」

「で、本人は自力でこっちに戻ってくる能力ないうえに、うちらが邪神やってもうた影響で環境が変わって、リンクが途切れて回収できんなってもうたらしいんよ」

「なるほど。それで、その方を探しに行かなければいけない、ということですか」

「ん、そういうこと」

そこまで話をしたところで、注文していた料理が同時に運ばれてくる。

「おっ、来たみたいやな。すんません、並べ終わったら写真お願いしてええですか？」

「はい、分かりました。カメラをお願いします」

「あ、カメラはこれ使ってください」

料理を並べている店員にそう声をかけ、写真撮影を頼む宏。カメラ代わりのパソコンを渡そうとした宏を手で制し、高機能高画質の最新型コンパクトデジタル一眼レフカメラを差し出す真琴。

宏の中学時代の友人に送りつける写真を撮るため、家電量販店で使い勝手を吟味して購入してあったものだ。

ついでにフェアクロ世界で写真を撮りまくって、漫画の資料にしようという目論見《もくろみ》もひそかに持っているのは、全然秘密になっていないここだけの秘密である。

「それでは撮りますよ。はい、チーズ」

店員の合図に従い、笑顔で写真に写る一同。店員のほうも実に手慣れており、そばがのびるどころかてんぷらをダシに浸しても崩れすらしない時間でベストショットを撮影する。

「さて、のびないうちにさっさと食べましょう。写真送ったりするのはそのあとでね」

「せやな。いただきます」

「ん、いただきます。エルはそれで足りる？」

「多分。ですが、最近ちょっと食べる量が増えている気がしまして……」

「成長期だから当たり前よ。足りなかったら追加注文すればいいわ。あ、だったらあたしの雑炊ちょっと食べる？」

「そうですね……。せっかくですので、お言葉に甘えます」

無事写真撮影も終え、余計なことをせずにさっさと食事に移る一同。

そばはスピード勝負なのだ。

「ああ、せやせや。今日の晩な、エルがうちで飯食っていくんやけど、真琴さんもどない？」

「そうね、お邪魔するわ。確か宏の家のあたりって、十分ほど歩けばコインパーキングがあったわよね？」

「あったなあ、そういえば。っちゅうか、真琴さん今日は車かい」

「ええ。平日は乗らないからって家の車の使用許可が下りたのよ。ガソリン代とか高速代は出さなきゃいけないけどね」

「むう、師匠と真琴姉《まことねえ》だけずるい」

「心配せんでも、外泊が解禁になったら春菜さんとかエルと一緒に呼ぶがな」

一流の腕で作られつつも気取ったところのない美味しい料理に舌鼓を打ちつつ、今日の晩のことについて話をする宏達。まだ外泊までは許されない澪が文句を言うが、これぱかりはどうしようもないとスルーである。

「おかわり。次は肉そばで」

どうしようもないとはいえ、この場にいる人間で自分だけハブられることにぶーたれつつ、定食の大半を平らげておかわりを要求する澪。すっかり向こうにいた頃の食欲が戻っている。

ちょうどお冷の確認に来ていた店員がおかわりを受け付け、厨房《ちゅうぼう》に向かう。

なお、ボリューム定食はかも南蛮や肉そばなど六種類からそばを選べ、そばのおかわりが無料である。その際、選べるものの中からであれば、最初に注文したものと違うそばを頼んでもいいのだ。

「解禁されてそない経ってないのに、大丈夫か？」

「もう一杯ぐらいは余裕。というか、食べないと筋肉が戻らない感じ」

「さよか。まあ、かも南蛮に肉そばやから、たんぱく質っちゅうんは分からんでもないか」

「ん、そういうこと」

「……ごちそうさまでした」

宏達がそんな微妙な会話をしている傍らで、じっくり味わって食べ比べていたエアリスが満足と感嘆が入り混じった表情で、静かに両手を合わせて食事の終了を告げる。

その表情に、ほんのわずかに自身の未熟さを知れたことに対する感謝が含まれているあたり、間違いなくエアリスはこのメンバーで一番のそば通である。

「エル、それで足りる？」

「欲を言えば、もう少し欲しいかな、という気もしていますが……」

「せやったら、僕もおかわりするからちょっと食うか？」

「ん、だったらボクの分もちょっと分ける」

「ありがとうございます」

宏と澪の申し出をありがたく受け入れることにし、笑顔で感謝の言葉を告げるエアリス。

澪ほど劇的に食べるわけではないが、それでも成長期の体には具材のないそば一玉分では少々足りなかったのだ。

もっとも、その心遣いも、とある人物のおかげですぐに必要がなくなる。

「おかわりお持ちしました」

「あら、大将じゃない。どうしたのよ、このかきいれどきに？」

「いやね、澪ちゃんがおかわりしたって聞いてちょっと様子を見に。ちょうどピークも過ぎて手が空いてたからな。で、澪ちゃん、そんなに食べて大丈夫かい？」

「ん。リハビリが大変だから、食べても食べても足りない感じ。特に肉」

「そうかいそうかい、そいつはよかった！　その食欲なら、退院も近そうだ。本当によかった！」

「ん」

自分のことのように喜ぶ大将にそう返事をし、エアリスの分を少しだけ取り分けた後、ちゃんと食事できる幸せをかみしめるように美味しそうにおかわりのそばを食べ始める澪。

その様子を嬉しそうに見守っていた大将が、取り分けたそばの行方を見て納得したように頷く。

「そっちの外国のお嬢さんは、どう見てもそれじゃ足りんだろう。遠慮したって感じでもないから、もしかしてそば自体の味を試してたのかい？」

「はい。私は日本風のおそばが大好きで、自分でも時々手打ちで作っています。ただ、こちらに来たのが今日初めてで、本場のおそばを食べるのも今日が初めてなので、どのような味なのかをじっくり味わうのにこのメニューを選びました」

「へえ、外国の人なのにそば通なんだな。うちのはどうだった？」

「私が打つものは所詮素人の手習いだと、自分の未熟さを痛感しました。やっぱり、おそばというのは奥が深いです」

「いやいやいや、うちのそばはそんな大層なものじゃないからな。そばなんて、食って美味《うま》くて腹が膨れればそれでいいんだ」

大げさなことを言うエアリスに、若干嬉しそうにしつつもそう返す大将。

そば好きにはなぜか食通ぶった食べ方をする人間が結構多く、また店主のほうもつられてか妙に求道者的な態度で偉そうにいかめしくしている人間も結構いるが、ここの大将はどちらかといえばそういう態度をとるのは嫌いなタイプである。

とはいえ、本気の言葉で褒められて嬉しくないわけもなく、また、澪をはじめとした同席している人間が本当に美味そうに自分の料理を食べているのを見ると、厳しい修業時代にがんばってよかったと心から思える。

良くも悪くも根っからの庶民派料理人で、純粋に安くて美味い物で客に喜んでもらいたい大将であった。

「まあ、何にしても、飯食いに来て腹ペコで帰るってのはいただけないな。澪ちゃんがちゃんと食えるようになったお祝いもかねて、新作一品と甘いもんでもおごるわ」

「さすがにちょっと、それは申しわけないんやけど……」

「中高生が変な遠慮なんかするなって。それに、甘いもんはともかく一品のほうは新作っていってもまだ試作のやつだからな。悪いと思うんだったら意見くれや」

そういって厨房に引き上げる大将。数分後、澪が二杯目を食べ終わった頃に全員に和風のデザートと新作料理が出てくる。

「へえ、そばのダシで食べる揚げ物か。っていっても、あたしの舌じゃ麺類のダシと天つゆの違いってそこまでしっかりとは分かんないんだけど」

「……ん、衣に揚げたそば砕いたのが入ってるっぽい。そのまま食べても美味しいけど、揚げそばの香りとの相性がいいからダシに浸したほうが美味しい」

「天ぷらとまたちごた感じで、悪くはないでな」

「そうですね。まだ調整の余地はありそうですが、とても美味しいです」

「せやな。このままでも十分金出せるけど、ダシをもうちょい濃くするとか、揚げるんやのうて焼くとか、そういう方向で脂っこさを減らせばもっとうまなるかも」

出された試作品についてそう率直な感想を言い合い、さらにどの具材が一番美味しかったか、といった大将からの細かい質問にも正直に答える宏達。

それをメモすると、ありがたそうに礼を言って厨房に引きこもる大将。これらの試作品が正式に新メニューに昇格するのは、翌月のこととなる。

この時の話を詳細にレポートにしたものを真琴と澪の双方から送りつけられ、さらにエアリスと真琴を交えた東家での夕食風景まで見せつけられた春菜は、楽しい修学旅行の最中にもかかわらず、レアなイベントにハブられたことに、なんとも言えぬ運の悪さを感じてしょんぼりすることになるのであった。

第7話　歌手のYukinaは世を忍ぶ仮の姿！

「……ついにこの日が来た」

「……来てもうたな」

ついに澪《みお》が歩けるようになり、春菜《はるな》の知り合いを探しに行く日を二日後に控えた平日。宏《ひろし》と澪は、お泊まりセットの入ったスポーツバッグを手に車から降りて、小規模な超高級リゾートホテルと言っても通用しそうな目の前の豪邸を見上げながら、半ば死んだような眼でそう呟《つぶや》いた。

この潮見《しおみ》において一番大きな屋敷と比較すると十分の一、どころか下手をすると百分の一にも満たぬ規模ではあるが、それでも一般人が圧倒されるには十分なその豪邸には、藤堂《とうどう》という表札がかかっている。

そう、この大豪邸は、春菜の自宅なのだ。

「そんな、伏魔殿に送り込まれるような反応しなくてもいいと思うんだ」

「ねえ、春姉《はるねえ》。いろんな関係者から漏れ聞こえてくる噂《うわさ》を踏まえたうえで、同じこと言える？」

「……まあ、両親ともに変なところで浮世離れしてるのは、否定しないよ」

自分の住んでいる家を前にそんな反応をされ、さすがに文句を言わずにはいられなかった春菜。

そんな春菜に対し、澪のカウンターがきれいに決まる。

「まあ、ヒロや澪の反応もどうかとは思うが、向こうの世界で王族に会うより、春菜のご両親に会うほうが緊張するってのも事実だしな」

「そうね。春菜のご両親って、日本人だったらほとんどの人が顔と曲を知ってるレベルの国民的スターだもの。正直、あたしも緊張してしょうがないのよね……」

いろんな意味で巻き込まれた感が強い達也《たつや》と真琴《まこと》も、緊張で硬くなった態度でそうコメントする。

特に達也は、昨日勤務中に天音《あまね》や春菜から急に連絡が入ったうえにいつきに回収されて、他県に営業に行って直帰し翌日は有休をとるという連絡を会社に入れる羽目になった、という面でも割を食っている。

一応このあたり、こういうこともあろうかと事前に根回しを済ませたうえで潮見のほうにも営業に行きたいと会社に伝えてあり、アリバイ工作的に天音の研究室にもカタログを置いて営業しているのでさぼりではない……のだが、どうしても気分的に後ろめたいものがある。

なお、詩織《しおり》は本日、少々遠方に打ち合わせに出ていて夜まで不在である。在宅ワークが基本といっても、この種の仕事が一切ないわけではないのだ。

「玄関でこうしてても仕方がないから、上がってもらっていいかな？」

カードリーダーにカードキーを通し、指紋認証を済ませながら春菜がそう言う。それと同時に輝度が低めのライトで春菜の全身がスキャンされ、そのまま周囲で待機していた宏達も照らされる。

個人の邸宅とは思えない厳重なセキュリティに引きながら、促されるままに家の中に入っていく一同。向こうの世界で鍛えた各種感覚のおかげで、この屋敷のセキュリティが下手をすれば要塞《ようさい》並みであるという事実に気がついてしまったのも、不幸といえば不幸であろう。

どうにも落ち着かない気分のまま、宏達は家族用のリビングへと通された。

「深雪《みゆき》はまだ、帰ってないんだ」

「先ほど連絡がありまして、いろいろ仕入れてから帰ってくる、とのことです」

「うわあ、我が妹ながら不安になる連絡……」

いつきの言葉を聞き、思わず大きくため息をつく春菜。母の動向も気になるが、妹もいろいろ不穏である。

「皆さんをお部屋にご案内する前に、お茶を用意しますね」

「そうだね、お願い」

いまだにどうにも落ち着かない様子を見せる宏達を見て、いつきの申し出に頷《うなず》く春菜。部屋に案内するにしても、もうちょっと落ち着いてからのほうがいいだろう。

「それにしても、広いリビングね……」

「ん。でも、外から見た印象からすると、このリビング小さい気がする」

家具のないスペースだけでも二十畳以上、全体で見れば三十畳ではきかなそうなリビングにもはやため息しか出ない真琴に対し、澪が外見や敷地面積とリビングの広さのつり合いに首をかしげる。なおこのリビング、ダイニングとは完全に独立している。可動式の壁を取り払えばダイニングと続き間になるが、現在は完全に区切られているため、ざっと見積もって三十畳以上というのは、純粋にリビングだけの広さだ。

確かに広いといえば広いのだが、一般庶民を圧倒するほどの大豪邸のリビングとしてはいささかこぢんまりしすぎている。上級に届く大工スキルを持っている澪が、そこを不思議に思うのも当然であろう。

「まあ、ここは家族用のスペースだから」

そんな澪の疑問に対し、春菜が爆弾を投下した。

「……家族用？」

「うん。うちって、両親が芸能人だから、そっち方面の付き合いが多いの。お母さんなんか、肩書はともかく実質的には事務所の経営者も兼任してるような状態だし。その関係でホームパーティとか多くなるんだけど、毎回それで家族のためのスペース占有されるのって、私や妹からするとたまったものじゃないよね？」

「……それはまあ、そうでしょうね」

「だから、家建てるときに、最初から家族用に比率の上で小規模なスペースを分離確保する設計にしたんだって」

「……小規模？」

「比率の上では、だよ？」

小規模という聞き捨てならない春菜の発言に、即座に食いつく達也。食いつかれると分かっていたため、苦笑しながらそう返す春菜。

実際の話、このリビングの家具がないスペースである二十畳の空間があれば、無理をすれば一軒家が建てられる。そんな極端な例を除くにしても、単身者向けのマンションやアパートの部屋は、ほとんどが風呂やトイレ、キッチンを合わせても二十畳ものスペースはない。

それを小規模と言われて達也が反発気味に食いつくのも、当然すぎるほど当然である。

「正直、私達家族四人にいつきさんを含めても五人しかいないのに、家族用のスペースをちょっと贅沢《ぜいたく》に取りすぎてる気はするんだけど、やっぱりそこはある程度見栄が必要なんだって」

「有名人、っちゅうんも大変やなあ」

「うん。だから私、あんまり芸能界とかに首突っ込みたくないんだよね」

宏の言葉に、しみじみと頷く春菜。

小さい頃から歌うために生まれてきたと豪語し、実際にそうとしか思えない人生を歩んできた雪《ゆき》菜《な》と違い、春菜にはそこまで芸事に興味も思い入れもない。

親のおかげでいろいろと面倒な面も知り尽くしているため、正直なところ関わり合いは必要最低限にしておきたいのだ。

「お茶をお持ちしました」

そのまま春菜が芸能界を嫌がる理由に話が移りそうになったタイミングで、話をぶった切るように春菜によく似た声が割り込んでくる。

声につられてリビングの入口に視線を向けると、そこには二十代後半ぐらいに見える、銀髪のメイド服の女性が。どこで身につけたのか、立ち居振る舞いも完全にメイドのものである。

「えっ？　あれ？　いつきさんじゃないの？」

「春姉、他にメイドさんなんて雇ってるの？」

いるとは思わなかったメイドさんの登場に、思わず戸惑った表情で春菜に問いかける真琴と澪。

普通に考えれば、銀髪で春菜によく似た声という時点でいろいろバレバレなのに、なぜか誰もその正体に思い至っていないらしい。

そんな仲間達の様子に大きくため息をつき、春菜はサクッとネタばらしを始めた。

「お母さん、何やってるの？」

「何って、歌手のＹｕｋｉｎａは世を忍ぶ仮の姿！」

「はいはい、世の中のためにも関係者全員のためにも、お母さんはずっと仮の姿で世を忍んでいてください」

「え～？」

澪どころか宏にすら春菜との血縁関係を微塵《みじん》も感じさせないという、無駄に高度なテクニックを使って余計ないたずらを仕掛けようとした雪菜。

そんな母親の茶目っ気に、再び大きくため息をつく春菜。

春菜にネタばらしされた瞬間に偽装が解けたか、宏達の目でもどこからどう見ても春菜の血縁であり歌手のＹｕｋｉｎａにしか見えなくなる。

そんな急激な変化にさらに唖然《あぜん》としている宏達の前で、雪菜は新たに入ってきた味方になりそうな人物を巻き込むべく、積極的に絡みにいっていた。

「いつきさん、娘が冷たい……」

「そりゃ、当然ですよ。母親がこういう子供っぽいいたずらをするのは、思春期を過ぎた子供にとっては恥ずかしいことなんですから」

「え～～～？」

いつきまで敵に回り、しょんぼりと不満の声を上げる雪菜。

二人の子を持つ四十二歳だとは到底思えない態度だ。今も芸能界で妖精扱いされるのも頷ける。

「……テレビとかで散々見とったはずやのに、全然気ぃつかんかったわ……」

「すごいでしょう。オフの時に邪魔されずに遊びに行くために、がんばって編み出した偽装技なの」

「なんっちゅうかこう、無駄に高度すぎてそこまで必要なんかが非常に疑問なんですけど……」

豊かな胸を張って自慢げに答える雪菜に、ジト目で突っ込みを入れる宏。

妙なところで凝り性だったり、なぜそれをやろうと思ったのかという行動をしたりと、外見以外の面でも春菜との間に母娘を感じさせる女性である。

もっとも、妙なところで凝り性だとか思考回路や行動原理が明後日《あさって》の方向に突っ走るだとかに関しては、宏は決して雪菜や春菜のことを言える立場にはない。

特に、無駄に高度すぎるという点に関しては、それこそ宏のほうが質・量ともに雪菜など比較にもならないほどいろいろやらかしている。

「というか、最近頻繁にこれ聞いてる気がするんだけど、お母さんお仕事は？」

「今日はもう終わらせてきたし、明日はオフをもぎ取ってきた。お母さん、がんばったよ！」

とてもいい笑顔で、お仕事をがんばって終わらせてきたことを告げる雪菜。ものすごくがんばったことは事実なので、いつきもねぎらいの表情で頷く。

実際、雪菜のここ数週間はかなりハードだった。今日の半日と明日丸一日のオフを確かなものとするため、コンサートの合間を縫ってできる収録は全て前倒しで詰め、後輩達の指導や試験の立ち合いをこなし、さらに事務所あげての毎年恒例夏休み大コンサートの今年の分の企画をまとめあげ、と、八面六臂《はちめんろっぴ》の活躍を見せていた。

あまりのハードスケジュールに、一日と言わず一週間ぐらいオフにしていいんじゃ、と方々から言われた雪菜だが、明日のオフを終えればすぐに海外ツアーだ。むしろ、夏休み前に顔合わせをするとなると、ここぐらいしかタイミングがなかったのである。

十三歳の時に日本でデビューしてから、来年で三十年。映画やドラマ、バラエティ番組などにはほとんど出演しないのに、いまだに案外休めなかったりする雪菜であった。

「なんだか相当無理をなさったようですが、どうしてそこまで？」

「えっと、その質問に答える前に、一つだけ。いくら娘のお友達だっていっても、本来は初対面でしかもちゃんと社会人として活躍してる方にどうなのか、とは思うんだけど、かえって気を使わせそうだから普段どおりの口調でお話しさせてもらうね」

「それはもちろん」

「で、香月《かづき》達也さん、でいいんだよね？　香月さんの質問に答えるなら、娘のお友達で恩人である皆さんに、一度直接会ってお礼を言いたかったから、がんばってスケジュールを調整したの。本当は、平日じゃなくて土日に合わせたかったんだけど、こっちの日程がどうしようもなかったうえに、春菜の話だと予定があったみたいだし、割り切ってわがままを聞いてもらうことにするしかなかったの。この埋め合わせは必ずどこかでするから、許してくれると助かるよ」

真面目な顔でそう告げ、綺麗《きれい》な所作でお辞儀をする雪菜。春菜もそうだが、こういうところに育ちの良さが端々からにじみ出ている。

「娘を、春菜を助けてくれてありがとう。多分、この子一人だったら、心が無事なままこっちに帰ってくることはできなかった。私達が親失格なせいもあって、年の割にはしっかりしてる娘だけど、やっぱり未成年で未熟なところはいっぱいある。だから、皆さんがいなかったら、どうなってたかは分からなかったと思うの」

「頭を上げてください。娘さんに助けてもらったのは、あたし達も同じです。っていうか、こちらこそ春菜がいなかったら、無事に帰ってくるどころか生活の面でどこかで行き詰まってた可能性が高いですし」

「ん。むしろ、ボク達のほうが春姉に助けてもらってる」

真剣に、全身全霊をもって感謝を告げてくる雪菜に、反応に困って大慌てで本音を告げる真琴と澪。正直、助けられていたことのほうが圧倒的に多い自覚があるだけに、そこまで全力で感謝されると居心地が悪いにもほどがあるのだ。

「雪菜さん、大げさなお礼とかはそれぐらいにしてはいかがですか？　皆様がお困りですよ？」

「うん、そうだね。あと、荷物ここに置いたままあまり長く話しててもあれだから、お茶飲んで一服したら部屋に案内するよ」

「あの、それは基本的には私の仕事なのですが……」

「お仕事取っちゃうのはいけないことだって分かってるけど、今回は譲ってもらっていいかな？」

「どうぞ。実は雪菜さんがすでに帰宅なさっていた時点で、そうなると思っていましたし」

雪菜のわがままに、笑顔でそう答えるいつき。アイデンティティに関わる問題なので一応主張しただけで、案内のように主人が行わなければいけないこともある仕事や料理などの趣味が絡む仕事に関しては、実のところそこまで自分の仕事だというこだわりはないのだ。

「あと、話しておかないといけないことは……。っと、そうそう」

「何、お母さん？」

「部屋割りだけど、水橋《みずはし》さんと溝口《みぞぐち》さんは、蓉子《ようこ》ちゃん達と同じように春菜と同室でいいの？」

「あ、そうしてくれると嬉《うれ》しいかな。向こうだと結構そういう部屋割りも多かったし」

「了解。だったら、香月さんと東《あずま》さんも男性部屋を用意して同室でいいのかな？」

雪菜に言われ、若干考え込む宏と達也。出した結論はというと……。

「なんとなく、カルチャーショック的な意味で一人一部屋は怖い気がしないか？」

「せやなあ。っちゅうことですんで、兄貴と一緒にしてもろてええですか？」

であった。

「それで問題ないよ。いつきさん、お部屋の準備はどうなってるの？」

「どのパターンでも可能なように進めてあります」

「OK、ありがとう」

できる使用人ぶりを発揮しているいつきに笑顔を見せ、自分で淹《い》れたお茶を美味《おい》しそうに飲む雪菜。なんだかんだ言って意外と長話になってしまったものの、まだそれほどお茶は冷めていない。というよりむしろ、飲む分には適温である。

「あっ、このクッキー美味しい」

「それ、さっきの収録の時に差し入れでもらったやつなんだ。もらい物を出して申しわけないんだけど、美味しかったからつい、ね」

「へえ？　どこのお店の？」

「えっと、確かベル・モンジュって言ってたかな？　東京のお店らしいよ」

「ん～、私は知らないかな？」

有名店というものに興味がない春菜と雪菜のやり取りをよそに、店の名前を聞いて動きが止まる達也と真琴。

実はこのクッキー、開店前から並ばなければなかなか買えないことで有名な洋菓子店の、それも看板商品と言えるものである。一応ネット通販などもしているが、毎日注文が規定数に達すると容赦なく打ち切るうえに一日の受け付け開始が妙な時間なので、一般人が手に入れるには厳しい店のものなのだ。

そんなものが普通に差し入れとして持ち込まれるところが芸能界の芸能界たる所以《ゆえん》なのだろうが、芸能人の感覚がいろいろずれているのも納得できてしまう話である。

「というか、よくこれ余りましたよね？」

「スタッフも出演者も少ない収録だったからね。それに、今日はお客さんが来るからって話をしてあったからか、気を利かせて私の分は別個に用意してくれてたみたい」

「うわあ……」

入手困難なお菓子を手土産として勝手に用意してくれる。その特別扱いぶりに、やはり目の前の面白おかしい性格をした美女が超大物であることを実感してしまう達也。

そんな達也の感慨をよそに、どこかずれた母娘の会話は続く。

「でも実のところ、今まで大抵のところで一番人気だったのって、春菜の作るお菓子とかお料理だったりするんだけどね」

「へえ、そうなんだ」

「うん。たまたま春菜の顔見たことがある何人かが、前に差し入れしてくれたお重のおかず食べた瞬間に『結婚したい！』とか叫んでたよ。割と本気の子もいたけど、うちの娘は恋愛がらみではものすごくポンコツだから多分無理だと思うよ、って言っておいた」

「まあ、確かに芸能界の人とは大体無理だと思うけど、その言い方はどうかと思うんだ、私」

「恋愛関係ではポンコツだった私と電波系なスバルの娘なんだから、普通に無理っしょ？」

否定できない根拠をもって実の母にまでポンコツ認定され、自分の家にいてさえがっくりする羽目になる春菜。

そこまで救いようのないほどポンコツなのか、と聞きたいところだが、それを聞くとトドメを刺されそうで踏ん切りがつかない。

「私はもう方々で言われてるから自覚せざるをえないけど、その根拠だと深雪もポンコツってことになるよね？」

「あの子はあの子で、恋愛関係はかなりポンコツだと思うよ。春菜とは全然方向性が違うけどね」

もう一人の娘について、そう力強く断言する雪菜。どうやら、藤堂家の女性はどう転んでも恋愛関連がポンコツになる運命からは逃れられないらしい。

「さて、そろそろお茶も空になってみんな落ち着いたみたいだし、芸能人お宅拝見のコーナーにうつろっか」

「ボクもそのネタ一瞬考えたけど、本人の口から言われると突っ込みづらい……」

「因《ちな》みに、向こうの芸能界向けスペースは、スバルが昔に出演した番組で一度公開されてたり」

「あっ、それ見たことあるかもしれません。確かあたしが高校生ぐらいの頃だった気が……」

「うん、そんなもんだと思うよ。だって、春菜がまだぎりぎり小学生だったし。まあ、私は仕事でいなかったから、どんな撮影してたか全然知らないんだけどね」

そんな話をしながら、まずは寝泊まりする予定の部屋へ案内する雪菜。

その部屋からしてすでに庶民が夢想するあこがれの部屋より数段立派で、フェアクロ世界にいた頃の自分達を棚に上げて遠い目をする宏達であった。

☆

「むう、出遅れた！」

そんな声が家に響き渡ったのは、藤堂家のプライベートエリアを三割ほど見学し終えたあたりのことであった。

「あ、深雪が帰ってきたみたい」

「ああ、なんぞ変なこと目論《もくろ》んどるらしい妹さんか」

「うん。いろいろ不穏で不安な感じのこと考えてそうな妹」

春菜や雪菜とよく似た、だが聞き比べれば一発で違いが分かるその声を聴いて、割と言いたい放題なコメントをする宏と春菜。そんな宏と春菜の様子を、ニコニコとニヤニヤの中間ぐらいの表情で見守る雪菜。

そんな中、銀髪に青い目の雪菜をそのまま十代前半ぐらいまで幼くした感じの顔だちの女の子が、何かを取り繕おうとしているような態度で宏達の前に姿を現した。

若干真琴より高い背丈と、エアリスには負けるが中学二年の平均は大きく超える胸部装甲が姉妹を感じさせる。

どう考えても、彼女が春菜の妹の深雪であろう。

「ただいま！」

「おかえり。それで、何が出遅れたの？　というか、何を仕込もうとしてたの？」

「どうせ今から仕込んだところで不発だから秘密」

「別にお母さんはそれでもいいけど、黙ってると後々お姉ちゃんが怖くなる可能性がなくもないから、正直に話したほうが身のためだと思うよ？」

どことなく挙動不審なまま姿を見せた深雪に、雪菜がそう告げる。

そんな雪菜の言葉と、一見普段と変わらぬように見えるのに、やたら背筋に冷たいものが走る何かがにじみ出ている春菜の様子に、肩を落として降参する深雪。

しぶしぶといった感じで、鞄《かばん》の中に隠してあったいろいろや、後ろ手に隠し持っていた紙袋の中身を見せる。

「こういうのを寝室に仕込んで、お姉ちゃんの彼氏やお友達の反応を見ようと思ってたんだ」

「……古今東西のいたずらグッズがぎっしり。というか全部知ってるけど、ボクは半分ぐらいは現存してないと思ってた」

「こっちは漫画ね。中身は中学生が買っちゃダメな系統の、それも結構どぎついやつが半分ぐらいね。残りの半分は今時の中学生が読むとは思えない、絵柄も内容も濃くて泥臭い類《たぐい》の色気とかエロスとか甘酸っぱさとかが皆無って感じの作品だわ。全部カバーを入れ替えてあることとか、BLから百合《ゆり》、スポ根、最低野郎な感じの作品まで幅広く取り扱ってることとか、いろんなところで無駄に芸が細かいわね」

「こいつは写真集か？　……コラ写真集なんて、見たのいつ以来だ？　っつうか、やたらと高度な技術使って自然な感じで春菜の顔を合成してるが、わざわざこんな技術使ってまでエログラビアに春菜の顔を合成する意味はあったのか？」

「あたしにも見せて。……確かに合成技術はすごいけど、使ってる素材が駄目ね。本物のほうが圧倒的にスタイルも脱いだときのエロさも上よ、これ」

「さすがに、そのあたりは俺らには判断できねえからなあ。つうか、さっきからヒロが何もコメントしてねえんだが、何見てんだ？」

達也に振られて、手に持っている何かから視線を外す宏。その手には、コースターのようなものがあった。

「いやな、これ竹細工のコースターらしいねんけど、市販品にしては作りが荒くて一般人が作ったにしちゃようできとるから、誰が作ったんかなあ、思ってな」

そう言って、手に持っていたコースターらしい何かを見せる宏。

確かにそのコースターはよくできていた。

「あ、それわたしが友達と一緒に作ったの」

「ほほう。まあ、春菜さんかてこういうの器用に作っとったから、驚くようなこっちゃあらへんわな」

「というか、これだけネタ仕込んであるのに、特に仕込みに使うつもりもなかったものに食いつくなんて、お兄さん結構変わってるね」

「兄貴らがチェックしてくれるっちゅうんが分かっとって、あんな見える地雷に反応してどないすんねん。っちゅうか根本的な話としてや、初めてお邪魔した家で置いたある漫画とか写真集に勝手に手ぇ出すとか、そんな非常識な真似するほどガキやないで」

「うわ、一番根本的なところをつつかれた……」

宏の指摘に、姉によく似た感じでがくりとする深雪。妙なところで春菜との血のつながりを感じさせる娘である。

「論評が終わったなら、案内の続きしていいかな？」

「あ、そうですね。お願いします」

「はーい。深雪は着替えて、晩ご飯まで大人しくしてなさいね」

「うん。お母さんに言われなくても、お姉ちゃんが怖いからそうするつもり」

雪菜の言葉に素直に従い、仕込もうとしていたものを回収してから、宏達に一つ頭を下げて自身の部屋に戻る深雪。

それを見送った後、真琴がポツリと呟く。

「別にどうでもいいことなんだけどさ、あたし達がどういう部屋割りでどこの部屋に泊まるのか、とかさっきまで確定してなかったのに、用意してたネタアイテムをどうやって仕込むつもりだったのかしら？」

「ん～、まあ、うちの場合、家の中のことに関しては、いつきさんを抱き込めば結構どうにかなることも多いから、あのぐらいのいたずらならなんとかなるんじゃないかな、と思う。ただ、今日はもうお母さんがすでに余計なネタを仕込んでたから、深雪のいたずらにまで協力するかどうかはかなり不透明だとは思うけどね」

「なるほどねえ。っていうか、いつきさんもそういうのに付き合うのね……」

「それなりにいたずらとか好きだからね」

春菜の説明を聞き、世の中の奥の深さに思わずうなってしまう真琴。お手伝いロボに対する考え方もいつきに対する印象も大きく変わる話だ。

「溝口さんの疑問を春菜が解消してくれたことだし、次行ってみよっか。スタジオにカラオケルームにトレーニングルームは見せたから、次はプールかホームシアター？」

「その手の施設は全部あるだろうなとは思っていましたが、プライベートエリアにも完備とは思いませんでした……」

「さすがにプールは芸能界向けエリアと共用だけどね。やっぱりその手の設備は充実させておかないと、いつ秘密のトレーニングが必要になるか分かんないし」

達也の正直な感想に、不敵な笑みを浮かべながらそう胸を張って断言する雪菜。芸能界向けエリア自体は大半が見栄と社交のためのものではあるが、それでも一応必要性と必然性はあるのだ。

「あ、そうそう。もうちょっとしたら晩ご飯だけど、先に一つ謝っておかなきゃ、って」

「お母さん、いったい何仕込んだの？」

「仕込んだっていうか、ちょっと好奇心がうずいたメニューがあって、それ食べるための口実にさせてもらったというか」

「本当に、いったい何を用意したの……？」

「言うとお客様が萎縮《いしゅく》しちゃいそうだから、後で種明かしってことにさせて。詳細聞いたら『馬鹿じゃないの？』って思うような類のメニューだけど、変なものじゃないことだけは断言するよ」

いろいろ不安になるようなことを言い出す雪菜に、深く深くため息をつく春菜。

さすがに客人相手にゲテモノ系珍味とか、一般人が食べられないようなものを出すほど非常識な母ではないが、逆にいえば一般人でも普通に美味しく食べられるメニューでいたずらを仕掛けることはある。

萎縮するという単語から今回は値段方向だろうが、値段ではなく料理する人材だったり一部食材が昔から食べられているジビエ系のものだったりと、失礼にならない範囲でいろんな方向から妙な遊びを仕込むのだ。

「……まあ、今は追及しないでおくよ」

「ん、ありがとう。じゃあ、次に行くよ。場所的に、プールからホームシアター、書庫って感じで回ればいいかな。お風呂は入るときに案内でいいよね？」

「それでいいと思うよ」

いろいろ不穏なものを残しつつ、金持ちの邸宅というイメージそのままの設備が完備された大豪邸を案内する雪菜であった。

☆

「初めまして。春菜の父の、藤堂スバルです」

お宅拝見も終わり、夕食の席。先に食堂で待機していた春菜の父・スバルが、席を立ってそう挨拶してきた。

雪菜とは結構な歳の差がある、そろそろ五十の声が聞こえてきている男だが、上で見ても四十手前ぐらいにしか見えない程度には、かつての線が細い美少年だった面影はそこかしこに残っている。そういった部分も含めて、どこか浮世離れした雰囲気を持つダンディである。

そんな彼でも、元の歳の差に加え雪菜の外見が異常に若いこともあって、並んで立つと下手をすれば親子に見えなくもないのが、この一家のややこしいところであろう。

因みに、この男の最大のポイントは、このなりでドラマーであることだ。曲を選べば雪菜とどうにかデュエットできる程度の歌唱力があろうと、ソロアルバムを二枚ほど出していようと、あくまでドラマーなのだ。

「初めまして。クラスで仲良うさせてもらってます、東宏です」

「君の話は娘からよく聞いているよ、神様」

一同を代表して一番最初に自己紹介をした宏に対し、そんな素《す》っ頓狂《とんきょう》なコメントをするスバル。あまりに素っ頓狂なコメントで、しかもそれが口をついて出たことにまったく違和感を感じないその人間性に、思わず雪菜と春菜のほうに視線を向ける。

その視線を受けて、苦笑を浮かべる雪菜と春菜。いつの間にか来ていた深雪も、少し恥ずかしそうにぺこぺこと頭を下げている。

藤堂家の女性陣の反応を見て、どうやらそういう人物らしい、と割り切って自己紹介を続ける宏達。全員が本質を捉えていながらもコメントに困る呼び名をいただいたところで、そろそろ料理を始めて大丈夫か、という厨房《ちゅうぼう》からの確認が入る。

「始めてもらって」

「分かりました」

雪菜の許可を受け、内線で厨房に始めてほしい旨を伝えて一番下座となる席に着くいつき。

この件については裏で雪菜といつきの間でひと悶着《もんちゃく》あったのだが、最終的には雪菜の意向が勝り、使用人であるはずのいつきも同席して食事をすることになってしまったのだ。

「なんだか、ケータリング系の夕ご飯って久しぶりだよね。お姉ちゃんのお友達が来てるから？」

「それを口実に、内容はまともなんだけど誰が頼むんだろう的な意味で、好奇心がそそられたものを頼んでみました」

「初めてここに来た人に、その仕打ちはひどいと思う」

「大丈夫大丈夫。メニュー自体は、ちょっと本格派っぽい演出してるレストランで普通に出されてる感じのものばっかりだったから。特殊なのはせいぜい、和洋中が折衷になってて品数が多いことぐらいかな？」

一応常識人的な抗議をした深雪が、それを聞いて矛を収める。このあと起こるであろう反応も予想できるが、今から口にするのも野暮であろう。

そんな話をしているうちに各種カトラリーが並べられ、本日のメニューカードと先付《さきづけ》、食前の飲み物が運ばれる。

「それでお母さん、必要ないと思うけど乾杯する？」

「ん～、そうだね。せっかくだから、今日の良き出会いに乾杯しよっか」

春菜に問われ、雪菜がそう答える。スバルに確認がいかないのは、主催したのが雪菜でスバルは便乗した形になっているからである。

雪菜の言葉に全員が頷き、こういうときの作法に従って乾杯の音頭に合わせて軽くグラスを掲げる。

宏達庶民組がこのあたりの作法を知っていた理由は単純で、春菜に教わっていたからである。

そのまま先付に箸をつけ、ほぼ同時に運ばれてきた洋風の前菜にふかひれスープ、和洋中折衷の八寸、盛り付けの時点で凝っているサラダを順番に平らげていく。

「あ～、僕の妖精さんが何を頼んだのか、大体分かったよ」

「あ、やっぱり？」

「確かに、こういう口実でもないと馬鹿みたいなことにお金使ってる気分になって試しづらいね」

「でしょ？　しかも、好奇心だけでやっておいてこんなこと言うのもなんだけど、大方予想どおりな感じだったし。お客様の反応も予想どおりだよ」

ここまでに出てきた料理を食べ終え、次の料理が出てくるまでの隙間《すきま》の時間。

ちょうど給仕に控えていた人間も皿を下げるために席を外しており、少々辛辣《しんらつ》なことを言ってもいいタイミングに、スバルと雪菜が夫婦で結構きついコメントを漏らした。

なお、スバルが雪菜を妖精さん呼ばわりするのは出会った頃からのことであり、今でも事あるごとにそう呼んでいる。

もうずいぶん昔の時点で本人も周囲も慣れており、またスバルの容姿や雰囲気、中身などからこの手の言動が痛く感じずキザにも見えないこともあり、もはや誰も何も言わなくなっている。

この家庭環境で、春菜と深雪がこの点において普通の感性をしており、父親というのはすべからく妻を妖精さんと呼ぶものだと思わずに育っているのは、ひとえに周囲の教育のたまものである。

「まあ、これ以上正直なコメントをするのは、料理に来てる人達が帰ってから。一応料理のレベルは十分すぎる水準だし」

雪菜にそう釘《くぎ》を刺され、苦笑しながら頷くスバル。

実際、ここまでの料理も、これを不味《まず》いと言ったら刺されるレベルには達している。好みの問題はあろうが、高い金を出す価値は十分にある。

単に、この場にいる人間全員、もっと美味《うま》いものを知っているだけである。

「それにしても、こんな日が来るとは思わなかった」

地雷が山ほど埋まってそうな話題を早々に切り上げ、しみじみとした口調でスバルが語りだす。

今発言すれば、つられて余計なことを言いそうだと思っていた宏達は、渡りに船とばかりにスバルの語りに耳を傾けることにした。

「いずれ来るはず。そうは思っていても、正直な話、春菜が友達じゃなくて好きになった男の子を連れてくる日が来るとは、今日が来るまでずっと想像できなかった」

「あ、それは私も思ってた」

「好きな人ができたって聞かされたとき、僕の大事な小妖精さんを連れていく男が誰なのか、気になってしょうがなかったけど……」

そこまで言って宏をじっと見つめた後、小さく、だが深く深くため息をつくスバル。

普通なら考えなくても失礼な行為だが、宏をけなす意図をもってのため息ではないからか、不思議なまでに失礼さを感じさせない。

「会ってみて思ったよ。僕の大事な小妖精さんが、彼を射止められる日が来るのだろうかって」

「いや。そこは普通、こんなダサくてさえんヘタレ男なんぞに、っちゅう反応になるもんやと思うんですけど……」

「それは、いくら何でも君自身とうちの関係者を甘く見すぎだよ。世間の反応はどうか知らないけど、僕や妖精さん達が身内認定している大人が、君を見て侮った反応をするなんてありえない」

「え〜……」

スバルの物言いに、思わずそんな声を上げてしまう宏。

なんだかんだと言いながら実績を見せつけてきたフェアクロ世界の人達ならともかく、こちらの世界の、それもスバルのような大物に分類されるであろう人物に、そんなことを言われるとは思ってもみなかったのだ。

「とりあえず、一つだけ、神様にお願いしておきたいことがあるんだ」

「お願い、ですか？」

「うん。春菜から君の事情について軽く教えてもらってはいる。それを踏まえたうえでのお願いなんだけど、君を縛っている事情をどうにか克服できたとして、それでも春菜と夫婦になるのが無理だと思ったら、ちゃんときっぱり振ってあげてほしいんだ」

「……また、いきなり話がすっ飛んだうえに、やたらヘビーな要求してきますなあ……」

「そうしないと、多分春菜はいつまでも君に執着するよ。なまじお互いにあふれるほど時間があるだけに、区切りをつけることができないだろうしね」

スバルの指摘にどうとも答えることができず口を閉ざす宏と、うつむいてしまう春菜。

そんな二人に視線を往復させ、真琴が首をかしげる。

「この二人が別れるとか、どうにも想像できないんだけど……」

「恋人や夫婦になれるかどうかと、家庭を作れるかどうかは別問題だからね。夫婦という形にはなれなくても、仲良く共同生活をしている人もいるし、一緒に暮らさないほうが上手《うま》くいくカップルもいる。それに、そういう間柄になれないからって、完全に縁を切ったり敵対したりしなきゃいけないわけでもないしね。そもそも、今更振った振られたぐらいでどうにかなるほど、僕の小妖精さんと神様との絆はやわじゃないでしょ？」

ポツリとこぼした真琴の疑問に、スバルがそう答える。

そのなんとも深い言葉に返す言葉もなく、あーともうーとも取れるうなり声を上げる真琴。

現状、もはや誰一人として、それこそ宏を恋愛的な意味で好きな澪やエアリスですら疑っていなかった、宏と春菜がいずれくっつくであろうという未来。スバルはそれに対して初めて、それなりに説得力を感じさせる理由で異を唱えたと言えよう。

その内容に、宏達は誰一人まともな答えを返せなかった。

「今すぐ答えを出さなきゃいけないことでもないから、そんなに難しく考えることはないよ。あんなことを言っておいてなんだけど、そもそも人間のタイムスケールや現代人の価値観で物を考える必要すらないと思ってるし」

「ねえ、スバル。言いたいことは分かるんだけど、今わざわざ脅さなくてもいいんじゃない？」

「なんとなく、世間一般の娘を持っていかれそうになってる父親のマネ、みたいなことをしてみたかったんだけど、駄目だった？」

「世間一般の父親は、駄目そうならきっぱり振ってあげてなんて言わないと思うんだ」

重くなった空気を茶化すように、雪菜がスバルを窘《たしな》める。正直な話、内容が先走りすぎているうえに、雪菜的には親が口を挟む種類のことでもないと思えて仕方がないのだ。

「次の料理も来たし、そういう楽しくない話はお風呂ででもしててよ」

「そうだね。バンドメンバー以外と男湯に一緒に入るのは久しぶりだし、そうさせてもらうか」

次の料理が並んだのをきっかけに、話題を切り替える藤堂夫妻。そのまま、日頃のポンコツエピソードなどで軽く娘をへこませつつ、和やかに食事を進めていく。

その後は順調に会話も料理も進んでゆき、無事に食後のお茶も二杯目となったところで、雪菜が苦笑交じりに確認を取ってくる。

「で、どう思った？」

「……そうですね。美味しかったのは、美味しかったですよ」

雪菜の問いかけに、慎重に言葉を選んでそう答える達也。達也の答えの裏にあるものを察し、スバルも苦笑しながら頷く。

「いろいろとものすごく工夫してあって、どの料理もものすごく手が込んでた」

「うん。正直、毎日のご飯にあのレベルの工夫はちょっとできないよね」

「食材も、かなりええのを使うとる感じやったな」

「ん。そういうの横においても、すごく美味しくはあった」

腹の探り合いをするように、気がついたことをコメントしあう澪と春菜、宏の料理人組。いろいろ思うところはあるが、すごく美味しいに分類できること自体は間違いないので、自分の口から決定的な評価を表に出すのは躊躇《ためら》いがあるのだ。

「料理人の皆様が、お帰りになられました」

「そっか、ありがとう。もう本音を言っていいよ」

二杯目のお茶が行き渡ったあたりで席を外していたいつきが、雪菜にそう連絡を告げ、その連絡を受けた雪菜が、意地の悪い顔で宏達に本心を言うよう促す。

その言葉に顔を見合わせ若干牽制《けんせい》しあうような態度を見せた後、食い専の真琴が正直に答える。

「そうですね。こっちに戻ってきてからは食べてないので断言できませんが、宏や春菜、澪だったら向こうの微妙なレベルの食材でもこれより美味しい料理を普通に作るかな、と」

「お姉ちゃんだったら、普通にスーパーのセール品でもこのレベルの見た目と味は出すよね。特に最近は、好きな人ができたからかどんどん腕を上げてるし」

真琴の正直な感想に深雪が乗っかり、身も蓋《ふた》もない評価を下す。

「というか、和食のメニューはスバルでも十分できるんじゃない？」

「最近研鑽《けんさん》の時間が減ってるから、ちょっと自信はないかな？」

「そう？　でも、百人に食べさせて八十五人から九十人は区別がつかないところには持っていけるよね？」

「さすがにそれぐらいできないと、せっかく仕込んでくれたおじいちゃんに申しわけが立たないよ」

聞かれて困る相手がいなくなったと分かったとたん、言いたい放題になる藤堂家の皆様。そんな家族の反応に苦笑しつつ、春菜が今日の料理がどういうものだったのか確認する。

「それで、お母さん。いったいどんなものを手配したの？」

「ん？　ああ、ちょっと小耳にはさんで気になってた、一人前二十五万円の和洋中折中コース（税抜き）。因みに、料理人や給仕の人の出張費も込みだけど、コーヒーと紅茶以外の飲み物は別料金」

「……あ～、うん。確かにお母さんが好奇心を刺激されるのも、こんなことにお金使って馬鹿じゃないのって思われる覚悟が必要なのも、今回みたいな口実でもないと積極的に頼む気になれないのもよく分かったよ」

「でしょ？　しかもね、注文する条件として、専門的なキッチンがあること、っていうのがあってさ。料理人が最低三人必要とか給仕の人とかそういうのを踏まえて人件費計算しても、どうやったらこの値段になるのかさっぱり分かんなくてね。つい好奇心に負けて、注文しちゃった」

「……まあ、全然思いつかなかった工夫も見れたから、値段に見合ってるかどうかはともかく無駄なお金でもない、っていうことにしておくよ」

春菜の言葉に、どことなく満足げに頷く雪菜。

「……やっぱ金持ちは怖えなあ……」

「そうね…………あたしのお金はあぶく銭だってよく分かるわね……。全員分で普通に新車のファミリーカーが買えちゃう値段を、好奇心を満たすために出せるとか……」

「向こうやったらともかく、こっちでその金銭感覚にはよう付き合わんで……」

「ん。というか、春姉が日頃普通の金銭感覚なのか、非常に謎……」

あまりに庶民感覚からかけ離れたお金の使い方に、思わずドン引きする達也を筆頭とした庶民グループ。

それに気がついた春菜が、慌てて言い訳を口にする。

「っていうか、いつもこんなことしてるわけじゃないよ!? そもそも私、こういう種類のおねだりとかしたことないよ!?」

「そうだね。うちの場合、こういう種類のお金かかるおねだりは大体深雪のほうね。春菜のこれまでのおねだりで一番高いのが貸し農園だから、お母さん的にはちょっと寂しい気分になるよ」

「あ、お母さん、今わたしを悪者にしようとした。確かにお姉ちゃんはあんまりおねだりしないけど、その代わりおねだりされると全力を出すから、下手するとわたしのおねだりよりお金かかってるはずよ」

「春菜にお金かけられるときにはそうしてるけど、全部がそうじゃないから、やっぱり深雪のほうがお金かかってるよ」

春菜の言い訳を叩《たた》き潰《つぶ》すようなことを言う雪菜と深雪。その言葉に、というより、知らないところで自分にも大金がかかっていたことに対し、またしてもがっくりしてしまう春菜。

どうやっても金がかかる女であることから脱却できないのは、宏と行動するうえでかなりの不安要素である。

「春菜も皆さんも、金持ちはお金使うのも仕事だってことで諦めて」

「今回の場合、問題なんはその使い道が引く種類のもんやっちゅうことやと思うんですけど……」

「だから最初に、『馬鹿じゃないの？』って思われそうなことしてる、って断ったじゃない。食べた感想を言えば、二度目はないけど」

「あかん……。やっぱ、金持ち怖いわ……」

「うん……、自分の親ながら、私も今更思い知ったよ……」

雪菜の言動に、思わず全力で引いた発言をする宏と春菜。特に春菜は、今までの甘やかされぶりを今更ながらに突きつけられたこともあり、自分でも恩知らずだと思いつつも他の反応ができずにいるようだ。

結局、この日と次の日は、雪菜の庶民と金持ち両方に対応可能な謎の金銭感覚と、ついでとばかりに紹介されたいろんな意味でグレイトな関係者達に、これまでの価値観を完全に粉砕されることとなったアズマ工房日本人チームであった。

第8話　そら、素人にはお勧めできんメニューやからなぁ

「さて、まずはどこから顔出すか、やな」

「スルーしたところとか行ったことがないところとか、結構いっぱいあるよね」

「せやな。っちゅうか、行ったことないっちゅうと、こっちの世界の大部分は行ったことあらへんけどな」

雪菜《ゆきな》のオフに付き合わされて散々振り回された翌日。神の城に集合した宏達《ひろし》は、春菜《はるな》を探しにフェアクロ世界に来ているという知り合いを探す旅を始めることとなった。

なお、詩織《しおり》は割り込みで入った別件が長引いて、日曜まで出先で拘束されるのが確定している。そのため、残念ながら今回は不参加だ。

「しらみ潰《つぶ》しにやると時間がかかるってレベルじゃなくなるし、春菜が神の城の機能でスキャンかけて見つからない以上、異界か、もしくはダンジョン化してる空間に絞っていいと思うんだが、どうだ？」

「そうだね。通常空間にいるなら、神の城のスキャンで分かるはずだし、神域とか隠れ里とかその類《たぐい》のフィールドにいることだけは間違いなさそうだよ」

達也《たつや》の提案も兼ねた確認に、春菜が同意する。

「じゃあ、まずは巡ってないダンジョンで比較的安全そう、とか、隠れ里につながってそう、とか、そういうところを重点的にやる？」

「ん、個人的には、繊維ダンジョンの奥地にあった隠れ里が気になる」

「そうだなあ。今まで行ったところで、明確に確認してない場所ってそこぐらいだよな」

「せやな。心当たりっちゅうほどの心当たりもあらへんし、特に後回しにする理由もないから、まずはそこから回ろうか」

澪《みお》の提案に全員が同意し、最初の目的地が決まる。

そのまま、目的地が決まったことだし準備を、と立ち上がりかけたところで、春菜が声を上げる。

「あ、そうだ。繊維ダンジョン行く前に、ちょっと寄り道していいかな？」

「寄り道？　ええけど、どこに？」

「ルーフェウス大図書館の禁書庫に。もうルーフェウスも落ち着いてるみたいだし、一番最初のエリアにいた守護者さんのところに顔出して、何か美味《おい》しいもの食べさせてあげたいんだけど、どうかな？」

「ああ、せやなあ」

春菜の要望を聞き、なるほど、と頷《うなず》く宏。

春菜が言っているのは、禁書である『フェアリーテイル・クロニクル』を持っていた守護者のことで、ラーメンチャーハン餃子《ギョーザ》セットを食べたいと頼んできたことが印象深い。

もはや大図書館に用はないが、あの守護者に会いに行くのは悪くない。というより、あの守護者は禁書庫の守護者の中で、唯一宏達が好感を持っている相手と言える。

その後ルーフェウスがごたごたしていたことに加えて方々に用事ができたり余計な寄り道をしたりと、大図書館のことを意識しなくなって久しい。が、そのまま忘れて顔を出さなくなるなど、これまでの薄情な学者とどこが違うのかと問われると、宏達としても反論できない。

何より、美味しそうにご飯を食べる存在には、美味《うま》い飯を食わせてやるのが正義というものである。食材も料理の幅も広がっているのだから、守護者にさらに食の楽しみを教え込むのは、もはや宏や春菜、澪のような料理人組にとって義務の領域である。

「兄貴らは、それでええ？」

「ああ、別にかまわんが」

「あたしも別にいいわよ。せっかく話題に上がったのに、ここでスルーとか薄情にもほどがあるし」

「ボクも賛成」

満場一致で大図書館への寄り道が決定する。どうやら、なんだかんだと言って、思い出したら気になってしまうらしい。

「ねえ、達兄《たつにい》。大図書館の話で気づいたんだけど……」

「なんだ？」

「詩織姉《しおりねえ》のスキル、もうちょっとなじんだら一度禁書庫に連れていったほうがいいかも」

「ああ、そうだな。もしかしたら詩織の役に立つ情報とかスキルが手に入るかもしれないしな」

澪の提案に小さく頷く達也。

正直、戦闘スキルはまったく必要ないが、細かいスキルや知識の中には、詩織の仕事や私生活に役立つものがいくらでもあるだろう。

「その辺は、詩織さんを連れてこっちの観光を一通り済ませてからでもいいんじゃないかな？」

「だな」

春菜の言葉に頷くと、今度こそ準備のために立ち上がる達也。達也につられるように、他のメンバーも立ち上がる。

いろいろ準備は必要だが、まずは下着も含めた服や装備を、こちらのダンジョンアタック仕様に着替える必要があるのだ。

「あ、そうだ澪ちゃん。昨日聞きそびれたんだけど……」

「何？」

「今つけてる下着、向こうで買った市販品だよね？」

「ん」

宏達が出ていったのを確認してから、適当な部屋に転移しつつ昨日気になっていたが聞きそびれていたことを口にする春菜。その春菜の問いかけに、内心でもうばれたかと思いつつ、表面上は平静を装ってそう答える澪。

澪の答えを聞いた春菜が、真剣な顔で追及を始めた。

「なんだか、下着に変なエンチャントがかかってるみたいだけど、何かかけた？」

「春姉《はるねえ》には、何重もの意味で関係ない話」

「地球には地球のルールがあるから、関係ないでは済まないんだよ？」

シャレで済まない感じをみせる春菜の表情に、渋々といった感じで澪が口を開く。

「発育促進のエンチャント、下着にかけた」

「発育促進？」

「ん。服にかけると、寿命を減らさない形で体の発育がよくなる。出所は大図書館の例のアレ」

「……なるほど、ね。ちょっと微妙なところだから、天音《あまね》おばさんと相談はしておくよ」

澪のささやかな望みを察し、一応根回しはしておくことにする春菜。きっと大丈夫だとは思うが、何が問題になるか分からないので一度相談しておくべきだろうと考えたのだ。

「ただ、そのエンチャント、本当に害はないの？」

「調べた感じ、そこまで劇的な効果はない。でも、気休めでも少しぐらいは身長取り戻せるはず、多分、きっと」

「……うん、そうだね」

なかなかに切実な澪の台詞に、真面目に頷く春菜。

身長順で整列すると高確率で先頭に来る澪。まだ望みが残っている年齢ではあるものの、劇的に伸びる時期はほとんど終わっている。頭打ちだった巻き戻る前の成長を考えても、真琴《まこと》と並ぶほど背が伸びることはまずないだろう。

それでも、今からこの手の気休めを積み重ねれば、かろうじて百五十センチを超えるかもしれない。そんな藁《わら》にもすがる思いで、澪は手持ちの下着全てにせっせとエンチャントをかけたのだった。

「ちょっと待ってよ、澪。今の話聞いてると、そのエンチャントかけてるの、下着だけなのよね？」

「ん」

「服にはかけなくていいの？　それと、触媒はどうしたのよ？」

「服は規則で病院から借りたものとかもあって、さすがにいろいろと危険そうだったからやめた。触媒はひよひよの抜け毛」

「あ〜、なるほどね」

「あと、身長は望み薄でも、胸とお尻はまだ望みがある」

今までの流れをいろんな意味でぶち壊しにする、澪のもう一つの本音。それを聞いて思わずジト目になる真琴。

「あんたねえ……。大人になったときの姿、十分胸があったじゃないの。あの大人の姿じゃ、満足できないっての？」

「前だと、カップサイズは大きくても、ボリューム的にはボールペンぐらいまでの太さしか完全収納できない」

「よし、その喧嘩《けんか》買うわ」

その種の収納スペースそのものが存在しない真琴が、澪の贅沢《ぜいたく》な言い分に対して宣戦布告を叩《たた》きつける。

その会話を、とりあえず半ばスルーする感じで見守る春菜。立場上、何を言っても油を注ぐ結果にしかならないのだから、ここは余計な口を挟まないに越したことはない。

「えと、事情は分かったから、その話は終わりにしてさっさと着替えて準備しようよ」

「ん、了解」

「そうね」

着々と着替えながら澪と真琴のじゃれ合うような口喧嘩を見守っていた春菜が、頃合いとみて止めに入る。

春菜に窘《たしな》められ、さっさと不毛な会話を切り上げる澪と真琴。

宏達男性陣から遅れること十五分。女性陣はようやく身支度を整えたのであった。

☆

「よう、久しぶり」

大図書館の禁書庫、農村エリア。早速現れた守護者に対し、宏がそんな風に気楽な挨拶をした。

因《ちな》みに、現在ここに来ているのは、宏達日本人チームだけである。禁書庫に関しては守護者の統括個体の試練を終えているので、宏達がどれほど出入りしても危険はない。そのため、ダルジャンが好きに通すようにと図書館側に通達を出しているのだ。

「……ここには、あなた達が必要としている本も、あなた達を必要としている本ももうない」

「自分に会いに来ただけで、別に本探しに来たわけやないし」

「本を探さないのに、守護者に用事？」

「せやで。っちゅうか、必ずしも本探さなあかん、っちゅうこともないやん。図書館の本分から言うたらおかしいんやろうけど」

宏の言葉に、不思議そうに首をかしげる守護者。そのどことなくあどけない様子に、女性陣の顔が和む。

「本探し以外の用があるのは分かった。具体的な用件は？」

「一回ラーメンセット食わせて終わりっちゅうんも薄情やから、なんぞご馳走《ちそう》したろうか、思ったんよ」

「えっ？」

宏の予想外の申し出に、目を丸くして絶句する守護者。

そもそも生き物ではない自分に飯を食べさせるだけでもありえないほど物好きだというのに、さらに用もないのにわざわざ顔を出して食事を振る舞うなど、想定外にもほどがある。基本、システムの一部分でしかない守護者は、本気でそう思っていた。

だが、行動原理が趣味と好奇心とその時の気分に大きく偏っている宏達に対し、その理屈は通用しない。

飯を食わせたいと思った相手には、たとえ人間でなかろうが食わせる意味がなかろうが、容赦なく食わせる。それがアズマ工房の日本人チームなのだ。

「まあ、そういうわけやから、なんぞ食うてみたいもんあるか？」

「……興味があるものは、いくらでもある。ありすぎて、どれから試せばいいのか分からないぐらい、いっぱいある」

「今後も思い立ったら顔出すつもりやから、そんな難しい考えんでもええで」

「……少し、時間が欲しい」

「好きなだけ悩み」

宏の言葉に甘え、いくつかのメニューを口に出しながら悩む守護者。二十ほどのメニューが出た後、ようやく一番食べてみたいものに至る。

「決まった」

「何が食いたい？」

「牛丼」

「またジャンクなとこ突いてきたな。トッピングとかの指定はあるか？」

宏に問われ、またしても少し考え込む守護者。

牛丼、というワードに関連する、知られざる大陸からの客人が残した言葉があったはず、と大急ぎで検索しているのだ。

「……ネギダク大盛りギョク」

「……師匠、素人にはお勧めできない感じの指定だけどどうする？」

「まあ、少々食うても大丈夫そうやし、まずスタンダードなん出してから、ネギダク大盛りギョクにすればええんちゃうか？」

「ん、了解」

明らかに、過去にこちらに飛ばされた日本人が出したであろうネタ。それに苦笑しながら手早く牛丼の準備を進めていく宏と春菜、澪。なかなかのチームプレイである。

なお、今回使う食材は、半ば見切り品と化している普通の肉や野菜である。さすがに初めて食べるものをベヒモス肉で作って、それを基準にされてしまうといろいろと困る。

「サラダとお味噌汁《みそしる》はどうする？」

「食べてみたい」

「は〜い。サラダセット追加ね」

予想どおりと言わんばかりに、サラダと味噌汁を作り始める春菜。なお、味噌汁は分量的な作りやすさとおかわりを想定して、大体三人分ぐらいを作っている。

「早炊きの妙技成功。ご飯炊けた」

「牛丼の具も完成や。まずは、ごく普通の並盛りいこか」

「サラダと味噌汁も用意できてるよ」

次々に供される料理に、無表情なまま目を輝かせる守護者。そんな在りし日の澪のような守護者の態度に、再び顔をほころばせる宏達。

そんな日本人チームの様子を完全にスルーし、恐る恐る一口目を食べる守護者。そのまま、牛丼がどういう食べ物かを悟ったように、サラダや味噌汁、漬物などを交え、時折紅ショウガを足したりしながら一気に最初の一杯をかき込むように完食する。

「なんか、ＣＭにできそうな食べっぷりね」

「朝飯きっちり食ってなかったら、俺らもつられて食いたくなってただろうなあ」

守護者の食べっぷりをニコニコと見守りながら、そんなコメントをする真琴と達也。

現在の時間は午前九時半頃。ほとんどのファーストフードで朝メニューが幅をきかせている時間帯である。

朝食を済ませてから二時間も経《た》っていない今の時間では、さすがに牛丼につられるほどの空腹感はない。それに、日本に戻ってからは、それなりの頻度で牛丼チェーンにも行っているので、そういう面での欲求もない。

「さて、食い終わったみたいやし、次は本命のネギダク大盛りギョク、やな」

「お味噌汁も、おかわりする？」

「欲しい」

守護者の注文を受け、二杯目の味噌汁も一緒に提供する宏と春菜。それを受け取り、先ほどのように豪快に平らげる守護者。途中で少し眉をひそめていたものの、それでも食べる手を止めるようなことはなかった。

「……美味しかったけど、肉が少ないと何となく損した気分」

「そら、素人にはお勧めできんメニューやからなあ」

「提供するほうからしても、ちょっと面倒くさいメニューだしね」

「ん。だから、牛丼屋で忙しいときにやると、店員に目をつけられる可能性が……」

「リアルにありそうな感じだよね、それ……」

守護者の正直な感想に、そんなことを言い合う学生組。

もっとも、そんな話をしている割に、学生組は牛丼チェーンの店に入った経験は乏しい。

宏は飲食店でまともに食事できるようになったこと自体が割と最近で、それ以前となると小中学生なので、ホイホイと入るにはややハードルが高い。

かつての地元の雰囲気からしても、未成年だけでファーストフード系に入って食事したりテイクアウトしたりは高校生以上という感じだったため、結局は親と一緒に二、三回行った程度である。

春菜は春菜で、なんだかんだ言ってお嬢様育ちなので、そもそもファーストフードそのものに出入りすることが少ない。

潮見《しおみ》市の学生割引システムだと地元の個人経営の店で食べたほうが安くつくこともあり、生まれや育ちのイメージほどたくさんの小遣いをもらっておらずアルバイトもしていない春菜の場合、どうしても選択肢に挙がりづらいのだ。

無論、まったくないわけではないが、その場合は大抵が友達とショッピングモールなどに買い物に行った際で、自分から積極的に選ぶことはまずない。このあたりの事情は同年代の血縁関係全員に共通する事情で、春菜が特別気取っているというわけではない。

澪に至っては、そもそもつい最近まで寝たきりだったうえ、それ以前も難病で偏食以外の部分でも食事には難を抱えていた身の上だ。牛丼やハンバーガーのチェーンなどの店は真っ先に選択肢から排除され、どうしても食べたいとなると母親が慎重に塩分などを調整した手作りのものになる。

なので、澪はネットのネタをそのまま流用してはいるが実感は一切伴っておらず、宏達にしても概念は理解しているので作ることこそできたが、実際の店ならどうなのかなどは作った印象で言っているにすぎない。

「それはそれとして、まだ食べる？」

「……もう一杯だけ。今度は大盛りツユダクを試してみたい」

「了解。お味噌汁も、だよね」

「欲しい」

春菜に問われ、素直にそう返事する守護者。普通に考えて食べすぎや塩分などが気になる分量だが、そもそも食事が必要ではない存在なので、そこは気にしない方針である。

「にしても、同郷の人間の言動とか、結構記録に残ってるもんだな」

「そうねえ。この分だと、ゴテ盛りマシマシとかも残ってそうよね」

「真琴姉《まことねえ》、ゴテ盛りマシマシだったら、オクトガルが普通に言ってた」

「オクトガルは横に置いておきましょう。あいつらの台詞って、基本出所不明だし」

「ん、了解」

不毛なうえにどこまでも深淵《しんえん》に引きずり込まれそうなオクトガルの話題を、早々に打ち切る真琴と澪。あの謎生物に関しては、いろいろな意味で気にするだけ無駄である。

「……満足」

「そらよかった。お気に入りは？」

「個人的には普通のが好み。今度機会があれば、ネギダクの時みたいに卵ものせてみたい」

「せやな。っちゅうて、次いつ牛丼やる機会があるかっちゅう問題はあるけど」

「それが難題」

宏の言葉に、やけに真剣に同意する守護者。食事の楽しみを覚えてしまった結果、食べたいものが大量にできてしまったのだ。

「他の人がここ来たときは、できるだけ現地の料理でお題出したげてや。そうでないと、クリアできんし」

「分かってる」

「ほな、また間ぁ見てくるから、そんときまでに次の食いたいもん決めといてな」

「分かった。ゴテ盛りマシマシとかコッサリとかも気になるけど、とりあえずラーメンとどんぶりは優先順位下げる」

「ゴテ盛りマシマシは存在は知っとっても食うたことどころか見たこともあらへんから、ちょっとハードル高いでな……」

「残念」

後片付けをしながら、そんな会話を交わす宏と守護者。

なんだかんだと言いながら、餌付《えづ》けは順調に進んでいるようだ。

「さて、片付けも終わったし、もう行くね」

「ご飯美味しかった、ありがとう」

「うん。じゃあ、またね」

「また」

片付けを終えたところで、さくっと別れの挨拶を交わしてさっさと立ち去る宏達。

一部エリア限定とはいえ、禁書庫の守護者という大物相手に、餌付けをするだけして特に何も要求せずに立ち去っていく日本人チームであった。

☆

「……なあ、ヒロ」

「どないしたん、兄貴?」

「ここまでの素材、わざわざ剥《は》いで回る必要あったのか?」

繊維ダンジョンのボスルーム。もう昼食時も過ぎたというのにまだボスを解体している宏と澪に対して、思わず呆《あき》れたように達也が言い放つ。

「いるかいらんかは関係あらへん。素材があったら回収するんが、うちらのアイデンティティや」

「ん。それに、もはや倉庫の容量とか気にする必要ない。だったら、あるものは片っ端から回収がジャスティス」

「そんな正義とアイデンティティは捨ててしまえ……」

古今東西、生産を志すプレイヤーが等しく持ち合わせている行動原理。それに忠実に従う宏と澪に対し、疲れたようにそう突っ込む達也。

とはいえ、使わないと分かっていてもこの種の素材を捨てられないのは、別に生産系のプレイヤーに限った話ではないのだが。

「宏達にそういうことを言っても無駄だし、諦めなさい」

もはやいつものことなので、肩をすくめてそう達也を窘める真琴。余計な時間がかかるのは事実だが、それ以外に特に困ることはないのだから好きにさせておけばいい、というのが真琴のスタンスらしい。

「それで、あたしいい加減おなか減ってきたんだけど、ここを片してご飯にするの？　それとも、隠れ里に入ってから食べる？」

「そうだね。……ん～、ここまで来たんだったら、隠れ里でスペース借りて、そこで落ち着いて食べたほうがいいかも」

「そうね。今更だから別にそこまで気にはしないけど、さすがにボス解体したその場でご飯食べるのは、避けられるなら避けたいわね」

真琴の言葉に頷く春菜。他のメンバーに視線を向けると、どうやら特に反対意見もないらしい。

「ほな、解体そのものはもう終わるから、回収手伝って」

「了解。さっさと片付けて、さっさとご飯食べに行きましょ」

宏の要請を受け、ばらすだけばらして山積みになっている素材をかき集めては倉庫に収めていく真琴。春菜はすでに、戦闘の都合で飛び散った部位の回収漏れを探す作業に入っている。

一応念のために警戒していた達也も、さすがにもう大丈夫かと判断して、春菜とは反対の方向を確認に向かう。

「……なあ、ヒロ。こいつは回収しなくてもいいのか?」

「どこ飛んどったんか思ったら、そんなとこか。それ高いやつやから回収しといて」

「了解」

「宏君、これ見たことないんだけど、何かに使えそう?」

「……なんか、珍しい状態になっとんなあ。間違いなく素材として使えるけど、どう使うんが一番かは要解析っちゅう感じや」

などと落穂《おちぼ》拾いもそれなりの効果を上げつつ、十分ほどで解体と回収作業が終わる。

「さて、ここを出たら、高確率でピクシーの群れが突撃をかけてくるわけだが……」

「宏君をどうガードするか、だよね」

「上からのアタックは、完璧な防御は不可能」

「とはいえ、素通しはさすがに防がないといけないわね」

以前に来たときのことを思い出し、警戒を強めながら無意識に宏を囲い込むようにフォーメーションを取る達也達。そのまま、慎重に隠れ里へと続く道を進んでいく。

「お客さんだ~!」

「エッチなピクシーはっけ~ん」

「きゃ~、変なタコ型生物が~」

「数の勝負なら負けないの~」

「悪い子はいねぇが~なの~」

隠れ里に足を踏み入れた瞬間、前回と同じように突撃してこようとするピクシーの群れ。今回は高高度からの急降下爆撃コースだったのだが、それを唐突に現れた多数のオクトガルが迎撃する。

次々とオクトガルの触腕に捕獲されていくピクシー達。そのまま、お互い黄色い声を上げながら戯れ始める。

「……なんだろうな。何も変なことはしてねえのに、異常にいかがわしいビジュアルは……」

「あははははは……」

全裸のピクシーをタコ足で追い回し捕まえるオクトガル。双方表情は明るく楽しそうなのに、見た目だけで判断するとびっくりするほどいかがわしい。

「てか、前の時はこいつら、転移してこれなかったわよね？　今回はどうやってここに来たのよ？」

「いろいろあってパワーアップしたの～」

「このぐらいの異界化なら問題ないの～」

「あ～、ますます手に負えなくなった、ってわけね……」

あっさりパワーアップを告げるオクトガルに、思わず頭を抱える真琴。このままでは、どんどんオクトガルに汚染されていない安住の地が減っていく。

「いくらなんでも、地球にまで来るってことはねえだろうな？」

「さすがに世界は超えられないの～」

「異質すぎると弾《はじ》かれるの～」

「地球の防壁は硬いの～」

「でも中から出るのは結構ザル～」

達也の懸念を、妙に残念そうに否定するオクトガル達。どうやら、この謎生物をもってしても、別世界の壁を自由に超えるのは不可能らしい。

「こらこら～。お客様に裸で突撃なんて駄目ですよ～、はしたない」

オクトガル相手にそんな話をしていると、奥から誰かが出てきてピクシー達を窘める。

「……よかった。無事だったんだ」

「……ねえ、春菜。もしかして、探してた人って……」

「うん。私が時間経過的な面で気にしてなかった理由、納得してくれたと思うけど、どうかな？」

「そ、そうね……さすがに幽霊だとは思わなかったわ……」

奥から出てきた半透明の女性を見て、思わず春菜にそんなことを確認してしまう真琴であった。

閑談　春菜と澪の思い出話

「澪《みお》ちゃん、こんにちは」

「あっ、春姉《はるねえ》」

フェアクロ世界から日本に戻ってきてすぐ、澪が海南《かいなん》大学付属総合病院に転院した日の昼過ぎ。澪の病室に、春菜《はるな》が見舞いにやってくる。

なお、今回は治験の経過観察があるため、澪の病室は特別室があてがわれていた。

「……なんか、リアル春姉を見て、ようやくアレが現実だったたって実感した」

「あ〜、何か分かる気がするよ」

澪の感想に、まじめな顔でそう答える春菜。

今朝起きたとき、あまりにも自分の部屋がいつもどおりだったものだから、向こうで過ごした日々は夢だったのではないかと錯覚しそうになったのだ。

もっとも春菜の場合、以前と明確に違う要素がいくつもあるため、その錯覚も一瞬のことではあったのだが。

「師匠は？」

「宏《ひろし》君は今、明日からの治療に関して説明受けてる最中。私は基本普段と変わらないから、先に終わったんだ」

「師匠も来てくれそう？」

「なんとも言えないところかな。説明だけでなくて機器の調整とか事前テストとかいろいろあるみたいだし。多分、今日と明日は顔を出せないと思う」

「むう、残念」

春菜が一人だけ顔を出したことについて、納得しつつも本気で残念がる澪。


二人の想い人である東《あずま》宏は現在、中学時代から患っている女性恐怖症に関して、現状把握と今後の治療のために春菜の親戚である天才科学者・綾瀬《あやせ》天音《あまね》のもとでいろいろ準備中である。

もっとも、飛ばされた先でいろいろあって完治に近いところまで症状が改善しているので、これから行う治療はどちらかというと、こちらの世界に適合するための訓練、その下準備である。

無論、その下準備には春菜との関係についてアリバイ作りをすることも含まれている。

「それで、さすがに昨日の今日だから特に変化はないと思うけど、澪ちゃんは調子どう？」

「ん。びっくりするほど体動かない。あんまりに動く気配がないから、本気で向こうでのことは夢だったんじゃないかって思った」

一応確認したという感じの春菜の問いに、不満そうにそう答える澪。

もともと澪は難病と事故による脊椎の損傷のダブルパンチにより、小学校三年生からずっと寝たきりになっていた。

それが、異世界に飛ばされた際に一度体が治り、健康な生活というものを経験してしまった。

その後、異世界から日本に帰還する際、戻ってきてからの生活に支障が出ないようにと、飛ばされた時間の数分後に戻ってきたため、飛ばされる前の状態に肉体が巻き戻されてしまったのだ。

「正直、体動かないことより、ご飯食べられないことがつらい……」

「あ〜、だよね……」

「焦っても仕方ないけど、早く動けるようになりたい……」

澪の切実な訴えに、どうしたものかと悩んでしまう春菜。

病気の関係もあって、澪は基本的にずっと点滴で栄養を取っていた。

なので、仮に今すぐ体が動くようになっても、固形物は胃が受け付けないのは間違いない。

はっきり言ってどうにもならないのだが、向こうの世界で食べることの喜びを知り、メンバーの誰よりも食べることが好きになった澪にずっと我慢させるのもかわいそうで仕方がない。

「……当面は、『フェアクロ』で我慢してもらうしかないかな……」

「ん。でも、病院のVR機器だと、味覚まわり制限入るから……」

「そうなんだ？」

「ん」

知られざるVR機器の仕様に、思わず目を丸くする春菜。

バイタルデータに問題が出てくるからか、入院患者が使用可能なVR機器はフルダイブの接続時間制限が緩い代わりに、感覚まわりにいろいろ制限がかかっている。

その内容は患者ごとに違うため、それぞれのケースに合わせて病院側が調整しており、澪の場合は味覚と触覚の一部が制限されている。

「でも、教授がVR機器を普及させてくれたおかげで、寝たきりでも退屈せずに済んでる」

「それ以外でも、VR機器の開発と普及で医療環境がよくなった事例はいっぱいあるみたいだよ。

天音おばさんの話だと、本格的な大規模テストを病院でやった結果、応用できることが山ほど出てきてものすごくせっつかれて、生産開始から数年は医療機関に全部持っていかれてたらしいし」

「そうなんだ？」

「らしいよ。っていっても、私が生まれる前の話だけど」

ＶＲ機器の普及に感謝する澪に対し、そんな豆知識を口にする春菜。

その流れで、技術史的な話題でしばらく盛り上がる。

「そういえば、春姉。春姉は最初、師匠と同じ場所に飛ばされたんだよね？」

「うん。まあ、同じっていっても正確には百何十メートルかずれた位置だったけど」

「よく覚えてないけど、ボクと達兄《たつにい》も三十メートルぐらい離れて倒れてたらしいから、それぐらいは同じ場所と言っていいと思う」

「まあ、他の人の事例を考えたら、同じ場所でいい範囲だよね」

妙に細かいことを言い出した春菜に対し、突っ込みを入れる澪。

その突っ込みに、苦笑しながら同意する春菜。

森の中だったためお互い視認できなかっただけで、クマから走って逃げている最中に合流できる程度の距離だったのだから、同じ場所と言って問題ない範囲であろう。

「で、私がバーサークベアから逃げてる最中に宏君を巻き込んじゃって、弾《はじ》き飛ばされそうになった宏君がとっさにスマッシュで逆にバーサークベアを弾き飛ばした、っていうのが一緒に行動するようになったきっかけかな」

「バーサークベアぐらい、ボクや春姉でも素手で倒せるけど、どうして逃げてたの？」

「目が覚めてすぐに、バーサークベアと目が合っちゃってね。完全にパニクってたから、そんなこと思いつきもしなかったよ。むしろ、宏君はよくあの瞬間にスマッシュを使えたよね」

「師匠、『フェアクロ』ではモンスターに襲われたら反射的にスマッシュする癖がついてる」

「なるほど、無意識の行動だったんだね」

澪の言葉で、当時から気になっていた疑問が解決して、すっきりした表情になる春菜。

それを見ていた澪が、せっかくだからとこの機会に自分と達也《たつや》が合流する前のことを聞くことにする。

「よく考えれば、ボク達が合流する前の師匠と春姉のこと、あんまり知らない。特に、何を思って屋台をしようとしたのかとか、なんで唐突に服作るために蜘蛛《くも》の糸を集めに行ったのかとかそのあたりの経緯や動機」

「屋台については、前にも話したことあったよね？」

「ん。正攻法だと拠点がいつ確保できるか分からなかったから、少しでも収入増やしたかった、っていうのは知ってる。ボクが疑問なのは、なんで屋台だったのか」

「ん～……。宏君がせっせと作ってたのもあって、素材とか食材とか調味料とかがかなりダブついてたんだよね。それをお金に換えようと思ったんだけど、素材はそのまま売っても二束三文で買い叩《たた》かれるものが多かったし、調味料はファーレーンになかったものばかりだったから、何らかの方法でプロモーションしないと誰も買ってくれそうになかったんだよ」

「ん、納得……」

春菜の説明に、何となく納得する澪。

後にファーレーンだけでなくフェアクロ世界全域で料理革命を起こす各種調味料だが、持ち込んだのが宏と春菜である以上、最初は海のものとも山のものとも知れないものだったのは間違いない。そんなものを普通に売ろうとしても、買い手などつくわけがない。

「で、糸を取りに行った理由だけど、屋台やってるうちに服がくたびれて汚れが落ちなくなってきたから、そろそろどうにかしたい、って話したら、布とか糸は買うと高いから自分で作ろうってことになったの」

「ん、糸に関しては納得した。師匠なら普通にそういうこと言う」

もう一つの行動も、話の流れを聞いて完全に納得する澪。

とはいえ、春菜のような美少女を容赦なく巨大蜘蛛の群生地に連れていくあたり、宏のぶれなさはすさまじいものがある。

「あと、最初に住んでた部屋見せてもらったときに思ったんだけど、あんな狭いところで一カ月も同居してて、よく間違いも起こらずにお互い恋愛対象外のままだった」

「うん。今にして思えば、すごい奇跡だと自分でも思うよ」

澪の指摘に、真剣な表情で頷《うなず》く春菜。

当時の宏の女性恐怖症はそれこそ命に関わるレベルだったため、春菜の側がそういう面で危機感を覚えたことはなかった。

が、今ほどの貫禄はなかったとはいえ、宏は非常に気配りのできる理想的な同居人だったのは間違いない。それが女性恐怖症ゆえのものであったとしても、共同生活の間に惹《ひ》かれるものがあっても不思議ではない。

なのに当時の春菜は、後から振り返って自分でも驚くほど宏を恋愛対象として認識していなかった。宏の事情に配慮して無意識にブレーキをかけていたとかではなく、完膚なきまでにアウトオブ眼中だったのだ。

その後これほど惚《ほ》れこんでしまったことを考えると、まさに奇跡としか言いようがない。

「というか、ピンポイントでエルの救助をしたこととか考えると、あの頃の師匠と春姉は神がかってるとしか言いようがない」

「本当に、よくエルちゃんが食べられる前に蜘蛛の糸採りに行ったよね」

「その後炸裂《さくれつ》した師匠のたらし技はすごかった」

「あっという間に恋する乙女になったもんね」

「ん」

糸を採りに行ってからあとの一連の出来事を思い出し、思わず苦笑する春菜と、なんとも言いがたい複雑な感情を声ににじませる澪。

ファーレーン王国を転覆させるべく暗躍していた邪神教団。エルこと王女エアリスは教団に命を狙われ、巨大蜘蛛ピアラノークの繭に閉じ込められてしまったのだ。

それを成り行きで保護した宏と春菜は、そのまま一連の邪神騒動に巻き込まれていくことになる。その際にあの手この手でエアリスのケアをした結果、一番体を張った宏が見事に惚れられてしまったのだ。

「あの時は正直、エルちゃんを応援するべきかどうか迷ってたよ」

「エルに関しては師匠の女性恐怖症がなくても、年齢的に下手に応援とかできなかった」

「まあ、そうなんだけどね」

澪に淡々とした口調で突っ込まれ、苦笑しながら同意する春菜。

何しろ、当時のエアリスはまだ十歳。すでに第二次性徴が始まっており、王族の教育による立ち居振る舞いの影響もあって、ぱっと見た印象は高校生ぐらいに見えたとはいえ、高校三年生の男との恋愛を推奨するのは躊躇《ためら》われる年齢だったのは間違いない。

あと十年ぐらい経《た》っていればそれほど問題にならない年齢差ではあるが、さすがに当時は宏の事情を抜きにしても無理がありすぎた。

なお、現在は日本に帰ってきたときの巻き戻りによる影響で二歳ほど年齢差が縮まっているが、それでも主に宏の評判や精神的な負担の問題で、もう何年か待ったほうが安全な年齢なのは変わっていない。

「そんな春姉も、ファーレーンでのごたごたが終わる頃には、しっかり師匠を恋愛対象としてロックオンしてたし」

しばらくファーレーンで活動していた頃の思い出話で盛り上がっていると、話を締めくくるように澪がそんなことを突きつけてくる。

「えっ？　私、そんな時期から宏君のこと意識してた？」

「ん。具体的には、巨大芋虫を繭に成長させて霊糸に加工したあたりから、春姉は明らかに師匠を恋愛対象として好きになってた」

澪に指摘され、思わず己の鈍さに渋い顔をしてしまう春菜。

この分だと、恐らく関係者全員がその頃から春菜の気持ちを察していたに違いない。

時期的には、邪神教団に取り込まれたファーレーン第四王女・カタリナが起こした内乱を鎮圧したタイミングだ。

「なんかこう、本当に自分の鈍さがつらい……」

「春姉の場合、常日頃からの小さな好意の積み重ねが、その時に境界線をほんの少し越えたって感じだから、自覚なかったのはしょうがないと思う」

「でも、他の人から見たらダダ漏れだったんだよね？」

「確信持ってたのは多分、ボクとエルぐらいだと思う。達兄と真琴姉《まことねえ》は薄々そうかもって思ってたレベル」

「それでも、気分的にものすごく痛い……」

澪の慰めを受け、さらにがっくり来る春菜。

周囲からそういう目で見られているのは薄々感じていたが、それが正解だったことに自分だけが気がついていなかったのは気分的に非常に痛い。

「ねえ、春姉」

「……何かな？」

「春姉の場合、鈍かったことより何か自覚するたびに迷走することにへこまなきゃいけないと思う」

「うっ……」

「オルテム村のダンジョンで師匠とアルチェムが一緒になったときからダールの地下遺跡攻略ぐらいまで、春姉の迷走ぶりは目に余るものがあった」

「だよねえ……」

澪に言われるまでもなく、そのあたりの自覚は十分にある春菜。

むしろ、自覚していたからこそ自分の鈍さにへこんでいるのだ。

カタリナの乱のあと、彼ら日本人メンバーはルーフェウスの大図書館を調べようと考えるが、その道中にある国や施設、ダンジョンも回ったほうがいいだろうというなんともアバウトな理由から、壮大な旅が始まった。

その旅路は体感時間で一年どころではないわけで、宏への気持ちがダダ漏れだったことにへこむなど今更の話である。

「水橋《みずはし》さん、回診です」

春菜がへこんでいると呼び鈴が鳴り、その言葉とともに看護師が入ってくる。

「あっ、じゃあ私そろそろ帰るね」

「ん。春姉、今日はありがとう」

「来れそうだったら、明日もまた来るね」

「ん、待ってる」

そう言って出ていく春菜を見送り、回診を受ける澪であった。

☆

「澪ちゃん、こんにちは」

「春姉、いらっしゃい。休憩中？」

「うん」

翌日の一時過ぎ。澪の病室に春菜が訪れる。

「もう薬は使ったんだっけ？」

「ん。今日から経過観察」

「使うのは一回だけ？　それとも何回か使うの？」

「一週間ごとの経過に合わせて決めるって」

「そっか」

澪の説明に納得する春菜。

普通、薬というのは一回使って終わり、となることはほとんどない。

特に今回は新薬の治験なので、当然ながら投与からどれぐらいで効くか、どのぐらいの時間効果があってどの程度症状の改善がみられるか、副作用はないのか、といった情報がほとんどない。

しかも、治療の対象がいまだ原因不明の内臓全体の機能低下と脊椎の神経である。

なんとも言えないのも仕方がないだろう。

「なんにしても、春姉が来てくれて嬉《うれ》しい。勉強とゲームしかすることないのは、とにかく暇」

「それはよく分かるよ」

「これが向こうだったら、今頃オクトガルが来てひたすら遊ばれてるはず」

「だよね。まあ、あのタイプの生き物はこっちに来れないよう、ものすごく強力な結界が張られてるみたいだけど」

「ん。正直、そんな気はしてた」

向こうの世界で一番インパクトが強かった謎生物のことを、心底懐かしがってしまう澪。

デフォルメされた少女の生首にタコの足が生えたようなビジュアルの謎生物、オクトガル。タコのようなビジュアルなのに森の神アランウェンの眷属《けんぞく》で、しかもなぜか空を飛んであちらこちらに歩くような気軽さで転移をし、いつの間にか数が増えては分離合体する、どこから突っ込んでいいのか分からない生き物だ。

基本、常に数体で連想ゲームをしながら行動するので、いるだけでとにかくにぎやかになる。

セクハラが大好きという問題点も、暇な入院中なら大歓迎である。

もっとも、なんだかんだで空気を読むオクトガル達は、寝たきりで体を動かせない澪にセクハラをすることはないだろうが。

「まあ、オクトガルは無理でも、芋虫《ラーちゃん》ならどうにか持ち込めると思うよ」

「観察日記じゃあるまいし、芋虫をペットにしてもあんまり楽しくない」

「そうかな？　一生懸命葉っぱとかキャベツとか食べてるところ見るのって、結構癒《いや》されない？」

「否定はしないけど、さすがにそれしか見るものないのもつらい」

春菜の言葉に、微妙な顔になってそう反論する澪。

芋虫の癒し効果は、常日頃の人間関係や環境に対する悩みなどに端を発するストレスには有効でも、今現在ただただ暇で苦痛という澪のような状況ではあまり効果はない。

なお、ラーちゃんというのは宏の眷属で、オクトガルとは別方向でいまひとつよく分からない生態をしている芋虫だ。

これまでの経緯から一定以上の知性を持っていることは確認できているが、残念ながら行動そのものは普通の芋虫と変わらないため意思疎通がほぼできず、話ができればすぐ分かるようなことでも謎のままになっているのである。

「それにしても、向こうの世界って、ファンタジーらしい生き物も含めて、よく分からない変な生き物いっぱいいたよね」

「ん。ボク達のもとにいるのだけでも、ポメ、オクトガル、ひよひよ、ラーちゃんと、いずれ劣らぬ猛者が揃《そろ》ってる」

「ひよひよは漫画とかでよくいるマスコット枠、で終わる感じだけどね」

澪が挙げた名前に、春菜が苦笑しながらそう突っ込む。

ポメはゴ○ゴ面の蕪《かぶ》に手足が生えたモンスター植物で、温泉に浸《つ》けておくと際限なく増え、衝撃を与えると爆発する。

ひよひよはどこからどう見ても巨大なひよこにしか見えない神獣で、一応神獣らしく邪悪認定した存在に触れると炎上させるという特技を持つ。

行動がおっさんくさいうえに見た目に反して雑食という特徴はあるが、爆薬代わりに使われまくった挙句、品種改良の影響で様々な亜種が存在するポメや、生態そのものが突っ込みどころの山であるオクトガル、いまだに関係者全員を驚かせるような生態的特性が出てくるラーちゃんに比べると、ひよひよはそれほど謎生物感がない。

「幻獣とかも結構変なのがいたよね」

「ん。一番イメージが違ったのがユニコーン。異変で変質してたのは言うまでもないけど、変質してなくても思ってたのとなんか違った」

「うん。光学迷彩で隠れて密猟者の背後に回った挙句、お尻に角突き立てて追い払う習性は、さすがに想像もしてなかったよね」

「びっくりするほどの暴れ馬ぶり。生え変わった角は近くの村の人が回収してるらしいけど、肛門えぐったかもしれない角なんて、触りたくないいんじゃないかと思う」

「だよね」

ファンタジーの定番、ユニコーン。その驚きの生態を思い出して、揃って遠い目をしてしまう春菜と澪。

聞くところによると、フェアクロ世界のユニコーン達は、馬の体躯《たいく》で実に器用に肛門だけを破壊し、不可抗力以外では絶対に相手を殺さないというのだからたまったものではない。

「カーバンクルなんかは、別の意味で危険だった」

「あ～、うん。ビームは結構危なかったよね」

「いや、そうじゃなくて、カーバンクルって名前で黄色くてカレーに執着してビーム撃つっていうのが、どこかから訴えられそうで非常に危険」

「えっと、澪ちゃんが何言ってるのか、ちょっと理解できてないんだけど……」

「あまり説明すると藪蛇《やぶへび》になるから、分からないならスルー推奨」

「よく分かんないけど、了解。ただ、オルテム村のエルフとかクレスターの隠れ里に住むスノーレディとかで耐性できてたから、何となく『またか』って感じはあったよね」

「ん。特にエルフが訛《なま》り全開の田舎の農民だったせいで、むしろドワーフがイメージどおりだったことに驚いたぐらい」

ある意味、最もファンタジーをぶち壊しにしてくれたエルフを引き合いに出し、言うほど驚きはなかったことを口にする春菜と澪。

何しろフェアクロ世界のエルフは、これまで和製ファンタジーで散々培ってきたイメージを真っ向から否定し、セクハラしたり浮気の観念が緩かったりといったところまで古い閉鎖的な田舎を踏襲している、由緒正しき農民だったのだ。

なまじ耳と寿命が長くて美形揃《ぞろ》いな分、その違和感は半端ではなかった。

宏と真琴が「トー〇キン先生に謝れ！」と叫んだのも仕方ないだろう。

「ヴァンパイアも、エルフほどじゃないけど全力で農民だったしね」

「ヴァンパイアは種族的な衰退の影響もあったから、しょうがないところはある」

いろいろ数奇な歴史をたどった、フェアクロ世界のヴァンパイア。

拠点としていた里が乗っ取られてダンジョン化し、その後も様々な問題で一族を維持しきれなくなった結果、春菜達が訪れた隠れ里では長老・ヘンドリックとその孫娘・アンジェリカ以外、ヴァンパイアは残っていないという状況になっていた。

その結果、その里のヴァンパイアは三千年ほどずっと農民として暮らしており、春菜達が訪れたときにはタキシードとゴスロリで農作業を行うという、なかなかにパンチの利いた状態になっていた。

澪の言うとおりしょうがない背景事情があってのこととはいえ、エルフに続いてヴァンパイアも農業に全力というのは、なかなかしょっぱいものを感じる話であろう。

「他にもサキュバスが実はすごく貞操観念が固くて真面目だったり、オークの主食が豚肉で豚肉料理がすごく発達してたり、予想外のことは結構いろいろあったよね」

「ん。特にサキュバスは、ある意味エルフより衝撃的だった」

「種族特性自体は私達のイメージどおりらしいから、それでよく種族を維持できるなあ、ってちょっと驚いた」

「ん」

他にも出てきたファンタジーらしい種族あれこれについて、思い出話に花を咲かせる春菜と澪。

ドワーフや各種獣人などのようにイメージどおりの種族も結構いたが、それと同じぐらい予想外の性質や文化を持っている種族も多かった。

面白いのは、ヒューマン種と呼ばれる地球人類と同じタイプの種族と春菜達とで、各々の種族に対するイメージがさほど大きく変わらなかったことであろう。

なので、オルテム村のエルフなどは一部の外との折衝役以外、ファーレーンの首都ウルスで多大なカルチャーショックを与えていた。

「でも、女の人はいろいろいたけど、結局師匠の嫁候補として残ったヒューマン種以外の種族は、エルフのアルチェムだけだった」

「あ〜、そうだね。先のことは分からないけど、現時点ではアルチェムさんだけだよね」

「ただ、アンジェリカとかバルシェムとかはなんとも言えない」

何を思ったのか、種族の話からいきなり生々しい方向へ話を進める澪と春菜。

フェアクロ世界を旅していたとき、どういうわけか宏はやたらと巫女《みこ》の類《たぐい》に好意を持たれること

が多かった。

その法則で言うと、太陽神ソレスの巫女であるバルシェムはドラゴンロードという種族を踏まえても油断できないところだろう。

また、アンジェリカにしてもヴァンパイアの真祖という比較的神に近い出自に加え、とあるボスとの戦いにおいて宏からエネルギーを吸わせてもらった際に、そのエネルギーに酔って宏に依存しそうになったことがあった。

ウルスの工房に出入りしているアンジェリカはともかく、バルシェムとは今後会う機会はそうそうないだろうとは思うのだが、正直なところ油断はできない。

「それにしても春姉。嫁候補って言葉に反応が薄くなった」

「さすがに一夫多妻制にはまだ抵抗があるけど、誰と夫婦になるかは宏君が決めることだからね。振られたらって思うとつらいけど、だからってエルちゃんやアルチェムさんが宏君とくっつくことを禁止する権利も手段もないし、そもそもそんなことしたいかっていうとしたくないし」

澪の指摘に対し、思うところを正直に告げる春菜。

そもそもの話、告白したも同然ではあっても、春菜はまだ宏にちゃんと恋心を伝えてはいない。

今告白してもノーと言われるだけだから伝えない、というずるい理由で先延ばしにしているが、逆に言えば宏はフリーの状態のままだということである。

これでは何かを言える義理などない。

「逆に、澪ちゃんはどうなの？　合流した当初は宏君が女の子相手にものすごく怯《おび》えたり、なんかいい雰囲気になりかかったりしたらすごく機嫌悪くなってたけど……」

「恋に恋してた感じの頃はそうだったけど、本気になってからは逆にありかもと思いだした。主にエロゲ的な方面で」

「なんでそれで考えを切り替えられるのか、いまいち理解できないよ……」

どこまでもダメ人間な澪の言葉に、思わず呆《あき》れた表情でそう答えるしかない春菜。

「あと、純粋にボク達地球人類とエルフとがエロいことやってるところに興味あるから、どうにかして混ぜてもらいたい、っていう」

「ねえ、澪ちゃん。割とそういうことよく言ってるけど、いざ自分がそういう状況に置かれたとき、腰引けて怖気《おじけ》づいたりしない？」

春菜に突っ込まれ、鳴らない口笛を吹きながら眼球の動きだけでどうにか目を逸《そ》らそうとがんばる澪。言われるまでもなく、いざ本番となったらヘタレるのではないか、という自覚はある。

「でも春姉。エロ方面は横に置いておいても、ヒューマン種や地球人類と子供が作れるんだったら、エルフって遺伝子的にはボク達とほとんど変わらないってことになる。それ、ちょっと不思議な気がしない？」

「ああ、うん、確かに。平均的な体形とか骨格とかは地球人類でも人種が違うと違いが出てくるからおかしなことじゃないけど、耳の形とか寿命とかを考えるとかなり不思議な話だよね」

「ん。向こうの世界の場合、魔力とかが絡んでくるからそんな簡単な話じゃないとは思うけど、もしも単に遺伝子情報だけでこの差が出てるんだったら、地球人類でも普通に千年以上生きられる可能性があるってことになる」

澪の指摘に、それは考えたことがなかったと素直に感心する春菜。

ファンタジーだからで流していたが、子供が作れるということは、澪が言うように遺伝子的にはほとんど差が出ていない可能性が高い。

さらに言えば、ヒューマン種とエルフのハーフはエルフの半分の寿命とはいえ、ヒューマン種の平均を大幅に超える寿命を持っていることもはっきりしている。

この足して二で割るような受け継ぎ方が遺伝子学的にどうなのか、そこはなんとも言えないところではあるが、少なくとも両親の種族的な性質を受け継ぐことは確定しているといっていい。

「というか、よくよく考えると、フェアクロ世界って人類に分類される種族同士なら、大抵の組み合わせで子供作れたよね、確か」

「ん。スノーレディとスノーマンみたいな例外はいくつかあるけど、大概は大丈夫だった」

「先祖をたどっていくと、ものすごくカオスなことになってる人、結構いそう」

「聞いたところによると、ファーレーン王家がまさにそんな感じっぽい」

フェアクロ世界の種族関係についてそんな感想を口にした春菜に、エアリスをはじめとした王家の人間から聞いた話を告げる澪。

よくある創作のファンタジー作品と違い、ヒューマンとエルフだけハーフができるとかそういった縛りが一切ないフェアクロ世界。

そのルールを象徴するかのように、ファーレーン王家の人間は実に様々な種族と結婚している。

その影響か、ファーレーン王家の平均寿命は約百五十歳とヒューマン種としてはかなり長く、また魔力をはじめとした魔法関係の能力も高めになる傾向がある。

一見してかなり老けて見える現ファーレーン王レグナスも、実のところまだ寿命の半分にも至っていなかったりする。

もっとも、ヒューマン種以外の特徴が外見に表れていないことからも分かるように、なんだかんだ言って一番多い結婚相手はやはりヒューマン種なのだが。

「ファーレーンほど極端じゃないにしても、他の国も遡《さかのぼ》っていくといろいろな種族が混ざってそうだよね」

「ファーレーンから輿入《こしい》れしたお姫様がいる時点で、家系図の種族がカオスになるのは不可避」

「あ〜、そっか。確かにそうなるよね」

「というか、隠れ里とか人がまともに入っていけないような深い森の中とかに隔離されてるケースを除けば、大体の種族は結構いろいろ混ざってそうな気がする」

「だよね。アンジェリカさんも、純血の真祖はもういない、みたいなこと言ってたし」

唐突に、家系図の話から純血種がどの程度残っているのかに話題が飛ぶ春菜と澪。

そのまま種族の話で盛り上がっていると……

「水橋さん、回診です」

昨日と同じ時間に呼び鈴が鳴り、昨日と同じように看護師が入ってくる。

「あっ、じゃあ私そろそろ帰るね」

「ん。春姉、今日はありがとう」

「一緒に来れるかどうかは分かんないけど、明日は宏君も来れそうだから楽しみにしててね」

「ん、待ってる」

そう言って出ていく春菜を見送り、回診を受ける澪であった。

☆

「澪ちゃん、こんにちは」

「ん、春姉、待ってた。師匠は？」

「今、最後の検査してるところだから、もう少しかかるみたい」

春菜が澪の病室を訪れるようになってから、三日目の午後一時過ぎ。

早くもいつものやり取り、という感じで澪が訪れた春菜を迎え入れる。

「それにしても、いつもお世話になってる機器の開発者に面倒見てもらうの、不思議な気分」

「そう？」

「春姉は生まれたときからの知り合いだろうから、多分この感覚は分かんない」

「かもね」

澪の言い分に対し、心底ピンときていない様子でそう言う春菜。

春菜としては天音がすごい人だということは実感していても、天音の開発するものが製品化されて一般に出回るのは普通のことという感覚であり、そもそも親戚のおばさんに面倒を見てもらうことと自体は特別なことでも何でもない。

なので、澪が言うとおり、このあたりの齟齬《そご》は永久に埋まらないだろう。

「開発といえば、向こうではいろんなものを開発した気がする」

「そうだね。といっても、大半は日本で手に入るものを再現しただけなんだけど」

「それが簡単だったら、誰も苦労はしない」

「まあ、そうなんだけど……」

澪に突っ込まれ、うーんという表情で言葉を濁す春菜。

どうも春菜は、完成品の形が分かっているものを再現することに関しては、そこまで難しくないと考えがちである。

春菜自身が、大抵のことはちょっと努力すれば十分な水準でこなせてきたうえに、ものづくりに関しては身内に天音と宏というとんでもない人物が二人もいるのだ。

このあたりの感覚が矯正される機会は、ついぞ訪れることなくここに至っている。

「というか、春姉。ウルスに入った後、防具より先に作ったのがカレー粉なのはどうかと思う」

「いや、それはどっちかっていうと宏君に突っ込んでほしいところなんだけど」

「でも、どうせ春姉も嬉々《きき》としてレシピ調整手伝ってたはず」

「うん、まあ、そこは否定しないけど」

「台所もないのにカレー粉作る発想に行くのが理解できない」

「市場で知ってるスパイス類がいっぱい売ってたうえに安かったのに、カレー粉とかその手のミックススパイスが全然なかったから、なんでないんだろうね？　って話になったの」

春菜の言葉に、そこからの流れをすぐに理解してしまう澪。

こういう疑問が湧いたら、即座に実験に入るのが宏達のパターンだ。

しかも、春菜が口にしたように、ウルスではスパイスそのものは手頃な値段であり、カレー粉を試作するぐらいではそれほど生活費にダメージはない。

いろいろ臨時収入があって資金に余裕がある状況で、真琴のようなブレーキ役がいないとなれば、むしろ作らないほうがおかしい。

「師匠と春姉だから、その流れは納得できる。調味料ダブついたから屋台っていうのも、一昨日聞いたから分かる。でも、何度考えても、もっと他に優先して作るものはあったとしか思えない」

「そこはもう、宏君任せだったからとしか言えないかな。それに、長期化するのが分かってたから、活力のために衣食住は充実させたかったし」

「衣と住がすぐに手を出せないのは分かるけど、それでも食に偏りすぎだと思う」

「安全にかつ安価に手を出せるのが食品関係だったからね。まあ、共犯者の私が言うことじゃないけど、あの時期にあそこまでインスタントラーメンにこだわってたのは、いくらなんでもさすがにどうかとは思うけどね」

「なんとなく聞いたような気もするけど……もしかして師匠がインスタントラーメン完成させてたの、ボク達が合流するより前？」

「うん。私も知らなかったんだけど、元祖鶏ガラと元祖カップ麺は、エルちゃんを救出する前にはもう大方完成してたらしいよ。一応、各種バリエーションが充実したのは工房構えてからだったらしいけど」

あの狭い部屋で、春菜の目を盗んでインスタントラーメンを完成させる。その情熱に思わず遠い目をしてしまう澪。

散々恩恵にあずかった身で言うべきことではないと重々承知のうえで、何が宏をそこまで駆り立てたのかと言いたくてしょうがない。

「でもまあ、工房構えてからはさすがに、食べ物関係よりも装備品とか設備とかの比重は上がったよね」

「ん。ワンボックスカー作ってから、行動範囲が一気に広がって手に入る素材も大きく増えた」

「その素材で潜地艇みたいな趣味性の強いものを作っちゃうところが宏君なんだけどね」

「あれもビジュアル的なインパクトはすごかった。達兄と真琴姉すら、乗ってみたさに負けて突っ込みの切れが鈍ってたぐらい」

「しかも、砂漠の地底に潜った後も時々出番あったから、趣味性は強かったけど無駄だと言い切れないのがね」

「最終的にはダイアズマーのパーツにもなってた」

「さすがにダイアズマーはそんなに重要じゃなかった気がしなくもないけど……」

「あれはロマンだから、重要性を求めちゃダメ」

「ああ、うん」

澪に真顔で言われ、とりあえず同意しておく春菜。

勇者工房ダイアズマーと澪に名付けられた戦闘用巨大人型合体ロボは、宏が作った乗り物類の中では最も役に立たなかったものであろう。

そもそも人型ロボットというのは戦闘にあまり役に立たないうえ、宏達の場合、装備やスキルの都合で生身のほうが強い。

どうしても微妙なポジションに立ってしまうのは仕方がない。

「結局、最終的に乗り物で一番役に立ったのって神の船だよね」

「航空機と地上車両や船舶を一緒にするのはよくない」

「まあ、そうなんだけど……」

身も蓋《ふた》もない極論を言い出す春菜に対し、冷めた目でそう突っ込む澪。

古今東西、空を飛べるということがどれほどの影響を与えたかを考えれば、単独で宇宙に出ることすらできる神の船はそれだけで規格外だ。

しかも、神の船は着陸しなくても乗り降りができるため、空中に船を出せるスペースがあればどこでも利用できる。そんなものと普通乗用車や潜水艦の亜種とを比較するのは、どう考えてもフェアではない。

それに、潜地艇とダイアズマーはともかく、ワンボックスカーは黎明《れいめい》期から最後までなんだかんだと出番があった。

その功績をなかったことにするのはあまりにも無情であろう。

「神の城も普通に空を飛んでるけど、あれは航空機扱いでいいのかな？」

「そもそも、あれを移動手段と見るのは何か違う」

「やっぱり、そうだよね」

「中で食料をはじめとした各種物資を生産できる時点で、あれは乗り物じゃなくてスペースコロニーとかと同じジャンル」

「スペースコロニーはさすがに移動しないと思うから、微妙にジャンル違わない？」

「だったら、超銀河移民船団。あれはコロニーそのものを航行させて、太陽系の外へ移住しようと目論《もくろ》んでた。ワープ的なこともしてたから、神の城とやってることは近い」

「そうだね。移民じゃなくて新しい世界を作るためのコアっていう違いはあるけど、性質的にはそんな感じだよね」

宏が作ったものの中では規模、重要度ともに最上位に来るであろう神の城について、そんなずれた話をする春菜と澪。

もはや感覚がマヒしているので、どれほどすごかろうと、奇をてらった要素が少ないものに対する扱いはこんなものである。

「他にも、私達は使わなかった、というか使えなかったけど、空飛ぶバイクも作ってたよね」

「ん。パワードスーツにも変形するシビれる仕様のバイク。現状、レイニーだけしか使えない」

「まあ、バイクの機動力を持ったレイニーさんにはいろいろ助けてもらったけど、一人だけ特別扱いみたいなことになってるのってよかったのかな？」

「それはボク達じゃなくて殿下か陛下が考えること」

「いやまあ、そうなんだけど」

春菜の疑問というか不安を、ばっさり切り捨てる澪。

作ったのは宏だし、そもそも発注をかけたのはファーレーンの王太子レイオットだ。

春菜や澪がそのあたりを気にする理由も意味もない。

「こうしてみると、乗り物だけでもいろいろ作ってるよね」

「ん」

「これ全部、宏君が一人で作ってるって考えると、今更ながらにとんでもない話だよね」

「師匠の場合、それ以外の便利グッズ類も結構シャレになってない」

「うんうん。共有ボックスとか、倉庫の数が増えて容量が大きくなるほど利便性がすごいことになってたし」

宏が作り上げたあれこれについて思い出し、しみじみとすごさを噛《か》み締めてしまう春菜と澪。どれもこれも割と堂々と使ってはいたが、どれか一つでも悪党の手に渡ってしまえば大惨事間違いなしの、下手に広めることなどできないものばかりである。

それでもまだ、国家組織などに作れと脅されても貴重な素材が大量に必要だと言って逃げられる乗り物類はまだましなほうで、共有ボックスなどはどう見てもポコポコ量産しているようにしか見えない。

よくもまあ、向こうで縁をつないだ国が、どこも余計な色気を出さなかったものだと感心せざるを得ないところである。

小世帯ゆえのいつでも逃げられる身軽さがあったとはいえ、今にして思えばなかなか奇跡的な話だ。

「でも、ボク達がある意味一番お世話になったのは、熟成加速器」

「ああ、確かに。ポーションの反応時間を短縮したり、味噌《みそ》や醤油《しょうゆ》を早く熟成させたりでかなり使い倒したよね」

「ジャーキーとかの乾物も、あれで大量に作った」

「どう見ても縄文式土器にしか見えないのに、すごくハイテクな道具だったよね、あれ」

「ん。ワンボックスカー作るまでの頃に師匠が作った道具としては、あれだけビジュアルが超浮いてる」

「あの外見に何か意味とかあったのかな？」

「分かんない。師匠のことだから性能を求めていろいろ試した結果、あれが一番性能が良くなった、とか、そういう感じだとは思う」

「そうなんだ。っていうか、熟成加速器って形に制限とかないの？」

「特にない。ボクが作ったことがあるのは、プラ製のよくあるコンテナボックスみたいな見た目だった」

「へ〜……。だとすると、もしかしてあの外見で性能がよくなる理由って、宏君も分かってないかもしれない？」

「ん。というか、多分だけど、分かってないどころか気にもしてないと思う」

浮いているなんて言葉で言い表せないほど場違い感が漂う外見のアイテムについて、そんな結論を出す春菜と澪。

そもそも宏は、この手の職人によくいる、自分が使う道具の外見にこだわりを持たないタイプだ。なので、使いやすくて性能が良ければ、形状が縄文式土器だろうが何だろうが特に気にすることなどない。

「そもそも師匠って、見た目にコンプレックスがあるせいか、ロボとかメカ以外のデザインとかそういうのにこだわらない、っていうかこだわろうとしない傾向が強い」

「あ〜、うん。まあ、確かにそういうところあるよね」

宏の職人としての欠点というべき要素を、容赦なく指摘する澪。

その澪の指摘に対し、困ったような表情で同意する春菜。

たとえどれほど好意を抱いていようと、こういった長所として見ることが難しい欠点に関しては欠点として認めるあたり、春菜も妙なところで理性的で公平だ。

「でも、センスがないわけじゃないんだよね。宏君が作った装備品って、神器みたいな加工していくと勝手に形状が決まるものじゃなくても、ちゃんと普通に格好よかったし」

「師匠は用の美を追求する、というか、自分が使う立場に立って一番使いやすいものを追求するから、自然とそれなりに格好いいものができる」

「服にしても、着てみて論外なんてデザインのものは作ってなかったよ。まあ、オルテム村に行こうかって頃には、服のデザインは完全に私達に丸投げしてたけど」

「ん。無難なものを誰が着ても問題ないように仕上げるのは、師匠の得意分野。すごくお洒落《しゃれ》でセンスのいい服は、師匠には無理」

「まあ、それも否定はできないよね。でも、案外無難な服を無難に仕上げるのって難しいんじゃないかなって思うけど」

「ん」

どうにかひねり出した春菜の擁護意見を、視線の動きで肯定する澪。

無難なものは無難であるがゆえに、ちょっとした粗《あら》が目立ちやすい。とがったファッションだと多少裾がだらしなかろうがどうしようが気にならないのに、普通のカッターシャツだとズボンから裾がはみ出しただけで非常に目立ってだらしなくダサく見えるというのが、分かりやすい事例だろう。

そのあたりはデザインや仕立ての段階でも当然起こりうるもので、測ってみると誤差の範囲でしかない微妙なズレや歪《ゆが》みで、ものすごくダサくて清潔感のないデザインに見えてしまうのだ。

それを本当に無難に仕立てるのは、それなりの腕とセンスが必要だろう。

もっとも、それがお洒落着を作るのに必要なセンスなのかはなんとも言えないところだが。

「なんにしても、本当にいろんなものを作ってきたよね」

「ん。装備から建物、生活用品まで、ほぼ全て自分達の手で作ってきた。作ってないのは、空気とかそのレベルのもの」

「正直、日用品はもうちょっと買って済ませてもよかったんじゃないかな、って思わなくもないけどね」

「ボク達が求める水準のものが売ってなかったから、しょうがない」

「妥協できるレベルのものは、結構あったよ？」

「一度妥協すると、ずるずる妥協する羽目になる。それに、欲しいものがないなら作るしかない、というのは、日本人のスピリッツ」

「まあ、否定はしないけど、そのせいで経済面では利益を出しすぎてひどいことになってたような……」

春菜の指摘に、目を逸らして口笛を吹こうとする澪。

日頃使うものに妥協したくなかったのは事実だが、少々やりすぎた自覚はあるのだ。

そんな話をしていると、病室のドアがノックされる。

「は〜い」

「見舞いに来たで」

「あ、宏君」

「師匠、いらっしゃい」

タイミングがいいのか悪いのか、話題の宏がようやく治療行為を全て終えて、澪の見舞いに来る。

「なんや妙な空気やけど、何の話しとったん？」

「向こうではいろんなものを作ったよね、って話がメインだけど、その関係でところどころ微妙な話題が挟まって……」

「まあ、人に言えんようなこともいろいろやっとるからなあ……」

春菜の説明に、微妙にずれた方向で納得する宏。

「師匠、前々から聞こうと思って忘れてたことがある」

「なんや？」

「熟成加速器のデザイン、なんで縄文式土器？」

「そんなもん、それが一番性能良くなったからに決まってるやん。なんでそうなるかは、調べても結局よう分からんかったけど」

「調べはした？」

「一応な」

宏の説明を聞いて、目を丸くする澪。

デザインの理由は予想どおりだったが、なぜそうなるかをちゃんと調べているとまでは思っていなかったのだ。

「聞きたいことって、そんだけか？」

「ん、まだいろいろある」

宏に水を向けられ、思いつくことをいろいろ質問する澪。

結局この日は香月《かづき》夫妻や澪の両親などが揃って顔を出すまで、二人がかりで宏に質問を繰り返す澪と春菜であった。

春菜ちゃん、がんばる？
フェアリーテイル・クロニクル

MFブックス

春菜ちゃん、がんばる？ フェアリーテイル・クロニクル 1

2020年1月25日 初版第一刷発行

著者 埴輪星人
発行者 三坂泰二
発行 株式会社KADOKAWA
〒102-8177 東京都千代田区富士見2-13-3
0570-002-001（ナビダイヤル）
印刷・製本 株式会社廣済堂
ISBN 978-4-04-064322-9 C0093

企画 株式会社フロンティアワークス
担当編集 下澤鮎美／佐藤 裕（株式会社フロンティアワークス）
ブックデザイン ragtime
イラスト ricci

本シリーズは「小説家になろう」（https://syosetu.com/）初出の作品を加筆の上書籍化したものです。

ファンレター、作品のご感想をお待ちしています

宛先
〒102-0071 東京都千代田区富士見2-13-12
株式会社 KADOKAWA MFブックス編集部気付
「埴輪星人先生」係 「ricci 先生」係

二次元コードまたはURLをご利用の上
右記のパスワードを入力してアンケートにご協力ください。

https://kdq.jp/mfb
パスワード
tb3y3

● PC・スマートフォンにも対応しております（一部対応していない機種もございます）。
●お答えいただいた方全員に、作者が書き下ろした「こぼれ話」をプレゼント!
●サイトにアクセスする際や、登録・メール送信時にかかる通信費はご負担ください。

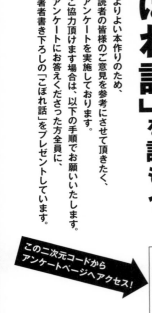